BESCHREIBUNG

Sie ist das eine Tabu, das er nicht brechen darf.

Logan Carter kontrolliert als CEO eines Medienkonzerns, wann und welche Nachrichten ausgestrahlt werden. Doch den Selbstmord seiner Mutter konnte er nicht kommen sehen. In ihrem Abschiedsbrief bittet sie ihn, Ruby Bennett, einer ihm wildfremden jungen Frau, jeden Monat fünftausend Dollar zukommen zu lassen. Anonym, über einen Anwalt. Als dieser ihm zwei Jahre später aber mitteilt, dass Ruby die letzten Schecks nicht eingelöst hat, will Logan den Grund dafür erfahren und nimmt Kontakt zu ihr auf ...

Ruby Bennett hat keine Ahnung, dass dieser große, attraktive Mann, der genauso viel Macht wie Sexappeal ausstrahlt, nicht bloß durch Zufall in ihrem Leben auftaucht. Ein Leben, in das sie seit Jahren niemanden mehr hereinlässt, der ihr das Herz brechen könnte. Deshalb setzt sie alles daran, Logan Carter so schnell wie möglich loszuwerden, und zeigt ihm nach einer heißen Nacht die kalte Schulter. Ruby ahnt jedoch nicht, dass sich Männer wie Carter am meisten von dem angezogen fühlen, das sie nicht haben können oder … dürfen.

PROLOG

Mein lieber Junge,

wenn du diesen Brief liest, werde ich nicht mehr unter euch sein.

Mir ist bewusst, dass du, dein Bruder und euer Dad mich für meinen Entschluss hassen werdet. Aber das ist okay. Ich verdiene es. Ich verdiene es, weil ich einen Fehler begangen habe, mit dem ich einfach nicht mehr leben kann. Einen Fehler, den ich gutzumachen versuche, indem ich einem Mädchen namens Ruby Bennett seit zehn Jahren monatlich fünftausend Dollar zukommen lasse. Anonym über unseren Anwalt.

Nun möchte ich dich bitten, die Zahlungen an Miss Bennett fortzuführen. James ist informiert und wird alles Nötige in die Wege leiten.

Sicher fragst du dich, warum ich mich an dich und nicht an deinen Bruder oder euren Dad wende. Das tue ich, weil du schon als Kind großzügiger, empathischer und verständnisvoller warst als Max. Euch beide liebe ich von ganzem Herzen, genauso wie euren Dad, der jedoch von alldem nichts weiß. Gleiches gilt für Max, und das MUSS *auch so bleiben.*

Versprich mir, mit niemandem über diesen Brief zu reden. Versprich, keine Fragen zu stellen oder Nachforschungen zu unternehmen. Denn glaub mir, mein Sohn, die Wahrheit würde unsere Familie zerstören. Sorge bitte einfach nur dafür, dass Miss Bennett nach meinem Ableben weiterhin das Geld erhält.

Dies ist mein letzter Wille.

In ewiger Liebe,

Deine Mom

PS: Ich bin nicht gegangen, weil ich euch nicht liebe. Ich musste gehen, weil ich mich so sehr hasse.

EINS

ZWEI JAHRE SPÄTER

LOGAN

»**W**as soll das heißen, Miss Bennett hat die Schecks nicht eingelöst?« Ich sitze James in seinem Büro gegenüber und sehe ihn fragend an. »Von wie vielen Schecks sprechen wir überhaupt?«

Er kratzt sich die Glatze und richtet seinen Blick wieder konzentriert auf den Bildschirm seines PCs. »Es müsste der sechste sein, denn der Stand des Kontos, von dem Miss Bennett jeden Monat fünftausend Dollar erhält, ist seit Februar unverändert.«

»Schon eine Idee, woran das liegen könnte?«

»Nein, aber ich kann versuchen, es herauszufinden.«

»Dann tun Sie das bitte.« Ich werfe einen Blick auf meine Rolex. Das nächste Meeting beginnt in knapp zwei Stunden und zu Mittag habe ich auch noch nicht gegessen. »Ich muss los, James. Gibt es sonst noch etwas zu besprechen?«

»Wenn Sie schon mal hier sind und noch etwas Zeit übrig haben ... Ich benötige ein paar Unterschriften.« Er schiebt einen Stapel Dokumente auf meine Hälfte seines Schreibtisches und erklärt: »Überall dort, wo sich ein Post-it befindet.«

Ich schlage die entsprechenden Seiten auf, überfliege den Inhalt und unterschreibe. »An dem hier fehlt die Markierung«, sage ich, beim letzten Dokument angekommen, werfe einen Blick hinein und ...

Wow. Wen haben wir denn da?

Gemeint ist das Foto einer hübschen Brünetten mit riesigen grünen Augen, die mit mir zu flirten scheinen. Hohe Wangen, kleine Nase und volle rosa Lippen, auf denen ein scheues, aber verdammt süßes Lächeln liegt. Mein Mund verzieht sich zu einem Grinsen. »Sehen alle Ihre Klientinnen so aus? Falls ja, haben Sie eindeutig den besseren Job«, scherze ich und will James das mehrseitige Dokument, das ganz offensichtlich nicht für mich bestimmt ist, zurückgeben. Doch der ertappte Ausdruck meines Anwalts hält mich davon ab und bringt mich dazu, die Überschrift zu lesen.

Dossier: Ruby Bennett

Mein Lächeln friert ein. »Ist das etwa *die* Ruby Bennett?«

Keine Antwort.

»James?«, frage ich mit Nachdruck und einem Puls, der sich verdoppelt, als er nickt.

... weil ich einen Fehler begangen habe, mit dem ich einfach nicht mehr leben kann. Einen Fehler, den ich gutzumachen versuche, indem ich einem Mädchen namens Ruby Bennett seit zehn Jahren monatlich fünftausend Dollar zukommen lasse.

Ich hole tief Luft, während gefühlt eine Million Fragen mein Gehirn stürmen. Fragen, die mich seit Moms Tod verfolgen wie ein Schatten. Fragen, die ich eigentlich gar nicht stellen darf, weil sie es so wollte. Eine Bitte, der ich gerne nachkam, damit die Wut auf Mom und der Schmerz endlich nachließen. Denn ihr Selbstmord war hart genug – für jeden von uns. Nach Antworten, die alles nur noch schlimmer machen könnten, wollte ich einfach nicht suchen. Lieber lebte ich nach der Devise »Was ich nicht weiß, macht mich nicht heiß«. Aber jetzt? Jetzt halte ich dieses Dossier in der Hand, von dem ich nicht mal wusste, dass es existiert.

»Wie lange haben Sie das schon?«, frage ich James.

»Eine Weile.«

»Wie. Lange?«, wiederhole ich zum Mitschreiben und sehe ihn finster an.

»Seit ... zwölf Jahren. Ich bringe es regelmäßig auf den neuesten Stand.«

»Was die Aktualität der Fotos erklärt, nicht aber, warum ich erst jetzt – durch einen dummen Zufall – davon erfahre.«

»Ihre Mutter wollte es so. Außerdem haben Sie mich nie nach Ruby Bennett gefragt.«

Der letzte Satz nimmt mir den Wind aus den Segeln, hält mir vor Augen, wie verdammt feige ich war. »Hätten Sie es mir denn gezeigt, wenn ich gefragt hätte?«

»Nein, Logan. Das habe ich Mrs. Carter versprochen. Und deshalb ...« Er fixiert das Dossier in meiner Hand. »... muss ich darauf bestehen, dass Sie mir die Unterlagen zurückgeben.«

»Dann wissen Sie also Bescheid?«

»Ich ... ich weiß nicht mehr als Sie, Logan. Okay?« Die Lüge steht ihm leuchtend rot ins Gesicht geschrieben.

»Was weiß ich denn?«, frage ich gelassen, obwohl es gewaltig in mir brodelt.

»Das, was in dem Abschiedsbrief stand.«

»Kommen Sie mir jetzt nicht mit Ihrem juristischen Um-den-heißen-Brei-Gelaber, James. Sie kennen die Wahrheit.«

»Eine Wahrheit, vor der Ihre Mutter Sie und den Rest der Familie zu schützen versuchte.«

»Sie sind aber nicht mehr ihr, sondern mein Anwalt, und ich will verdammt noch mal wissen, warum sie sich das Leben nahm und von mir verlangt, einer mir wildfremden Frau jeden verfluchten Monat fünftausend Dollar zu geben.«

Es folgt Stille, in der nur mein schwerer Atem zu hören ist.

»Sie haben recht, Logan. Ich vertrete Ihre Mutter nicht mehr«, antwortet James nach einigen Sekunden. »Aber als ich versprach, ihr Geheimnis zu hüten, war sie eine Mandantin, die mich für meine Beratung sowie Diskretion bezahlt hat. In meiner fast zwanzigjährigen Laufbahn als Jurist habe ich das Anwaltsgeheimnis nie gebrochen. Und das werde ich auch jetzt nicht tun, so sehr ich Ihre Verärgerung auch nachvollziehen kann. Tut mir leid.«

Ich fahre mir durchs Haar und übers Gesicht. Nickend gebe ich mich schließlich geschlagen, weil ich begreife, in welcher Zwickmühle James steckt. Ich schätze seine Verschwiegenheit nämlich genauso, wie ich sie aktuell verfluche. »Okay. Sie haben recht.«

Erleichtert stößt er den Atem aus. »Gut, dass Sie es einsehen. Und ich bedaure sehr, so viel Staub aufgewirbelt zu haben. Normalerweise ist das Dossier sicher im Safe eingeschlossen. Ich hatte es nur hervorgeholt, um wegen der Sache mit den Schecks Miss Bennets Daten abzugleichen. Das Dokument muss dabei versehentlich unter die anderen gekommen sein.« Sich selbst tadelnd, schüttelt James den Kopf. »Das war nachlässig und hätte nicht passieren dürfen.

Kommt nicht wieder vor.« Mit ausgestreckter Hand verlangt James nach dem Dossier, aber das kann er vergessen.

Ruby Bennets Foto, ihre großen grünen Augen, haben etwas in mir getriggert. Den Drang nach Antworten und der Wahrheit. Ganz gleich, wie diese ausfällt. Ich muss die Neugierde, die seit zwei Jahren in mir brennt, endlich befriedigen. »Nein, James. Das Dossier bleibt bei mir.«

Die Augen meines Anwalts weiten sich. »Was haben Sie vor?«

»Antworten suchen, die Sie mir nicht geben wollen.«

Panik huscht über sein Gesicht. »Die werden Sie darin aber nicht finden.«

»Abwarten.«

»Glauben Sie mir ...« James erhebt sich und sieht mir eindringlich ins Gesicht. »Dieses Dossier wird nur noch mehr Fragen aufwerfen. Sie machen damit alles nur schlimmer.«

Herausfordernd erwidere ich seinen Blick und antworte: »Das werde ich dann ja sehen.«

»Logan ... Diese Unterlagen sind sehr, sehr vertraulich und sollten den Raum nicht verlassen. Ihre Mutter wollte es so.«

»Meine Mutter ist tot, und ihr letzter Wille war, dass Ruby Bennett die Zahlungen erhält, was offensichtlich nicht der Fall ist. Ich werde herausfinden warum ...« *... und wofür sie diese überhaupt bekommt*, füge ich gedanklich an.

»Aber Sie wollten doch, dass ich das erledige.«

»Nicht mehr«, antworte ich knapp und will zur Tür, doch James stellt sich mir in den Weg.

»Von einer Kontaktaufnahme rate ich dringend ab.«

»Wieso? Weiß sie, wer ich bin? Kann sie mit meinem Namen in irgendeiner Form was anfangen?«

»Natürlich nicht und das soll auch so bleiben.«

»Dann sagen Sie mir hier und jetzt warum! Anders werden Sie nämlich nicht verhindern können, dass ich diesen Raum mit dem Dossier verlasse und es selbst herausfinde.«

Es dauert einige Sekunden, bis James sein Schweigen bricht. Allerdings nicht, um mich aufzuklären. »Eine Sache müssen Sie mir unbedingt versprechen.«

»Die da wäre?«

»Kommen Sie mit der Wahrheit zu mir, bevor Sie mit Ihrem Bruder oder Vater darüber reden.«

»Ich verspreche nichts, was ich unter Umständen nicht halten kann«, antworte ich kühl und verlasse ohne ein weiteres Wort sein Büro.

Es ist kurz nach zehn. Ich genehmige mir einen Drink aus der Minibar meines Büros. Whiskey im Wert eines Kleinwagens rinnt meine Kehle hinab. Das letzte Meeting für den heutigen Tag liegt hinter mir und war mehr als zufriedenstellend. Die Einschaltquoten der CART-Media & News – dem Hauptsektor meines Medienkonzerns – verzeichnen einen neuen Rekord. Und gute Einschaltquoten bedeuten Werbeeinnahmen, die wiederum den Gewinn steigern. Wenn das so weitergeht, steht dem Börsengang bis Ende des Jahres nichts mehr im Weg. Ein

Ziel, auf das ich hinarbeite, seit ich den CEO-Posten mit dreißig übernommen habe. Das liegt nun ein Jahr zurück. Inzwischen dürften auch die letzten Zweifler des oberen Managements davon überzeugt sein, dass ich nicht bloß aufgrund meines politisch einflussreichen Dads, sondern vor allem durch harte Arbeit da bin, wo ich jetzt stehe. Ich verdiene dieses Büro im vierzigsten Stockwerk. Ich verdiene die Panoramaaussicht auf New Yorks Dächer und frage mich, in welchem der leuchtenden Quadrate da unten Ruby Bennett wohnt. Ich frage mich so vieles, seit ich gestern Abend ihr Dossier gelesen habe. Doch James hatte leider recht. Da das Dokument inhaltlich eher einem schulischen Lebenslauf gleicht, konnte es mir keine Antworten auf meine Fragen liefern. Ich weiß jetzt, dass Ruby im gleichen Haus wie ihre Gran eine Wohnung gemietet hat, auf welche Highschool sie ging, welches College sie besucht hat und dass sie ihren Bachelor als medizinisch-technische Assistentin sowie den Master im Gesundheitsmanagement erfolgreich abgeschlossen hat. Als Jahrgangsbeste. Eine Qualifikation, mit der sie Karriere in den besten Kliniken des Landes machen könnte. Dennoch arbeitet sie in einem kleinen Blutspendezentrum Downtown und nebenher in einer Bar namens *Silvermoon*.

Warum?

Wieso löst sie nicht einfach die Schecks ein, statt jedes Wochenende für ein paar lächerliche hundert Dollar in einer abgefuckten Bar zu jobben? Welche sechsundzwanzigjährige, offensichtlich kluge und ambitionierte Frau verzichtet freiwillig auf fünftausend Dollar?

Ich gehe zu meinem Schreibtisch, auf dem das Dossier liegt, und betrachte zum gefühlt hundertsten Mal ihr Foto.

Wer bist du und was hattest du mit meiner Mom zu tun?

Es gibt nur eine Möglichkeit, das herauszufinden. Eine, von der James mir abgeraten hat. Aber ich wäre nicht da, wo ich heute stehe, wenn ich auf das Wort anderer statt auf meine Instinkte hören würde. Und mein Bauchgefühl sagt mir, dass diese verdammt hübsche Frau mit den großen grünen Augen die Wahrheit kennt oder zumindest der Schlüssel zu ihr ist. Daher spüle ich den letzten Schluck Whiskey hinunter und beschließe, mir den nächsten Drink gleich im Silvermoon von Ruby Bennett einschenken zu lassen.

RUBY

»**H**ey Babe. Zapfst du mir eins mit?«

Babe? Echt jetzt?

Das Namensschild am Kragen meiner weißen Bluse, auf dem dick und fett Ruby steht, ist eigentlich nicht zu übersehen. Doch der Idiot auf der anderen Seite der Bar macht sich nicht mal die Mühe, auch nur grob in die Richtung meines Gesichts zu sehen. Stattdessen gafft er mir grinsend auf die Brüste, als wären sie Ausstellungsstücke irgendeiner Galerie. So fühle ich mich hier manchmal auch – wie auf dem Präsentierteller. Wenigstens habe ich im Gegensatz zu den Mädels im Service den Holztresen als Schutzwall zwischen mir und den Männern, die nach nur einem Tropfen Alkohol ihre guten Manieren vergessen. Diese Businesstypen sind die Schlimmsten, halten sich meist für was Besseres, nur weil sie einen Anzug tragen. Genau so einen habe ich hier gerade vor mir und unterdrücke das Bedürfnis, ihm seine Bestellung mit Schwung ins Gesicht zu schütten.

»Wo sitzt du denn?«, frage ich stattdessen halbwegs höflich.

»Da vorne.« Sein Finger zeigt auf eine Sitzgruppe voller Männer, die allesamt aussehen, als hätten sie nicht nur einen Stock, sondern einen ganzen Baumstamm im Arsch.

»Super. Dann geh bitte dorthin zurück und warte, bis ein Kellner deine Bestellung aufnimmt.«

»Was glaubst du denn, was ich die ganze Zeit mache?«, fährt er mich an.

»Du meinst, außer mir auf die Oberweite zu glotzen?«

Wut blitzt in seinen Augen auf. Sie sind gerötet und glasig; der Typ sollte mal lieber auf Wasser oder Cola umsteigen. »Ich meine, dass ich schon seit einer gottverdammten halben Stunde auf einen Kellner warte und kurz davor bin zu verdursten.«

Ich zähle innerlich bis drei. »Das gebe ich gerne so weiter.«

»Du kannst mir lieber mal ein Bier geben. Und zwar jetzt, Schätzchen.«

»Ich bin nicht dein Schätzchen«, kontere ich angriffslustig. Hinter dem Tresen fühle ich mich sicher, und Zac, der heute mit mir die Bar schmeißt, ist schließlich auch noch da – wenn er nicht gerade Raucherpause macht.

Mist! Das hatte ich ganz vergessen.

»Was hast du gesagt?«, fragt mich das rothaarige Arschloch und lehnt sich weit über den Tresen.

»Dass ich nicht dein Schätzchen bin. Wenn du was trinken willst, musst du wie jeder andere Gast auf einen Kellner warten. Es sei denn, du sitzt hier an der Bar«, erkläre ich, um einen sachlich-nüchternen Tonfall bemüht, damit die Situation nicht eskaliert.

»Jetzt hör mir mal zu, Kleines. Ich bin, wie du schon richtig erkannt hast, Gast. Das heißt, ich bin König. Das wiederum bedeutet, dass du mir, ganz gleich wo ich sitze, ein Bier zu machen hast, verstanden?«

»König ist, wer sich wie einer benimmt. Du hingegen führst dich wie ein Arschloch auf. Und an Arschlöcher gebe ich keine Getränke aus. Verstanden?«

Die Kieferpartie des Typen spannt sich an.

Verdammt, Zac, wo bleibst du?

»Du nennst mich ein Arschloch?« Seine Oberlippe zuckt. »Das kostet dich deinen Job, dafür werde ich sorgen. Ich will sofort deinen Boss sprechen.«

»Erstens vertritt mein Boss die gleiche Meinung und zweitens ist er heute gar nicht da.« Letzteres hätte ich wohl lieber für mich behalten sollen. Denn dieser Scheißkerl umrundet den Tresen und nimmt mich dabei aus schmalen Augen ins Visier. Mit aggressiven Schritten kommt er jetzt auf mich zu. Ich schaue mich Hilfe suchend um, doch von den wenigen und dazu noch betrunkenen Leuten, die an der Bar sitzen, scheint mich niemand zu beachten. Gerade will ich auf mich aufmerksam machen, als die Geräusche eines umstürzenden Barhockers und von Gläsern, die zu Bruch gehen, meine Aufmerksamkeit auf sich lenken. Genauer gesagt auf einen dunkelhaarigen Mann, der sich mühelos über die rechte Seite der Theke hievt. Keine Sekunde später starre ich irritiert auf ein breites Kreuz, über das sich ein weißes Hemd spannt. Bevor ich was sagen oder irgendwie reagieren kann, kommt mir der Mann zuvor.

»Dieser Bereich ist für Gäste verboten«, richtet er das Wort an den rothaarigen Typen. Seine Stimme klingt genauso gefährlich wie sexy. Leicht rau und tief.

Mir ist offenbar entgangen, dass das Silvermoon neuerdings Security-Mitarbeiter hat. Dieser hier ist so groß, dass ich mich auf die Zehenspitzen stellen muss, um das Gesicht des anderen zu sehen.

»Wer zur Hölle bist du denn?«, fragt dieser und weicht zurück.

»Ich bin derjenige, der Leute, die sich nicht benehmen können, rauswirft. Leute wie dich.« Er macht einen Schritt auf den anderen zu, drängt ihn mit seinem großen Körper ab und knurrt: »Verschwinde!«

Der Blick des Security-Typen muss einer Morddrohung gleichen, denn Angst und Unsicherheit flackern in den Augen des Gastes auf.

»Schon gut.« Kapitulierend hebt er seine Hände und verzieht den Mund, als würde er an einer Zitrone lutschen. Es folgt ein abwertender Blick in meine Augen, bevor er sich mit den Worten »Der Laden ist eh scheiße« abwendet. Erst als ich sehe, dass er seine Kumpels zu sich winkt und mit ihnen Richtung Ausgang geht, atme ich erleichtert aus. Ohne den Security-Typen wäre das hier mit Sicherheit anders ausgegangen. Dafür ist ein dickes, fettes Danke fällig, das mir jedoch im Hals stecken bleibt, als sich mein Retter zu mir umdreht.

»Ist alles okay?« Warme braune Augen, umsäumt von Wimpern, für die jede Frau töten würde, schauen mir besorgt ins Gesicht.

Statt zu antworten, sauge ich jeden Zentimeter dieses einsneunzig großen Prachtexemplars nur so in mich auf und weiß eines ganz genau: Der Typ ist kein Türsteher. Denn die ersten Knöpfe seines Hemdes sind geöffnet und die Krawatte lose um den Kragen gebunden. In Verbindung mit diesem leicht zerzausten, dunklen Haar sieht er aus, als hätte er gerade einen Quickie hinter sich. Dennoch wirkt er seriös, strahlt eine Souveränität und Präsenz aus, mit der er nicht nur die Bar, sondern gleich den ganzen Laden einzunehmen scheint. Mich inklusive. Denn ich kann einfach nicht aufhören, mit meinen Augen jede markante Linie seines attraktiven Gesichts zu verbinden. Schatten seines Dreitagebartes betonen ein kräftiges Kinn und seine ohnehin sehr maskulinen Züge. Aufgehoben wird die Strenge durch hohe Wangenknochen und volle, feste Lippen, die sich bewegen.

»Alles in Ordnung?«, werde ich erneut gefragt.

Ich reiße den Blick los und räuspere mich rasch, um mit fester Stimme das längst überfällige »Danke« hervorzubringen. »Und ... bei dir?«

»Bei mir?«

»Ja.« Ich deute auf den Tresen. »Dein Sprung vorhin ... Hast du dich dabei verletzt?«

»Nein.« Schmunzelnd sieht er mich an, als wäre das total abwegig. »Ich bin Logan«, stellt er sich dann vor und hält mir seine ausgestreckte Hand hin, die ich leicht lächelnd ergreife. Groß sowie kräftig, hält sie meine länger gedrückt als nötig und hinterlässt ein Kribbeln, das ich ignoriere.

»Ruby.«

»Dachte ich mir.« Er deutet auf mein Namensschild.

»Wird oft überlesen.«

»Kein Wunder«, antwortet er, mich nun von Kopf bis Fuß betrachtend. Ausgiebig. Ungeniert. Aber ohne, dass es anzüglich wirkt. Als er mir wieder ins Gesicht sieht, ist sein Ausdruck ernst. »Eine Frau mit deinem Aussehen sollte nicht allein hinter einer Bar wie dieser arbeiten.«

»Tut sie auch nicht«, kommt es von Zac, der offensichtlich von seiner Zigarettenpause zurück ist. »Belästigt dich der Typ?«, will mein Arbeitskollege wissen und bewahrt meine Beine davor, zu Pudding zu werden.

»Ruby und ich führen nur eine Unterhaltung«, antwortet Mr. Universe, als wären wir uns nicht eben zum ersten Mal begegnet. Zac würdigt er dabei keines Blickes. Wie auch, wenn seiner gerade mit meinem verschmilzt?

»Dich habe ich aber nicht gefragt.« Zac klingt angepisst.

»Alles gut!«, versichere ich rasch. »Machst du die Bons? Ich komme gleich.«

»Bist du sicher?«, hakt er nach, stellt sich direkt vor mich und meint, mir eine Strähne hinters Ohr streichen zu müssen. Mit Besorgnis hat das aber nichts zu tun. Ich weiß genau, dass er gerade sein Revier markiert, und weiche zurück. Ich hatte ihm doch klipp und klar gesagt, dass der Sex vor zwei Monaten eine einmalige Sache war.

»Ja, das bin ich«, zische ich und sehe ihn mahnend an.

Er begreift und zieht sich endlich zurück.

»Dein Freund hätte ein paar Minuten eher auftauchen sollen«, bemerkt Logan Schrägstrich Sexiest Man Alive, nachdem Zac außer Hörweite ist.

»Er ist nicht mein Freund«, stelle ich klar, obwohl ihn das nichts angeht.

Etwas, das ich nicht deuten kann, blitzt in seinen Augen auf, die mich jetzt wieder zu durchleuchten scheinen. Mein Herz klopft schneller. Hitze wallt in mir auf und schießt mir in die Wangen. Damit er nicht bemerkt, dass ich innerlich fast verglühe, lenke ich vom Thema ab. »Möchtest du was trinken? Also ... aufs Haus, als Dank für deine Rettungsaktion«, schiebe ich schnell hinterher, damit er nicht denkt, ich würde ihn anmachen.

Doch seinem Grinsen nach zu urteilen, tut er das bereits. »Deine Gesellschaft wäre mir lieber. Geh mit mir essen, Ruby.«

ZWEI

LOGAN

Unser erstes Aufeinandertreffen habe ich mir eigentlich anders vorgestellt. Weniger direkt. Ich wollte mir Zeit lassen, Miss Bennett erst mal abchecken. Mein Plan war es, ein paarmal hier aufzuschlagen und sie unauffällig in Gespräche zu verwickeln, mich langsam heranzutasten, Vertrauen aufzubauen. Aber wer hätte denn ahnen können, dass dieser Scheißkerl sie bedrängen und ihr niemand helfen würde? Da musste ich einschreiten. Das liegt nun mal genauso in meiner Natur wie zu flirten, wenn eine schöne Frau vor mir steht. Und Scheiße, Ruby ist live noch heißer als auf dem Foto, scheint nur aus Augen, Brüsten und Beinen zu bestehen. Sie ist schlank und trotzdem weiblich. Da geht eine Kurve in die nächste über. So verdammt sexy und genau nach meinem Geschmack – wenn sie nicht tabu wäre. Um ein Date habe ich sie dennoch gebeten. Das hätte ich früher oder später sowieso getan und habe mich spontan für *früher* entschieden. Damit ich sie kennenlernen und herausfinden kann, was es mit den Schecks auf sich hat. Nicht, um sie zu vögeln. Zumindest rede ich mir das ein und sehe abwartend in ihr umwerfendes Gesicht.

»Ich soll dich zum Essen einladen?«, fragt sie. »Als Dank für deine Rettungsaktion?«

»Das waren deine Worte, nicht meine.«

Skeptisch zieht sie eine Augenbraue hoch. »Und woher weiß ich, dass das Arschloch von vorhin nicht dein Wingman war und die ganze Nummer hier nur eine billige Masche ist, um mich rumzukriegen?«

Diesmal hebe ich eine Augenbraue. Schmunzelnd. »Also erstens: Ich brauche keine Tricks, um Frauen anzusprechen. Und zweitens: Versteh mich jetzt nicht falsch, Ruby, du bist eine wunderschöne Frau und scheinst nicht auf den Mund gefallen zu sein, aber ich will dich nicht rumkriegen. Ich will mit dir essen gehen. Nicht mehr, aber auch nicht weniger. Abgesehen davon ziehe ich es vor, meine kostbare Zeit mit einer hübschen Frau statt mit einem Arschloch zu verbringen.«

»Was aber nicht ausschließt, dass du selbst eins bist.«

Die Kleine ist gut. »Geh mit mir essen und finde es heraus.«

Ein Lächeln stiehlt sich auf ihre Lippen. Ich rechne fest mit ihrer Zusage, als ...

»Ruby!« Ihr eifersüchtiger Arbeitskollege winkt sie hastig zu sich; sein Timing hätte nicht beschissener sein können.

»Sorry, aber ich muss weiterarbeiten«, antwortet Ruby, ohne noch mal auf meine Einladung einzugehen. Dank dieses Vollidioten, dessen mahnenden Blick ich einfach an mir abprallen lasse.

»Dann will ich dich nicht länger abhalten.« Ich zücke

meine Visitenkarte. »Ruf mich an, wenn du Zeit für ein Abendessen hast oder ich dich vor Arschlöchern retten soll.«

Schmunzelnd steckt sie die Karte in ihre Jeanstasche.

»Nicht verlieren. Du könntest es bereuen«, scherze ich. »Und sag deinem Chef, dass ich für die zerbrochenen Gläser aufkomme.« Ich verabschiede mich mit einem tiefen Blick in ihre großen grünen Augen, bevor ich im Getümmel der Bar verschwinde.

»Erwartest du einen Anruf?«, will Meghan, meine beste Freundin, wissen.

»Nein«, lüge ich und lege mein Handy mit dem Display nach unten auf den Restauranttisch, an dem wir uns gegenübersitzen.

Meg fährt sich durchs blonde Haar. »Du checkst gefühlt jede Sekunde dein Telefon.« Ihre blauen Augen sehen mich besorgt an. Mit diesem typischen Therapeutenblick entgeht ihr einfach nichts. »Was ist los, Logan? Du wirkst gestresst.«

Genervt trifft es wohl eher, weil Ruby Bennett sich noch immer nicht gemeldet hat. Dabei hätte ich meinen Porsche darauf verwettet, nach spätestens zwei Tagen von ihr zu hören. Von mir aus auch nach drei oder vier. Aber sieben? Eine verfluchte Woche ohne eine simple SMS. Hat sie überhaupt noch vor, sich zu melden? Nicht zu wissen, woran ich bin, hasse ich genauso wie zu warten. Das bin ich nicht gewohnt. Schon gar nicht auf Anrufe von Frauen.

»Raus mit der Sprache.« Auffordernd hebt Meg eine Augenbraue.

Ich komme nicht dazu zu antworten, weil uns gerade die Getränke gebracht werden. Diesen glücklichen Zufall nutze ich, um mir eine glaubwürdige Story zu überlegen. Lügen oder Ausreden riecht Meg als Psychologin eine Meile gegen den Wind. Besonders bei mir. Wir kennen uns seit der Highschool, haben an der gleichen Uni studiert und verbringen trotz unserer stressigen Jobs regelmäßig Zeit miteinander. Ohne sie hätte ich mich nach dem Selbstmord meiner Mutter wahrscheinlich komplett verloren. Sie weiß alles über mich. Vermutlich sogar Dinge, die ich selbst nicht weiß, weil sie einfach jeden und alles analysiert. Doch von Moms Brief habe ich ihr nie erzählt. In erster Linie, um Moms Bitte nachzukommen, aber auch wegen Max. Denn mein Bruder und Meg waren damals so was wie ein Paar. Ich konnte nicht riskieren, dass sie sich verplappert oder Fragen stellt, mit denen ich nicht konfrontiert werden wollte.

»Darf es auch schon was zu essen sein?«, fragt uns der Kellner, nachdem er den Wein eingeschenkt hat.

»Einmal das Trüffelrisotto und für mich das Rumpsteak. Danke.« Ich reiche ihm die Speisekarten, mit denen er sich nickend zurückzieht. Inzwischen habe ich beschlossen, Meg die halbe Wahrheit zu erzählen. »Du hast recht. Ich erwarte tatsächlich einen Anruf.«

»Was Wichtiges?«

»Ich ... habe jemanden kennengelernt«, sage ich zögerlich. »Eine Frau.«

Meg reißt erstaunt die Augen auf. »O mein Gott.«

»Was ist daran so ungewöhnlich?«

»Logan – Ich-kann-jede-haben – Carter, der feuchte Traum aller Frauen auf dem College und der Highschool, wartet ungeduldig auf den Anruf einer Frau«, verspottet mich Meg und trifft den Nagel auf den Kopf. »Wie lange lässt sie dich denn schon zappeln, hm? Einen ganzen Tag?«

Entgeistert verziehe ich das Gesicht.

»Zwei?«

Ich schüttele den Kopf.

»Ach du Scheiße! Etwa drei?«

»Nein«, gebe ich zu und spüle meine Verärgerung mit einem großen Schluck Rotwein hinunter.

»Sondern? Oder anders gefragt: Wann habt ihr euch kennengelernt?«

»Letzten Freitag.«

»Dann ist das ja schon eine Woche her.«

»Danke, ich kann rechnen.«

Megs Mundwinkel zucken amüsiert. »Das wird dann wohl dein erster Korb, was? Wie ist der Name der einzigen Frau neben mir, die gegen deinen Charme immun ist?«

»Ruby. Und ich bin mir sicher, dass sie sich nur interessant machen will.«

»Mit Erfolg.«

Ich kann nicht leugnen, dass mich Rubys ... nennen wir es Zurückhaltung genauso anpisst wie reizt. Ich muss sie einfach kennenlernen. Allein, um der Sache mit den Schecks auf den Grund zu gehen. Doch das halte ich vor Meg geheim und lasse ihren Hohn über mich ergehen.

»Und jetzt?« Ihr neugieriger Blick bohrt sich in meinen und lässt mich stöhnend den Atem ausstoßen.

»Können wir jetzt das Thema wechseln, oder ...?«

Die Vibration meines Handys unterbricht mich. Nummer unbekannt; ich denke sofort an Ruby.

»Ist sie es?«, fragt Meg, als würde nicht ich, sondern sie diesen Anruf erwarten.

Ich bedeute ihr, still zu sein, und hebe ab. »Logan Carter?«

»Hi, hier ist Ruby.«

Mein Mund verzieht sich zu einem Grinsen. Ich werfe Meg einen entschuldigenden Blick zu, stehe auf und gehe vor die Tür des Restaurants, um ungestört sprechen zu können. »Schön, von dir zu hören. Ich bin schon am Verhungern«, scherze ich und rechne fest mit einem schlagfertigen Konter.

»Deswegen rufe ich nicht an.« Sie klingt ernst.

»Sondern?«

»Ich brauche deine Hilfe.«

»Wobei?«

»Könntest du bestätigen, dass nicht ich mich danebenbenommen habe, sondern dieser rothaarige Typ von letzter Woche? Er hat sich bei meinem Boss beschwert, der mich jetzt feuern will.«

RUBY

Logan um Hilfe zu bitten, nachdem ich mich nicht bei ihm gemeldet habe, hat mich einiges an Überwindung gekostet. Für gewöhnlich regele ich meine Probleme alleine. Wenn du dich auf andere verlässt, bist du am Ende meist verlassen. Eine Erfahrung, die ich leider schon öfter machen musste. Umso erstaunter bin ich, dass Logan sich sofort ins Auto gesetzt hat und jetzt auf dem Weg hierher ist.

»Ich kann nur hoffen, dass sich deine Geschichte mit der von Mr. Carter deckt«, sagt Bob. Er ist Inhaber des Silvermoon und sitzt mir an seinem Schreibtisch im Backoffice gegenüber. Wie immer in verwaschenen Bluejeans und diesem grün-rot-blau karierten Holzfällerhemd, das es im Walmart vermutlich im Hunderterpack gab. Ich habe ihn in den sechs Monaten, die ich inzwischen hier arbeite, nämlich nie was anderes tragen sehen. »Das ist nicht der erste Stress zwischen dir und einem Gast, Ruby«, erklärt er und fährt sich durch sein grau meliertes kurzes Haar.

»Ich hab mich nur gewehrt. Sie wissen doch, wie Männer sind, wenn man sie zurückweist.«

Mein Boss hebt eine Braue.

»Manche Männer ... nicht alle«, korrigiere ich schnell, damit er sich nicht angesprochen fühlt.

»Ich weiß, Ruby. Und ihr sollt euch ja wehren – wenn es erforderlich ist. Baut ein Gast Scheiße, stehe ich immer zu hundert Prozent hinter euch. Das weißt du. Aber bei dir kommen solche Vorfälle jedes Wochenende vor. Und diesmal hast du es übertrieben. Ich will einfach nicht, dass sich deine ...« Er scheint nach dem passenden Wort zu suchen. »... aggressive Art rumspricht und die Gäste vergrault.«

»Aggressive Art?«

»Wie nennst du es sonst, mit einem Messer auf einen Gast loszugehen?«

Ich stoße empört den Atem aus. So wie vorhin, als ich vom Schauermärchen dieses rothaarigen Arschlochs erfuhr. »Das ist gelogen«, beteuere ich erneut.

»Seine Kollegen haben es bestätigt.«

»Seine Kollegen sind ja auch von der gleichen Arschlochfraktion.«

»Ich weiß nur eins, Ruby. Mr. Carter sollte lieber verdammt glaubwürdig sein. Denn es steht dein Wort gegen das von sechs anderen.«

Einen weiteren Kommentar verkneife ich mir und nicke

bloß. Denn die Wut, die in meinem Hals brennt, könnte meine – um es in Bobs Worten auszudrücken – aggressive Art zum Vorschein bringen.

Es klopft an der Tür.

»Ja, bitte?«

Briana, die meine Schicht übernimmt, sollte ich gleich für schuldig befunden werden, lugt durch den Spalt. Im Gegensatz zu unserem Boss hat sie mir sofort geglaubt, als ich ihr vorhin von dem Vorfall erzählt habe.

»Was gibt's denn, Bri?«, fragt Bob.

»Dieser Mr. Carter ist da.«

Mein Herz klopft schneller.

»Okay. Wie sieht's draußen aus? Ist es schon sehr voll?«

»Nein, noch geht's. Ein paar Tische sind noch frei.«

»Dreißig auch?«

»Ja.«

»Gut. Dann bring ihn bitte dorthin und biete ihm was zu trinken an. Ich bin gleich da.« Mein Boss erhebt sich und bedeutet mir, sitzen zu bleiben, als auch ich aufstehen will. »Du wartest am besten hier.«

Keine Ahnung, warum das am besten sein soll, aber ich nehme trotzdem wieder Platz und schnaube innerlich. Bri, die sich vermutlich auch fragt, wieso ich im Backoffice bleiben muss, verdreht die Augen, ohne dass Bob es mitbekommt. Sie schließt hinter ihm die Tür, die sich keine fünf Minuten später wieder öffnet.

Ich fahre herum und erblicke Bri statt Bob.

Verstohlen sieht sie über ihre Schulter, als hätte sie vor, den Safe zu knacken und auszuräumen. »Warum hast du mir nicht gesagt, dass der Typ so eine Sahneschnitte ist?«, flüstert sie und kommt auf mich zu. »Mir wäre vorhin fast die Kinnlade runtergeklappt, als er vor mir stand.«

Gut zu wissen, dass es nicht nur mir so ging, als ich

Logan das erste Mal sah. »Weil ich gerade andere Sorgen hab«, erkläre ich. »Konntest du was von der Unterhaltung aufschnappen?«

»Nicht wirklich. Ich war zu beschäftigt damit, nicht zu sabbern, als ich Mr. Universe was zu trinken hingestellt habe.«

»So habe ich ihn auch getauft«, antworte ich schmunzelnd, obwohl ich eigentlich nichts zu lachen habe. Ich will diesen Job nicht verlieren. Ich will nicht mehr vom Geld einer angeblichen Großtante abhängig sein.

»Ich muss zurück an die Bar.«

»Dann bist du also nur gekommen, um mir zu sagen, wie heiß du ihn findest?«, frage ich gespielt vorwurfsvoll.

»Und um mich zu akklimatisieren. Seit dieser Mr. Carter da ist, herrschen im Frontbereich gefühlt vierzig Grad, und die Klima scheint ihren Geist aufgegeben zu haben.«

Sie fächert sich Luft zu, wirft ihren langen schwarzen Zopf nach hinten und wackelt mit ihrem Beyoncé-Hintern hier raus. Wieder allein rutsche ich unruhig auf dem Holzstuhl herum und starre die Uhr an der Wand gegenüber an. Mir kommt es vor, als würde sich der Zeiger kaum bis gar nicht bewegen. Zehn Minuten fühlen sich wie hundert an. Inzwischen ist fast eine halbe Stunde vergangen, und ich frage mich, was die so lange bereden. Malt Logan ihm die Szene gerade auf, oder was? Die Sachlage ist doch vollkommen klar und …

Das Geräusch der sich öffnenden Tür lässt mich den Kopf so schnell zur Seite drehen, dass ich mir dabei fast die Halswirbelsäule ausrenke. Das Stechen in meinem Nacken ignorierend, starre ich gebannt in Bobs Gesicht und versuche, hinter seinem Vollbart irgendeine Mimik auszumachen.

»Netter Typ ... dieser Carter«, beginnt er und nimmt mir gegenüber Platz. »Er kommt für die kaputten Gläser auf und sponsert ein paar gute Whiskeys. Sieht also aus, als hättest du die Wahrheit erzählt. Mr. Carter hat bestätigt, dass der Gast ein Idiot war. Er bekommt Hausverbot und du behältst deinen Job.« Entschuldigend sieht er mich an und brummt: »Ich lasse mir was einfallen, damit solche Typen meinem Laden künftig fernbleiben. Security ... oder so. Mal sehen.«

Seine Entschuldigung wirkt aufrichtig, und er scheint mir nicht nur zu glauben, weil er dafür teuren Whiskey geschenkt bekommt. Ein schlechtes Gewissen gegenüber Logan habe ich trotzdem. Das hätte er nicht tun müssen. »Danke, Bob.«

»Schon gut.«

»Was ist denn mit der heutigen Schicht?«, frage ich.

»Sprich dich mit Bri ab. Mir ist egal, wer von euch beiden bleibt.«

Zurück im Gästebereich stelle ich verwundert fest, dass Logan nicht mehr da ist. Bis auf ein halb volles Glas Wasser ist Tisch dreißig leer. Warum hat er nicht gewartet? Ich hätte mich gerne persönlich bei ihm bedankt und vielleicht noch das eine oder andere Wort mit ihm gewechselt. Dass er darauf keinen Wert zu legen scheint, versetzt mir einen winzig kleinen Stich der Enttäuschung. Vermutlich nimmt er mir übel, mich nicht bei ihm gemeldet zu haben. Er konnte ja nicht ahnen, dass ich Idiotin den Zettel, auf dem ich seine Nummer notiert hatte, bevor ich Bob die Visitenkarte gab, versehentlich entsorgt habe. Und mir war es einfach zu blöd, meinen Boss um Logans Nummer zu bitten. Daher hatte ich mich bereits damit abgefunden, ihn nie wieder zu sehen.

»Und? Alles gut?«, will Bri wissen, nachdem ich auf einem der Hocker am Tresen Platz genommen habe. Sie zapft gerade ein Bier und lächelt erleichtert, als ich nicke.

»Das Arschloch bekommt sogar Hausverbot. Und Bob denkt darüber nach, Security einzustellen.«

»Sehr gut. Das wird aber auch Zeit. Übrigens kannst du heute gerne freimachen. Du hast doch sicher Besseres zu tun ... Zum Beispiel, dich bei jemand bestimmtem erkenntlich zu zeigen.« Den letzten Satz flüstert sie wie ein Geheimnis und wackelt verheißungsvoll mit den Augenbrauen.

Ich schnaube unglücklich. »Du meinst bei Logan Carter alias Mr. Universe und Sexiest Man Alive? Der ist leider schon weg.«

Briana schüttelt den Kopf.

»Doch. Ich hab ihn da nicht mehr sitzen sehen.«

»Na ja ...« Die Mundwinkel meiner Arbeitskollegin zucken. »Das liegt daran, dass er hinter dir steht. Also, jetzt. Quasi. In dieser Sekunde.«

Ich versteife, während Scham mein Gesicht in Flammen aufgehen lässt. So fühlt es sich zumindest an, als mir bewusst wird, dass Briana sich gerade keinen fiesen Scherz erlaubt. Jetzt begreife ich auch ihr Flüstern. Vermutlich war er da schon im Anmarsch, und ich hab es nicht geschnallt. Gott, wie peinlich.

»Ich bin dann mal Getränke aufnehmen«, kommt es schmunzelnd von Bri, die mein lautloses Nein genauso ignoriert wie meinen flehenden Blick. Ich brauche nicht hinter mich zu schauen, um zu wissen, dass Logan sich gerade köstlich amüsiert. Sein Grinsen kann ich förmlich hören. Und so albern das auch sein mag, aber ich kann mich jetzt nicht umdrehen. Nicht mit meinem immer noch hochroten Kopf.

»Wie lange willst du noch so tun, als hättest du nicht mitbekommen, dass ich hinter dir stehe?«, fragt Logan belustigt.

»Wie lange stehst du denn schon da?«, frage ich, um Zeit zu gewinnen; die Antwort kenne ich längst.

»Lange genug, um zu wissen, dass du mich heiß findest, aber ...« Er kommt näher. So nah, dass sein warmer Atem meine Schläfe streichelt. »... falls es dich beruhigt, Ruby: Du bist auch nicht ohne.«

Ein Lächeln huscht über mein Gesicht, das allmählich wieder eine normale Temperatur annimmt.

»Ich mache dir einen Vorschlag, Ruby.«

»Und welchen?«

»Ich gehe zurück zur Toilette, komme wieder, und wir tun so, als wären die Worte Mr. Universe und Sexiest Man Alive nie gefallen. Dann verlassen wir die Bar und gehen irgendwo was essen. Du erzählst mir, wie das Gespräch mit deinem Chef gelaufen ist, wie deine Woche so war und warum du mich nicht angerufen hast, obwohl du offensichtlich scharf auf mich bist. Was hältst du davon?«

Prickelnde Schauer, die das tiefe Timbre seiner gesenkten Stimme erzeugt, ignoriere ich und antworte, den Kopf leicht zu ihm gewandt: »Wenn du den letzten Satz streichst, bin ich dabei.«

Sein Mund ist nur ein paar Millimeter von meiner

Wange entfernt, an der er raunt: »Einverstanden. Ich bin in einer Minute wieder bei dir. Bis gleich.«

DREI

LOGAN

»Verflucht, Carter. Was machst du da?« Die Arme auf das Waschbecken gestützt, betrachte ich mich im Toilettenspiegel der Bar und schüttele den Kopf. Ich habe es schon wieder getan. Mit Ruby geflirtet. Noch heftiger als letzte Woche, obwohl ich es nicht sollte. Ich sollte ihr nicht ins Ohr flüstern und dabei den Drang verspüren, ihr das Haar aus dem Nacken zu streichen. Zumindest nicht, solange ich den Zusammenhang zwischen ihr, den Schecks und Moms Selbstmord nicht kenne.

Kennenlernen: ja.

Flirten: in Maßen.

Sie vögeln: AUSGESCHLOSSEN.

Mit diesem Vorsatz mache ich mich wieder auf den Weg zu ihr und bleibe am Ende des Gangs zum Gästebereich stehen. Amüsiert, weil Ruby sich gerade das Haar kämmt. Sie scheint eitel zu sein. Jedoch nicht genug, um eine Bürste dabeizuhaben. Stattdessen benutzt sie ihre Finger und bindet ihre Haare erst zu einem hohen, dann zu einem tiefen Zopf zusammen. Keine Sekunde später löst sie das Band wieder und ... macht sich jetzt einen Dutt. Wenn es nicht so unterhaltsam wäre, sie aus der Ferne zu beobachten, würde ich ihr ja sagen, dass sie frisurtechnisch alles tragen kann. Aber wo bliebe dann der Spaß? Oder besser gesagt *mein* Spaß. Daher warte ich schmunzelnd, bis sie sich entschieden zu haben scheint, ihr Haar nun doch offen zu tragen. Dann erst gehe ich auf sie zu. Als Ruby mich bemerkt, erhebt sie sich vom Barhocker und kommt mir entgegen. Selbstbewusst, obwohl ihr kleines Frisurproblem eher von Unsicherheit zeugte. Rubys knallenge schwarze Jeans lenkt meinen Blick automatisch auf ihre langen wohlgeformten Beine. Sie trägt die gleiche Bluse wie vergangene Woche. Weiß. Eng anliegend. Inklusive dem Button mit ihrem Namen. Vermutlich ihr Arbeitsoutfit, das Männern – mich eingeschlossen – kaum Raum für Fantasie lässt. In meiner knöpfe ich die Bluse gerade auf. Dass sie sich hier jedes Wochenende den Blicken besoffener, notgeiler Typen aussetzt, um ihre Kasse aufzubessern, statt die Schecks einzulösen, missfällt mir. Dennoch schiebe ich diesen Gedanken beiseite und zwinge meinen Blick wieder nach oben. In ihr Gesicht, umrahmt von bernsteinfarbenem Haar, das sich in weichen, verführerischen Wellen über ihre Schultern ergießt. Ruby ist kaum geschminkt und hat es auch nicht nötig. Ich blicke in ihre Augen und bleibe vor ihr stehen; diesmal ohne die Regeln der Distanzzonen zu brechen.

»Können wir?«, fragt sie, als hätte ich sie seit einer Ewigkeit warten lassen.

»Gerne.« Ich lege ihr die Hand an den Rücken – gentlemanlike zwischen die Schulterblätter – und führe sie aus der Bar. Vorbei an einer Horde Männer, die sie trotz meiner Anwesenheit mit ihren Blicken fast verschlingen. Mein

Instinkt will, dass ich meinen Arm um Rubys Taille lege und sie an mich ziehe. Doch mein Verstand sagt mir, ich habe kein Recht dazu. Und es stimmt.

»Dir ist bewusst, dass ich hier arbeite?«, kommt es von Ruby, die von der Seite zu mir hochsieht, in den Augen ein amüsiertes Funkeln.

»Durchaus, warum?«

»Weil du gerade so tust, als würde ich den Ausgang alleine nicht finden.«

Ich erwidere ihre Antwort mit einem Grinsen und lasse sie nicht los, bis wir an meinem Auto angekommen sind und ich ihr die Beifahrertür öffne.

Doch statt einzusteigen, geht sie zwei Schritte rückwärts. »Sorry, aber dafür kenne ich dich nicht gut genug.«

»Du sollst auch nur neben und nicht auf mir Platz nehmen«, scherze ich, auch wenn mir die Vorstellung gefallen würde.

»Ich meine es ernst. Ich fahre nicht mit Leuten, die ich nicht kenne.«

Auf der Suche nach Anzeichen dafür, dass sie mich verarscht, sehe ich sie irritiert an. »Was soll das heißen?«, hake ich nach.

»Dass ich da nicht einsteigen werde.«

»Gilt das auch für Taxis?«

»Wenn ich den Fahrer nicht kenne.«

»Also ja«, formuliere ich ihre Antwort um. »Ist das eine Art Phobie?«

»Keine, über die ich mit einem fast unbekannten Mann sprechen würde.« Tonfall und Blick geben mir zu verstehen, dass sie dieses Thema nicht weiter ausführen will.

Das werde ich zumindest für den Moment akzeptieren müssen. »Okay.« Ich schlage die Tür meines Wagens wieder zu. »Aber das Restaurant, in das ich mit dir möchte, befindet sich fast auf der anderen Seite der Stadt. Für einen Fußmarsch etwas weit.«

»Dann schlage ich vor, dass wir uns eins auf dieser Seite der Stadt suchen.«

Ich sehe mich um. Weit und breit kein Restaurant, in das ich Ruby ausführen könnte. Ausführen im Sinne von gutem Service, hochwertigen Speisen und den dazu passenden Weinen in einer intimen, gesprächsfördernden Atmosphäre. Der Italiener in der Upper East Side wäre perfekt gewesen. »Ich kenne mich hier nicht aus«, gebe ich zu. »Was schlägst du vor?« Dass ich einer Frau beim ersten Treffen die Wahl des Restaurants überlasse, ist eine absolute Premiere.

»Magst du Sushi?«

Ein saftiges Steak wäre mir lieber. »Ist nicht so mein Fall.«

Sie reißt geschockt die Augen auf. »Bitte was?«

»So schlimm?«

»Nein. Ein Fauxpas.«

»Den du mir als Sexiest Man Alive sicher durchgehen lassen wirst«, scherze ich und sehe, wie sie ein Lächeln unterdrückend den Kopf schüttelt.

»Hatten wir uns nicht darauf geeinigt, so zu tun, als ...«

»Als hättest du mich nicht *Mr. Universe* genannt?«, vervollständige ich den Satz vermutlich anders, als von ihr gewollt.

»Das war bevor ich wusste, dass du kein Sushi magst.«

»Ich sagte, dass es nicht so mein Fall ist. Nicht, dass ich es grundsätzlich nicht mag. Das ist ein Unterschied. Bis jetzt hat mich noch kein Sushi geschmacklich umgehauen. Aber ich lasse mich gerne überraschen.«

»Willst du mich herausfordern?«

»Sieht ganz so aus.«

»Du verlierst.«

»Das will ich hoffen, denn ich sterbe bereits vor Hunger.«

Einen fünfzehnminütigen Spaziergang später stoße ich mir beim Betreten eines Ladens – kaum größer als der Kopierraum von CART-Media & News – fast den Kopf. Der Raum besitzt nur ein Fenster und wird lediglich von diesen typischen japanischen Lampions erhellt, die so tief von der Decke hängen, dass sie mir fast im Gesicht rumbaumeln. Ich schaue mich skeptisch um. Gepflegt ist definitiv anders und der Geruch von Duftkerzen penetriert meine Nase. Dass von den sage und schreibe sechs Tischen alle belegt sind, halte ich für einen absoluten Glücksfall. Keine Ahnung, warum man hier freiwillig essen wollen würde, aber ich bin froh, dass es für uns keinen Platz mehr gibt. Lieber hole ich mir einen Hotdog vom Food-Truck um die Ecke. Ich will Ruby gerade vorschlagen, die Location zu wechseln, als sie mich an der Hand hinter sich herzieht.

»Komm mit.«

Ohne wirklich eine Wahl zu haben, folge ich ihr in eine winzige Küche, in der es nach Fisch und Reis riecht.

»Hi Akira.«

»Ruby. Ich dachte schon, du gehst fremd. Schön, dass du da bist.« Ein Mann mit Glatze und grauem Ziegenbart,

Ende oder Mitte vierzig, sieht von seinem Schneidebrett auf. Dass er sich über ihre Anwesenheit freut, ist seiner Mimik nicht anzusehen. »Wie geht's Granny?«, will er wissen und gleitet mit einem großen Messer durch rohes Fleisch wie durch Butter. Ohne hinzusehen, zerlegt er es in hauchdünne Scheiben.

»Gut, und dir?«

»Das freut mich zu hören. Bei mir ist alles wie immer. Du weißt ja, ich mag keine Veränderungen.« Seine mandelförmigen Augen werden schmaler, als er mich finster fixiert. So viel zum Thema nicht vorhandene Mimik. »Wen hast du da in meine Küche geschleppt?«

Mein Blick wandert von seinem Gesicht zum Messer, das ich lieber im Auge behalte.

»Das ist Logan Carter«, erklärt Ruby und hakt sich bei mir ein, als wäre ich ihr Date.

Das Messer putzt er an seiner schwarzen Kochschürze ab. »Ein Freund von dir?«

»Würde ich ihn sonst in dein allerheiligstes Heiligtum bringen?«

Ich nehme an, dass von seiner Küche die Rede ist.

»Wenn das so ist, könnt ihr durchgehen.«

»Danke.« Ruby lässt mich los, umrundet die kleine Anrichte und flüstert diesem Akira etwas ins Ohr, was ihn dazu bringt, mich erneut zu inspizieren. Diesmal nickend.

»Verstehe. Das bekomme ich hin«, antwortet er.

»Ich weiß. Wer, wenn nicht du?«, sagt Ruby und kehrt zu mir zurück.

»Gibt es etwas, das ich wissen sollte?«, frage ich nur für sie hörbar.

Ein geheimnisvolles Lächeln umspielt ihre Lippen. »Lass dich einfach überraschen … und darauf ein.«

Ich hebe skeptisch eine Augenbraue. »Einlassen? Worauf?«

Statt zu antworten, führt sie mich in den Teil des Restaurants, der ganz offensichtlich nicht für normale Gäste bestimmt ist.

»Schuhe aus!«, befiehlt sie.

Ich gehorche widerwillig. Leicht genervt ordne ich meine Schuhe an der Tür neben ihren Stiefeletten an. In Socken stehe ich nun in der Mitte dieses noch winzigeren Raums, der ebenfalls durch rote Lampions beleuchtet wird.

»Wir haben freie Platzwahl«, bemerkt Ruby entzückt. Ihre ebenmäßigen Zähne blitzen mir weiß entgegen.

»Soll das heißen, dass sich hier normalerweise mehr als zwei Menschen aufhalten? Wo sind wir überhaupt? Gehört das noch zu diesem ...« Ich suche nach einem anderen Ausdruck für Rattenloch. »... Etablissement?«

»Dieses ...« Ruby zeichnet Gänsefüße in die Luft. »... Etablissement ist der beste Sushi-Laden New Yorks. Ein absoluter Geheimtipp. Und in diesen Teil des Restaurants lässt Akira nur Menschen, die er mag.«

»Hast du mich deshalb als dein Date vorgestellt?«

»Ich habe dich als Logan Carter vorgestellt.«

»Und dich dann bei mir eingehakt.«

»Hätte ich gewusst, dass du da so viel hineininterpretierst, hätte ich es gelassen.« Das kam trocken und lässt mich schmunzeln.

»Jedenfalls mag Akira mich jetzt, weil du mich magst.«

»Weil ich so getan habe, als ob ich dich mag«, korrigiert sie.

»Ach, stimmt, aktuell findest du mich ja nur heiß.«

»Richtig«, gibt sie ungeniert zu und überrascht mich damit. »Und um auf deine Frage zurückzukommen, das Restaurant ist, wie du siehst, nicht sonderlich groß. Deshalb nimmt er keine Reservierungen an. Man kommt auf gut Glück und hat meistens Pech. Aus diesem Grund hat Akira den hinteren Bereich für Stammgäste etwas ausgebaut. Und so wie es aussieht, sind wir heute allein hier.«

»Schaffst du das denn?«, frage ich todernst.

Ruby zieht die Stirn kraus. »Was?«

»Mit mir allein zu sein, ohne über mich herzufallen?«

»Du hast mich durchschaut. Mir geht es gar nicht um das Sushi.« Ihre Stimme trieft vor Ironie. Die Augen verdrehend knöpft sie ihren Mantel auf und lässt ihn achtlos zu Boden fallen. Dann setzt sie sich hin. Auf ein Kissen, wodurch mir erst auffällt, dass dieser Raum keine anderen Sitzmöglichkeiten bietet. Als Tisch hält ein knöcheltiefer Hocker her.

»Bestellt man die Stühle zusammen mit dem Essen, oder …?«

»Ein Spießer, der kein Sushi mag.« Sie lässt ein tiefes Seufzen hören. »Wo oder besser gesagt mit wem bin ich hier nur gelandet?«

»Mit einem Mann, der es beim Essen mit einer schönen Frau gerne komfortabel hat.«

»Jetzt komm schon hier runter. So unbequem ist das nicht.« Sie deutet auf das Kissen ihr gegenüber. »Oder willst du lieber im Stehen essen?«, verspottet sie mich und sieht mich herausfordernd an.

Um ihr zu beweisen, dass ich kein Spießer bin, lege ich nicht nur mein Jackett, sondern auch meine Krawatte ab. Ich will mich setzen, weiß aber nicht wie. Ist ja nicht so, als ob ich eine locker sitzende Trainingshose anhätte. Der Stretchanteil meiner Hose tendiert gegen null. Wie fast alle meine Anzüge ist auch der hier maßgeschneidert und eher dafür gemacht, im Chefsessel meines Büros zu sitzen statt auf irgendwelchen Kissen am Boden.

»Na los.« Ruby lacht. »Es beißt dir schon nicht in den Hintern.«

Ich will mir nicht länger die Blöße geben, nehme im Schneidersitz Platz und ...

Ratsch!

Das Geräusch der soeben im Schritt geplatzten Hose meines Zehntausend-Dollar-Anzugs lässt Ruby in schallendes Gelächter ausbrechen.

RUBY

Ich bin nicht sicher, ob ich den geschockten Ausdruck in Logans Gesicht jemals wieder aus meinem Kopf bekommen werde. Mein Lachen ist so laut, dass mich vermutlich nicht nur Akira in der Küche, sondern auch die Gäste im vorderen Bereich hören. Von dem, was Logan vor sich hin grummelt, verstehe ich kein Wort. Aber der eine oder andere Fluch ist mit Sicherheit dabei.

Kopfschüttelnd zieht er das Kissen unter seinem Hintern weg und verdeckt damit den circa fünf Zentimeter langen Riss, durch den der helle Stoff seiner Shorts blitzt. Ein Anblick, der mich beinahe Tränen lachen lässt. Ich halte mir den Bauch, während Logan seinen Schock überwunden zu haben scheint und nun einstimmt. Klangvoll und tief. Sexy kleine Lachfalten um seine Augen lassen sein Gesicht etwas älter, aber gleichzeitig noch attraktiver erscheinen. Er lehnt sich vor, streckt die Hand nach mir aus und nähert sich meinem Gesicht. Keine Ahnung, warum ich zulasse, dass er mir eine Träne von der Wange streicht. Beiläufig, als wäre es das Normalste auf der Welt. Mein Lachen wird leiser. Seins verstummt. Dann folgt Stille, in der wir einander schmunzelnd in die Augen sehen. Tief.

»Du hast ein verdammt lautes Organ«, bricht er das spannungsgeladene Schweigen zwischen uns.

»Nicht besonders ladylike … Ich weiß«, gebe ich etwas verlegen zu. »Meine Gran meint, ich lache wie ein Bauarbeiter.«

»Das war nicht als Vorwurf gemeint, Ruby.«

»Sondern?«

»Ich mag das. Frauen, die in gewissen Situationen laut sind.«

»Wir reden aber immer noch von meiner Lache, oder?«

»Alles andere kann ich nicht beurteilen.« Das *Leider* schwingt unausgesprochen mit und hängt schwer in der Luft.

»Hast du einen Freund?«, will er plötzlich wissen, und ich ahne weshalb.

Sollte ich mit meiner Vermutung richtigliegen, wäre ich nicht abgeneigt. Aber das muss ich ihm ja nicht unter die Nase reiben und entgegne: »Diese Frage habe ich dir letzte Woche schon beantwortet.«

»Ich nahm an, das würde sich auf deinen Arbeitskollegen beziehen.«

»Tat es aber nicht. Ich bin Single. Und du?«

»Wäre ich sonst mit dir hier?«

»Manche Männer nehmen es nicht so genau«, erkläre ich, seinem durchdringenden Blick standhaltend. »Das erlebe ich jedes Wochenende in der Bar.«

Neugierde blitzt in seinen Augen auf. »Arbeitest du gern dort?«

»Von deinen plötzlichen Themenwechseln bekommt man ja ein Schleudertrauma.«

»Du interessierst mich eben«, gibt er zu, und es klingt aufrichtig. Auch wenn ich mich frage, welcher Natur sein Interesse ist.

»Es gibt Tage, an denen es Spaß macht, dort zu arbeiten, und dann gibt es Tage wie vergangenen Freitag.«

Logan nickt verständnisvoll. »Hast du schon mal in Erwägung gezogen, woanders zu arbeiten?«

»Tue ich doch. Den Job an der Bar mache ich nur nebenbei.«

»Und wo arbeitest du hauptberuflich?«

»In einem Blutspendezentrum.«

»Interessant. Was genau machst du da?«

»Hauptsächlich Blut abnehmen und Blutgruppen bestimmen. Wie ist deine?«, frage ich spontan, um von mir und meinem langweiligen Leben abzulenken.

Er wirkt überrumpelt. »Gute Frage.«

»Oje …« In gespielter Empörung schüttele ich den Kopf.

»Was?«

»Ich habe es mit einem Spießer zu tun, der noch nie Blut gespendet hat und kein Sushi mag.«

Seine Mundwinkel zucken. »Du bist ganz schön oberflächlich, meinst du nicht?«

»Oberflächlich wäre es, wenn ich unser Date an dieser Stelle abblasen würde. Aber ich gebe dir noch eine letzte Chance.«

»Aha. Jetzt bin ich also doch dein Date?«

»Na ja … ich weiß jetzt, welche Farbe deine Unterhose hat. Ich würde sagen, das Eis ist gebrochen.«

Logans Lachen wird von Akiras Anwesenheit unterbrochen, der gekommen ist, um uns eine Getränkekarte zu reichen.

»Danke, aber ich nehme das Gleiche wie immer.«

»Bei ›das Gleiche wie immer‹ handelt es sich nicht zufällig um einen guten Gin, Whiskey oder Ähnliches?«, will Logan allen Ernstes wissen.

»Nicht wirklich«, antworte ich belustigt. »Eher um Litschilimonade.«

»Was soll's. Zweimal ›das Gleiche wie immer‹ bitte.«

»Bringe ich euch sofort«, antwortet Akira und zieht sich wieder zurück.

»Was ist mit der Essensbestellung?«, erkundigt sich Logan.

»Schon erledigt. Er wird uns etwas zaubern, das nicht auf der Karte steht. Für einen Sonderfall wie dich habe ich einen Sonderwunsch geäußert.«

»Dass ich ein saftiges Steak Sushi vorziehe, macht mich also zum Sonderfall?«

»Ein Sonderfall mit ...« Ich denke kurz nach. »... der Blutgruppe null ... negativ.«

Logan hebt verwundert die Augenbraue. »Wer verursacht jetzt bei wem ein Schleudertrauma? Wie kommst du denn plötzlich darauf?«

»Weil mir diese Studie eingefallen ist.«

»Was für eine Studie?«

»Eine, die besagt, dass es Zusammenhänge zwischen der Blutgruppe und dem Charakter gibt. Ich habe darüber meine Bachelorarbeit geschrieben.«

»Und die Null steht dann wofür?«

»Das Blut des Urmenschen, der sich hauptsächlich von Fleisch ernährt. Deshalb spricht man vom Jägerblut.«

»Du hältst mich für primitiv?«, fragt er überrascht.

»Ich halte dich für einen Jäger.« Wissend sehe ich ihn an.

»Da kann ich dir nicht widersprechen. Allerdings gehe ich eher selten auf die Jagd. Aber ...« Logans Blick vertieft sich. »... wenn ich einmal Witterung aufgenommen habe, gebe ich nicht auf, bis ...«

»Bis was?«

»Bis das, was ich will, mir gehört.«

Ich schlucke.

»Und wieso negativ?«

Fragend sehe ich ihn an.

»Du sagtest, ich sei null negativ. Wofür steht das Vorzeichen?«

»Für Stärke, Selbstbewusstsein und Durchsetzungsfähigkeit.«

Sein selbstgefälliges Grinsen lässt mich stöhnend die Augen verdrehen. »Krieg dich wieder ein. Es ist nur eine Theorie.«

»Die in meinem Fall zu hundert Prozent zutrifft.«

»Was zu beweisen wäre.«

»Sag mir wann und wo.«

Meine Augen werden groß. »Du willst, dass ich deine Blutgruppe bestimme?«

»Warum nicht? Ich wollte sowieso schon immer Blut spenden.«

»Okay.«

Er greift nach seinem Jackett und holt sein Smartphone aus der Innentasche. Mit dem Daumen wischt er ein paar Mal übers Display, dann schaut er mich wieder an und fragt: »Wie lange dauert so eine Blutspende?«

»Circa eine Stunde.«

»Ich habe Montag noch ein Zeitfenster offen. Ich komme um vierzehn Uhr.«

»Einen Termin zu machen wäre besser.«

»Aber nicht zwingend erforderlich, oder?«

»Nein.«

»Gut. Dann haben wir also am Montag ein Date.«

»Willst du denn nicht wissen wo?«

»Natürlich will ich das«, antwortet er, als hätte er mich ohnehin fragen wollen.

»Ich arbeite im Blood Donation Center Downtown. Die Adresse ...«

»Finde ich heraus.«

Als wäre dies das Stichwort, betritt Akira den Raum und stellt die Getränke auf den kleinen Holztisch zwischen uns.

Als wir wieder allein sind, nimmt Logan beide Gläser und reicht mir eins zum Anstoßen. »Auf dich, Ruby.«

Meinen Namen spricht er aus, als hätte er eine tiefergehende Bedeutung. Ich erwidere seinen Blick, stoße wortlos mit ihm an und sauge dann genüsslich an meinem Strohhalm.

»Verdammt süß«, kommt es von Logan.

So, wie er meinen Mund anstarrt und dabei über seinen leckt, bin ich mir nicht sicher, ob er von der Limonade spricht.

»Und erfrischend anders ...«, fährt er rau fort und schluckt so hart, dass ich es hören kann.

Nickend halte ich mich an meinem Getränk fest. »Ich bin gespannt, was du gleich zu dem Sushi sagst«, wechsele ich, überfordert von der Intensität seines Blickes, das Thema.

»Und ich erst. Meine Erwartungen sind hoch.«

»Und werden nicht enttäuscht«, versichere ich mit einem siegessicheren Lächeln.

»Sollte ich gleich immer noch kein Sushi-Fan sein und diesen Laden unbefriedigt verlassen, schuldest du mir ein Dinner in einem Restaurant *meiner* Wahl.«

»Moooooooment.« Ich hebe den Zeigefinger. »Es war nie die Rede davon, dass ich dir ...« Ich senke meine Stimme. »... einen Orgasmus verschaffe.«

»Warum flüsterst du?« Logan sieht sich schmunzelnd um. »Außer uns ist niemand hier. Rein theoretisch könnten wir auch hier und jetzt vögeln, ohne dass es jemand mitbekommt. Gesetzt den Fall, du kommst nicht ganz so laut, wie du lachst.« Ein debiles und zugleich verführerisches Grinsen umspielt seine vollen Lippen.

Röte schießt mir so heiß in die Wangen, dass mein Kopf mit den Lampions um die Wette leuchten könnte. Doch den Triumph, mich in Verlegenheit gebracht zu haben, gönne ich Logan nicht, stelle mein Getränk zurück auf den kleinen Hocker und kontere: »Gesetzt den Fall, du schaffst es überhaupt, mich kommen zu lassen. Angesichts der Tatsache, dass man uns gleich das Essen bringt, ist die Zeitspanne, in der wir es *rein theoretisch* treiben *könnten*, nicht so groß. Und das spricht nicht gerade für ein ausgeprägtes Stehvermögen deinerseits.«

»Gut gekontert. Aber die Rede ist von einem Quickie. Und dessen Qualität zeichnet sich nicht durch Stehvermögen aus – das ich durchaus besitze –, sondern durch die Fähigkeit, der Frau in kürzester Zeit einen Orgasmus zu verschaffen, Ruby. Das kriegen manche Männer nicht mal hin, wenn sie eine ganze Nacht dafür haben.« Sein Tonfall ist sachlich, fast schon belehrend, und vermittelt den Eindruck, als wüsste er genau, wovon er spricht. Zumindest scheint er das zu glauben. Eine Illusion, die ich ihm hier und jetzt nehmen werde.

»Es gibt aber Frauen, bei denen das nicht auf Knopfdruck funktioniert. Frauen, die nicht so leicht oder gar nicht kommen können.«

»Das hat dann aber eine körperliche Ursache oder liegt am Mann. Denn glaub mir, Ruby, jede Frau kann einen Orgasmus bekommen, wenn man sich mit ihrem Körper beschäftigt, sich Zeit lässt.«

»Du glaubst also, es kommt nur auf die Länge des Aktes an? Jetzt enttäuschst du mich aber.«

»Ich meine damit, aufmerksam zu sein, darauf zu achten, worauf ihr Körper reagiert. *Wie* ihr Körper reagiert. Atmung, Herzschlag, Körpertemperatur, Mimik, der Ausdruck in ihren Augen. All das verändert sich, wenn man sie berührt, sich in ihr bewegt«, erklärt er. Nicht mehr sachlich. Seine Stimme ist gesenkt, fast schon intim und so unglaublich sexy. »Ich kann nur für mich sprechen und versichere dir eins: Mit mir würdest du kommen.«

»Dann ...« Ich schlucke gegen die plötzliche Trockenheit in meiner Kehle an. »... wärst du der Erste.«

Logans Augen weiten sich. »Willst du mir sagen, dass du noch nie einen Orgasmus hattest?«

»Ja«, antworte ich selbstbewusst. Weil es vielen Frauen ähnlich geht. Dafür muss ich mich nicht schämen.

»Wirklich noch nie?«

»Mit mir selbst schon, aber noch nie mit einem Mann«, gestehe ich und sehe sofort, dass meine Antwort etwas mit ihm anstellt.

VIER

LOGAN

G*ottverdammt!*

Hat sie auch nur die leiseste Ahnung, was ihre Worte in mir auslösen?

Ich bin kein verpickelter Teenager, der schon beim Anblick blanker Brüste einen Steifen bekommt. Aber zu wissen, dass es noch keinem Mann gelungen ist, Ruby einen Orgasmus zu verschaffen, lässt mich augenblicklich hart werden. Wie um alles in der Welt soll ich jetzt nicht daran denken, es ihr auf jede erdenkliche Art zu besorgen? Ich weiß genau, dass ich in der Lage dazu wäre, ihren heißen Körper zum Beben zu bringen. Sie hat ja keine Ahnung, was sie verpasst, was ich imstande wäre, sie fühlen zu lassen. Ich will derjenige sein. Ich will mich als der Mann in ihre Erinnerung brennen, mit dem sie so oft und heftig kam, dass sie nicht mehr wusste, wo oben und unten war. Es ist verdammt lange her, dass ich so scharf auf eine Frau war. So scharf, dass ich gar nicht anders kann, als ihr meine Hilfe anzubieten.

»Wenn du willst, dass ich dir bei deinem kleinen Problem zur Hand gehe, musst du es nur sagen.« Mein Angebot ist als Scherz verpackt, für den Fall, dass sie mir empört den Vogel zeigt.

Doch Ruby sieht mich bloß abwägend an, als würde sie meinen Vorschlag tatsächlich in Betracht ziehen. Noch mehr Erregung durchfährt mich und duelliert sich mit meiner Vernunft. Sex könnte alles verkomplizieren – oder dazu beitragen, dass sie sich mir schneller öffnet. So ticken Frauen nun mal. Auf Sex folgen meist Gefühle und auf Gefühle Vertrauen. Vertrauen, das ich benötige, um Antworten auf all meine Fragen zu bekommen. Aber heiligt der Zweck wirklich die Mittel? Will ich auf diese Weise an die Wahrheit kommen? Gibt es überhaupt einen anderen Weg? Habe ich eine Wahl? Denn, mein Gott, sie ist so gnadenlos heiß. Besonders nach dieser Info, die eine Modifizierung meiner Regeln erfordert.

Kennenlernen: ja.

Flirten: ja.

Unverbindlicher Sex: ja.

»Logan, der Frauenflüsterer ...«, beginnt Ruby. »Du willst mir also zu meinem ersten Orgasmus verhelfen?« Nachdenklich schaut sie auf ihre Hände, nur um mit einem verführerischen Augenaufschlag wieder meinem Blick zu begegnen. »Und wie willst du das anstellen? Was unterscheidet dich von den Männern, die es vor dir versucht haben?«

Sie zu fragen, von wie vielen sie spricht, liegt mir auf der Zunge. »Ich glaube nicht, dass du das durch Frage-Antwort-Spielchen herausfinden wirst.«

»Welche Art von ...« Sie zeichnet Gänsefüßchen in die Luft. »... Spielchen schweben dir denn stattdessen vor?«

»Spielchen, bei denen du nackt unter mir liegst.«

»Ich bevorzuge es aber oben.«

»Gerne. Sobald ich mit dir fertig bin und du danach noch die Kraft dazu hast.«

Das Rot ihrer Wangen färbt sich zwei Nuancen dunkler. Sie schluckt, fährt sich durchs Haar. Ich kann förmlich sehen, wie sie innerlich nach Luft schnappt und sich windet. Jetzt habe ich sie genau da, wo ich will.

»Du bist dir deiner Fähigkeiten aber sehr sicher, Logan.«

»Im Gegensatz zu anderen kann ich's mir leisten.«

»Jeder, der sich zu weit aus dem Fenster lehnt, fällt früher oder später hinaus.« Ihre Stimme ist gesenkt, klingt leicht heiser und verrucht.

Offenbar bin ich nicht der Einzige, den dieses Thema anmacht. Denn mein Schwanz ist noch immer hart, weshalb ich das Kissen fester auf meinen Schoß presse. »Ist alles eine Frage der Balance, Ruby.«

Statt zu antworten, greift sie nach ihrem Getränk und saugt mit einem tiefen Blick in meine Augen an dem Strohhalm. Nicht schüchtern, sondern auffordernd. Das Verlangen nach Sex glitzert in ihren Augen. Dennoch hält sie mich hin, spannt mich schweigend auf die Folter. Dass ich vor Ungeduld und Lust auf sie fast platze, lasse ich mir nicht anmerken und trinke ebenfalls.

»Okay«, lautet ihre knappe Antwort, nachdem sie die Litschilimonade ausgetrunken hat.

An meiner verschlucke ich mich fast, weil ich mit einem weiteren Schlagabtausch und noch mehr Wortspielchen gerechnet habe. Nicht aber mit einem simplen Okay. »Das heißt?«, hake ich nach, um auf Nummer sicher zu gehen.

Ihre Mundwinkel zucken. »Dass ich über dein Angebot nachdenken werde.«

»Natürlich, was sollte es auch sonst bedeuten? Lebensverändernde Entscheidungen sollte man ohnehin nicht auf leeren Magen treffen.«

»Lebensverändernd?«

»Korrekt.«

»Fragt sich nur für wen.«

»Uns beide.«

»Wie gut, dass jetzt das Essen kommt.«

Als hätte sie Akira heimlich ein Zeichen gegeben, bringt uns dieser ein Tablett voller Sushi-Variationen. Er stellt es auf den Hocker und wünscht uns einen guten Appetit.

»Jetzt bin ich gespannt«, sage ich, das kleine Buffet betrachtend.

»Ich auch. Aber versprich mir, ehrlich zu sein. Okay?«

»Okay.«

Ruby verabschiedet Akira mit einer Umarmung, von der ich jetzt weiß, dass sie freundschaftlicher Natur ist.

»Komm bald wieder und grüß Granny von mir.«

»Das mach ich. Schönen Abend noch.«

Ich halte Ruby die Tür auf und nicke Akira zu. Er hat bereits den Schlüssel in der Hand, um abzuschließen, weil wir die letzten Gäste sind.

»Hat mich gefreut, Logan.«

»Mich auch«, antworte ich und trete nach Ruby aus der Tür.

»Wow. Ich glaube, er mag dich«, sagt sie erstaunt.

»Natürlich tut er das.« Mein großzügiges Trinkgeld lasse ich unerwähnt. »Ich bin ja auch ein ziemlich cooler Typ.«

»Ja, zugegeben. Du bist wirklich ganz okay.«

»Klingt, als hättest du Zweifel gehabt.«

»Apropos Zweifel ...«, sagt sie neben mir hergehend. »Wie fandest du das Sushi? Sagen wir, auf einer Skala von eins bis zehn.« Sie bleibt vor mir stehen und sieht erwartungsvoll zu mir auf.

Da sie bei allem unter sechs vermutlich enttäuscht wäre, runde ich auf und antworte: »Es war eine gute Sieben.«

»Sieben? Nur? Du wolltest sogar Nachschlag.«

»Deshalb ist es ja auch eine gute Sieben, was gehobener Durchschnitt und fast eine Acht ist.«

»Aber nur fast. Was hat dir bis zur Zehn gefehlt?«

»Wenn überhaupt, bis zur Neun.«

»Warum?«

»Weil die Zehn für Perfektion steht. Nichts auf der Welt ist wirklich perfekt. Perfektion ist ein Maßstab, der unerreicht bleiben muss, um uns Menschen zu Höchstleistungen anzutreiben.«

Sie winkt ab. »Mein Gott, du klingst wie mein Professor. Den hab ich verflucht, weil er mir nie die volle Punktzahl geben wollte, egal, wie viel ich gelernt habe.«

Ich muss mich ermahnen, ihr Magna-cum-laude-Zeugnis, von dem ich ja eigentlich keine Ahnung haben kann, nicht zu erwähnen. »Aber ich wette, dass du dich in keinem anderen Fach so angestrengt hast wie in seinem.«

Sie nickt zögerlich. »Ja, das stimmt.«

»Siehst du.«

»Von einer Neun ausgehend, ist die Sieben dann ja richtig gut«, bemerkt sie mit einem zufriedenen Lächeln auf den Lippen. Ich will etwas entgegnen, doch die Worte bleiben mir im Hals stecken, als der Herbstwind Rubys Haar erfasst. Den Kopf hin und her werfend, versucht sie, es zu bändigen, und sieht so unfassbar schön dabei aus. Genau so will ich sie auf mir haben. In totaler Ekstase, während sie auf mir ihrem ersten Orgasmus entgegen reitet. Nicht gerade meine bevorzugte Stellung. Aber für diesen Anblick wäre ich sogar bereit, ihr die Zügel kurzfristig in die Hand zu geben. Dazu müsste sie jedoch auf meinen Vorschlag eingehen, zu dem sie sich nicht mehr geäußert hat. Ich könnte sie darauf ansprechen, aber nach Sex zu betteln ist weder mein Stil noch habe ich das nötig. Mein Angebot liegt auf dem Tisch. Jetzt ist es an ihr zuzugreifen.

»Zu deinem Auto geht's nach rechts«, stellt Ruby fest; ihr Haar hat sie wieder unter Kontrolle. »Ich muss nach links.«

»Dann ist das auch mein Weg.« Dass ich sie bis vor ihre Haustür bringe, steht außer Frage. Selbst wenn das einen längeren Fußmarsch bedeutet, da sie eine Fahrt in meinem Auto vermutlich immer noch ablehnen würde. Außerdem ist es kurz vor Mitternacht und damit definitiv zu spät, um sie alleine hier rumlaufen zu lassen.

»Ich wohne nur zwei Häuser weiter«, sagt sie. »Wenn es nicht schon so spät wäre, würdest du das Haus sogar von hier aus sehen.«

»Gerade, weil es so spät ist, werde ich dich bringen!« Verständnislos schüttle ich den Kopf. »Machst du so einen Quatsch öfter? Mitten in der Nacht allein nach Hause gehen?«

»Was diese Strecke betrifft, schon. Das sind keine hundert Meter.«

»Selbst auf fünfzig kann mehr passieren als während einer Fahrt in meinem Auto«, spiele ich auf ihre seltsame Phobie an. »Und jetzt sag mir nicht, dass du den Weg von der Bar nach Hause auch alleine gehst.«

»Ich lasse mich von einer Kollegin fahren, die auch dort arbeitet. Zufrieden?« Sie klingt leicht genervt, wodurch mir meine etwas übertriebene Sorge erst bewusst wird. Aber gegen das Bedürfnis, sie beschützen zu wollen, komme ich aus irgendeinem Grund nicht an.

»Zufrieden.«

»Gut!« Ich sehe ihre Mundwinkel zucken. »Dann bring mich jetzt bitte nach Hause, statt mich auf offener Straße auszuschimpfen.«

»Das war noch lange kein Schimpfen«, scherze ich neben ihr gehend.

Während der wenigen Meter bis zu ihrem Haus herrscht eine Stille zwischen uns, die ich genauso genieße, wie mit ihr zu lachen. Dass Ruby zu den wenigen Menschen zählt, mit denen man schweigen kann, hätte ich nicht gedacht. Und dass der Abend so zwanglos werden und wir uns so gut verstehen würden, noch weniger.

»Hier wohne ich.« Vor einem Haus, das ich von Fotos aus ihrem Dossier kenne, bleiben wir unter einer Laterne stehen. Sie fährt sich durchs Haar, lächelt mich an. »Danke für ... alles, Logan.«

»Für alles? Wir waren doch nur essen.«

»Nachdem du meinen Boss davon überzeugt hast, mich nicht zu feuern. Ich weiß von dem Whiskey«, sagt sie mit einem Ausdruck halb entschuldigend, halb verlegen.

»Mit dir hatte das nichts zu tun. Ich hatte doch gesagt,

dass ich für alles zu Bruch Gegangene aufkomme. Das schließt die drei oder vier Spirituosen ein.«

Ruby hebt eine Augenbraue. »Welche Spirituosen? Als ich an dem Tag Feierabend gemacht habe, waren alle Flaschen heil.«

»Echt?«

»Ja, echt.« Ruby schüttelt fassungslos den Kopf. »Das glaub ich jetzt nicht. Was ist er denn bitte für ein Halsabschneider?«

Im Gegensatz zu ihr lasse ich mir meine Verärgerung nicht anmerken. »Wenigstens ist seine Bar von nun an mit vernünftigem Whiskey ausgestattet.«

»Du hast doch nicht etwa vor, ihm die immer noch zu geben? Er hat meine Notsituation eiskalt ausgenutzt, um daraus Profit zu schlagen. Darauf werde ich ihn morgen direkt ansprechen.« Wild gestikulierend steht sie vor mir und legt ein Temperament an den Tag, das ich bei ihr nicht vermutet hätte. Verdammt süß.

»Du tust gar nichts. Wenn überhaupt, regele ich das.«

»Wenn überhaupt?« Verständnislos sieht sie mich an. »Fühlst du dich denn nicht verarscht? Immerhin sprechen wir bestimmt von einigen hundert Dollar, oder wie viel kostet so eine Flasche?«

»Nicht genug, um mir davon die letzten verbleibenden Sekunden unseres Dates kaputtmachen zu lassen.« Dass der günstigste Whiskey in der Minibar meines Büros sechstausend Dollar wert ist, behalte ich für mich.

Sie seufzt. »Ja, du hast recht. Immerhin hatte ich heute frei.«

»Genau.«

»Und?« Ihre sinnlichen Lippen verziehen sich zu einem noch sinnlicheren Lächeln. »Wie nutzen wir nun die letzten Sekunden dieses wirklich schönen Abends?«

»Kommt darauf an, wie viele Sekunden du noch erübrigen kannst.«

Sie schaut auf ihre Uhr, als würde sie dort die Antwort finden. Dabei steht ihr diese mehr als deutlich ins bildhübsche Gesicht geschrieben, als sie wieder zu mir aufsieht. Denn ihre großen grünen Augen funkeln mir erwartungsvoll entgegen. Keine Ahnung, ob vor Sehnsucht oder Lust. Fest steht, sie will noch nicht gehen. Sonst würde der Schlüssel nicht in ihrer Tasche liegen, sondern längst im Schloss der Haustür stecken. Daher trete ich näher, stehe nun so dicht vor ihr, dass sie den Kopf in den Nacken legen muss. »Was schätzt du denn, wie viele Sekunden ein durchschnittlicher Kuss hat?«, frage ich mit gesenkter Stimme.

Sie schluckt, leckt sich über die Lippen. »Ähm ... darüber habe ich ehrlich gesagt noch nie nachgedacht.«

»Dann solltest du das jetzt tun. Weil davon abhängt, wie lange wir noch hier draußen stehen werden.« Ich spüre ihren Atem auf meinem Gesicht. Heiß und schwer. »Nenn mir einfach eine Zahl, Ruby«, sage ich und streiche ihr eine Strähne hinters Ohr. Meine Hand lasse ich auf ihrer erhitzten Wange und wandere dann langsam Richtung Nacken, umschließe ihn.

Ihre Lider werden schwer, die Atmung flacher. »Irgendeine?«

Nickend starre ich auf ihren feucht schimmernden Mund. Ich will sie schmecken.

»Fünf«, sagt Ruby nicht, sondern haucht es.

»Zu wenig.«

»Zehn?«

»Schon besser. Aber noch nicht perfekt.« Meine Stimme klingt genauso heiser wie ihre.

»Dreißig.«

»Damit kann ich arbeiten.«

RUBY

Logans heisere Stimme und das Gefühl seiner Finger in meinem Haar und auf meiner Kopfhaut, gepaart mit dem Hinauszögern eines Kusses, mit dem ich eigentlich nicht mehr gerechnet habe, lassen starkes Verlangen durch meine Adern schießen. Plötzlich will ich nicht nur, dass er mich endlich küsst. Ich möchte, dass er mich berührt. Mehr sogar.

Mit mir würdest du kommen.

Ich will, dass er dieses Versprechen einlöst, und überbrücke auf Zehenspitzen die wenigen Millimeter, die meinen Mund von seinem trennen. Unsere Lippen treffen aufeinander – sanft, vorsichtig, zögerlich, bis ich meine öffne. Offenbar ist das die Einladung, die Logan gebraucht hat, um mich jetzt auf eine Weise zu küssen, die mich komplett vergessen lässt, dass wir uns mitten auf der Straße befinden. Ich nehme nur das Streicheln und Massieren seiner seidigen Zunge wahr, das sanfte Saugen an meiner Unterlippe, an der ich nun auch seine Zähne spüre. Ich umklammere seinen Nacken, vergrabe eine Hand in seinem vollen Haar. Zerrend und zupfend, weil ich mehr will. Irgendwie mehr. Als hätte ich den Gedanken laut geäußert, vertieft Logan den Kuss und umschlingt meine Taille. Er presst mich an sich und stöhnt. Oder bin ich das? Denn das Gefühl seiner Erektion, die ich trotz meines Mantels am Bauch fühle, lässt mich feucht werden. Meine Haut beginnt zu prickeln und ich spüre diesen vertrauten Rausch, der davon kommt, gewollt zu werden. Mit gesenkten Lidern gebe ich mich der Illusion hin, die Leere in meinem Leben ... die klaffende Wunde in meinem

Herzen durch eine einzige heiße Nacht mit einem Mann füllen zu können. Ich werde mir den Wunsch nach einem warmen, starken Männerkörper, unter dem ich meine Einsamkeit vergraben kann, erfüllen, auch wenn er am Morgen danach meist doppelt so groß ist. Aber das ist mir egal.

Atemlos unterbreche ich den Kuss. »Komm mit mir nach oben, Logan.«

Ich habe meine Wohnungstür kaum ins Schloss gezogen, da wirbelt mich Logan herum. Meine Tasche fällt dumpf zu Boden, gefolgt von dem klirrenden Geräusch meines Schlüssels auf dem Parkett, als mich sein großer Körper überrumpelt.

»Wir müssen leise sein«, flüstere ich gegen Logans halb geöffneten Mund. »Meine Gran wohnt nur zwei Etagen unter mir.«

»Ich werde dich daran erinnern«, raunt er und drängt mich ins Innere meiner kleinen Wohnung. Meinen Mantel streift er mir von den Schultern und Armen. »Mach das Licht an. Ich will dich sehen.« Er klingt ungeduldig.

Blind ertaste ich rechts neben der Tür den Schalter und knipse die Deckenleuchte meines Wohnzimmers an. »Besser?«

»Um einiges. Zieh dich aus!«, befiehlt er rau. Stirn an

Stirn, unsere Lippen nur einen Atemzug davon entfernt, dort weiterzumachen, wo wir draußen vor dem Haus aufgehört haben. Aber da ich dazu offenbar nackt sein muss, streife ich mir hastig die Ärmel von den Handgelenken und lasse meinen Mantel achtlos zu Boden fallen. Unter Logans lodernd heißem Blick, während er sein Jackett ablegt. Als ich mich meiner Bluse widmen will, kommt er mir zuvor und reißt sie derart gewaltsam auf und von meinem Körper, dass uns die Knöpfe um die Ohren fliegen. Meinen Protest erstickt er mit seiner Zunge. Heiß sowie drängend trifft sie auf meine, massiert und umschmeichelt sie. Ein Gefühl, so unglaublich berauschend, dass prickelnde Schauer meinen Körper rauf und wieder runter rasen. Nur wegen eines Kusses, der inniger und intensiver ist als jeder, den ich davor hatte. Ich schnappe atemlos nach Luft, als Logan meinen Mund wieder freigibt, um sich stöhnend meinem Hals zuzuwenden. Knabbernd, saugend und leckend, während seine großen Hände an meinem Rücken abwärts gleiten. An meinem Hintern angekommen, packt er plötzlich zu, hebt mich mühelos an. Instinktiv schlinge ich meine Beine um seine schmalen Hüften. Ich spüre den Beweis seiner Begierde an meinen Schenkeln und zwei Herzschläge später die Anrichte in meiner Wohnküche unter meinem Hintern. Behutsam setzt er mich auf ihr ab und öffnet mit nur einem Handgriff den Verschluss meines BHs. Kühle Luft lässt meine ohnehin schon harten Brustspitzen noch härter werden. Logans Blick rutscht kurz tiefer und trifft bewundernd wieder auf meinen.

»Du bist so verdammt sexy«, raunt er und bringt mich mit einer Hand ins Hohlkreuz. Seine andere fährt meinen entblößten Bauch und den Rippenbogen hoch, unter dem mein Herz einen Schlag aussetzt, als Logan seinen Mund auf meine Brust senkt. Schwer atmend sehe ich an meinem Dekolleté hinunter. Der Anblick seiner vollen Lippen, die sich um meinen Nippel schließen, ist so erregend, dass sich mein Unterleib sehnsüchtig zusammenzieht. Das Kreisen seiner Zunge, das Schaben seiner Zähne, das Saugen ... mal sanft, mal fest, sind Wonne und Folter zugleich. Ich kralle meine Hände in Logans Haar, will ihn noch näher bei mir haben und ihn gleichzeitig wegdrücken. Meine Zähne grabe ich in die Unterlippe und die Finger in seine Schulter. Tief. Denn – mein Gott – so habe ich mich mit noch keinem Mann gefühlt, und Logans Hand zwischen meinen Beinen macht alles nur noch schlimmer. Schöner. Intensiver. Unerträglicher.

Himmel!

Seine Finger presst er gegen die Jeansnaht zwischen meinen Schenkeln und lässt sie kreisen. Wieder und wieder über diese eine Stelle, die er offenbar nicht mal sehen muss, um zu wissen, wo sie sich bei mir befindet. Im gleichen Rhythmus liebkost er meine Brustspitzen, bis sie spannen und heiße Wellen der Lust durch meinen Körper schicken. Die Hitze seiner Hand verschmilzt mit der meiner Mitte. Ich fühle noch mehr Nässe zwischen meinen Beinen und durch meine hautenge Jeans sickern.

»Fuck, Ruby ... du bist so nass«, stöhnt er an meiner Brust und entlässt meinen Nippel aus seinem Mund, um mich wieder zu küssen. Wild und stürmisch, während er sich an mir reibt. Nicht mehr mit den Fingern, sondern seinem Schritt. Logan ist hart, so unglaublich hart, und seine Erektion fühlt sich riesig an. Zu groß für die Enge in seiner Hose, aus der ich ihn zu befreien versuche. Doch er entzieht sich mir und geht zwei Schritte rückwärts. »Gleich, Ruby.«

Ohne den Schutz seines hitzigen Körpers fühle ich mich seinem glühenden Blick ausgeliefert. Genüsslich leckt er sich über die Lippen und fixiert mich, als sei ich Vorspeise, Hauptgang und Dessert in einem. »Ein Traum«, wispert er und fängt an, sein Hemd aufzuknöpfen. Sich seinem fantastischen Aussehen mehr als bewusst, entblößt er einen Oberkörper, den selbst Photoshop nicht so hinbekäme. Sein Sixpack, über den sich makellose Haut spannt, tritt mit jedem seiner schweren Atemzüge deutlich hervor. Logan ist kaum behaart. Bis auf den schmalen dunklen Flaum, der von seinem Nabel aus zusammen mit den Ausläufern seiner Lenden im Bund seiner Hose verschwindet. Als er auch diese vor mir auszieht, entkommt mir wegen des Risses darin ein Kichern.

»Was?«, fragt Logan und grinst schief, als ich auf das Loch deute. Dass er über sich selbst lachen kann, macht mich fast genauso an wie das Ausmaß seiner Lust auf mich. Denn er steht jetzt in Shorts vor mir und der kleine feuchte Fleck darauf ist nicht zu übersehen. Schluckend begegne ich wieder seinem Blick, erkenne Gier und rohes Verlangen darin. Dann baut er sich vor mir auf und zieht mich endlich wieder zu einem alles verschlingenden Kuss an seinen muskulösen Körper. Geschickte Finger öffnen Knopf und Reißverschluss meiner Jeans. Ich ziehe den Bauch ein, damit es einfacher und schneller geht. Logan hebt meinen Po an und schiebt mir die Hose samt Slip von den Hüften. Als er mich wieder absetzt, lässt mich kühles Holz unter meinem nackten Hintern erschauern. Den Kuss unterbricht Logan, um mich vollständig zu entkleiden.

Ich spreize meine Beine, bereit, ihn zu empfangen. »Hast du Kondome?« Meine Stimme klingt heiser vor Erregung, Vorfreude und voller Erwartung eines Orgasmus, dem ich noch nie so nah war. Heute könnte es passieren.

»Wir brauchen keins«, raunt er an meinem Mund. »Noch nicht«, fügt er hinzu und dringt mit zwei Fingern in mich ein. Langsam. Zentimeter für Zentimeter. Als beobachtete er ein Experiment, dessen Ergebnis ein Gewinn für die gesamte Menschheit darstellen könnte, sieht er mich an. Lauernd sowie lüstern ertastet er meine intimste Körperregion und findet zielstrebig diesen einen Punkt. Ohne dass ich ihn anleiten oder führen muss.

Wow!

Immer tiefer vergraben sich seine Finger in mir, massieren mich und lassen ein Schmatzen entstehen, das sich mit meinem leisen Stöhnen mischt. Ich spüre, wie sich dieses allzu vertraute Kribbeln auf meiner Haut ausbreitet. Mit dem Unterschied, dass es nicht meine, sondern die Finger eines Mannes sind, die es erzeugen und meinen Herzschlag zum Rasen bringen. Druck baut sich auf. »Ja. Genau da ...«, keuche ich, damit Logan nicht aufhört, den Winkel seiner Finger und das Tempo beibehält. Denn es ist perfekt und treibt mich fast über die Klippe. Aber nur fast, weshalb ich meine Augen schließe, um die Intensität des Gefühls zu steigern oder wenigstens beizubehalten.

»Sieh mich an, Ruby«, fordert Logan heiser. »Ich will es in deinen Augen sehen, wenn du kommst.«

Ich gehorche, merke aber, wie die Spannung langsam nachlässt. Verzweifelt versuche ich, sie zu halten, indem ich mich seinen Fingern entgegenbewege – bis Logan, der einen siebten Sinn zu haben scheint, seinen Daumen auf meine Klitoris legt und sie massiert. Sanft, gefühlvoll, der Druck ist genau richtig und ich dränge mich seiner Hand entgegen.

Ich brauche noch mehr, um zu kommen. Ich brauche seinen Schwanz. In mir. Jetzt.

Ungeduldig hake ich meine Finger in das Bündchen

seiner Shorts und ziehe sie herunter, bis meine Hand seinen Schaft umschließt. Dick, hart und glühend heiß. Ich massiere ihn der Länge nach, gleite auf und ab, bis er in meiner Hand zu zucken beginnt. Logan zieht scharf die Luft ein und lässt sie keuchend aus seinem halb geöffneten Mund entweichen.

Fordernd beiße ich in seine Unterlippe; er versteht und greift rechts von mir in die Brusttasche seines Hemdes. War ich hier, als er es dort abgelegt hat?

Ein Rascheln und Knistern lenkt meine Aufmerksamkeit von dem Hemd wieder auf Logans Gesicht. Mit den Zähnen öffnet er ein Kondompäckchen. Gebannt sehe ich dabei zu, wie er das durchsichtige Gummi über seinen Schwanz stülpt. Er ist gerade gewachsen, beschnitten, die Größe genau richtig. Wunderschön.

Einen Atemzug später spüre ich, wie seine Eichel meine Schamlippen teilt. Behutsam dringt Logan in mich ein. Immer tiefer, bis er mich gänzlich ausfüllt. Ich ziehe scharf die Luft ein, als er mich dehnt. Logan verharrt, gibt mir Zeit, um mich an ihn zu gewöhnen. Seine Hand schließt er fest um meinen Nacken. Er sieht mir tief in die Augen und fragt: »Bist du okay?«

Drei simple Worte, die ich aus irgendeinem Grund gerade unglaublich sexy finde. Ich antworte mit einem Kuss, den Logan leidenschaftlich erwidert, bevor er mich mit einem Ruck von der Anrichte auf seinen Schwanz hebt.

Ich stoße überrascht den Atem aus und keuche in seinen Mund, weil er nun noch tiefer in mir ist. Nach nur wenigen Stößen findet er diesen einen Punkt, den er zielsicher und gekonnt mit seiner Spitze reizt. Ich bäume mich auf, umklammere seinen Hals und komme jedem seiner Stöße entgegen.

Hart. Schnell. Tief. So, wie ich es mag. Logan macht alles genau richtig. Wenn ich bei ihm nicht komme, dann bei niemandem, und ich befinde mich bereits auf der Schwelle zum Orgasmus. Mir wird heiß, dann wieder kalt. Die feinen Muskeln tief in mir ziehen sich voller Sehnsucht nach Erlösung immer mehr um seinen zuckenden Schwanz zusammen.

Gott, fühlt er sich gut an. So unglaublich gut.

»Fuck, Ruby ... du bist so eng. So heiß.« Logan zieht das Tempo an, scheint zu spüren, dass ich kurz davor bin, und stöhnt heftig in mich hinein. Mein Stöhnen wird lauter, aber auch verzweifelter, weil der Druck in mir nachlässt, statt sich in der Explosion, die sich angebahnt hat, zu entladen. Ich schließe die Augen, presse die Lider zusammen in der Hoffnung, dass dieses intensive Gefühl wiederkehrt. Vergeblich. Je mehr ich es will, desto mehr scheint es sich vor mir zu verstecken. Ich muss den Kopf ausschalten. Fühlen, nicht denken. Vielleicht hilft ja ein Blick in Logans geweitete Pupillen, in dieses heiße Glühen seiner Augen.

»Lass dich fallen, Baby«, raunt Logan, der meine Blockade zu bemerken scheint und mich wieder absetzt. Er löst meine Arme von seinem Hals, führt sie hinter meinen Rücken und hält sie mit einer Hand gefangen. Mit der anderen presst er mich an sich und stößt zu. Unerbittlich. Dabei sieht er mir in die Augen und trifft jedes Mal den Ort in mir, an dem sich meine Lust sammelt. Schauer rieseln meinen Rücken hinunter und es gelingt ihm erneut, diese Spannung zu erzeugen. Denn nach jedem seiner Stöße verharrt Logan, massiert, reibt und reizt dieses Pulverfass, das einfach nicht hochgehen will. Obwohl ich das so gerne möchte. Hier und jetzt spüre ich, wie sehr ich mich nach einem echten – durch einen Mann wie Logan geschenkten – Orgasmus sehne. Innerlich lasse ich die Tränen der Verzweiflung laufen, weil ich unter all dem, was hier gerade passiert, leide. Mein Körper ist aufgeheizt, zum Reißen gespannt und ich will unbedingt spüren, wonach ich mich schon so lange sehne. Aber es will nicht funktionieren, obwohl Logan wirklich alles daransetzt, es zu ermöglichen.

Was stimmt nicht mit mir?

Wieso kann ich mich nicht fallen lassen?

Wenn selbst ein Mann wie Logan es nicht schafft, mich über die Klippe springen zu lassen, wird es keiner hinbekommen. Ich könnte schreien vor Wut, denn ich will mich nicht damit abfinden. Nicht jetzt. Aber ich muss – weil so nun mal meine Realität aussieht. Schon immer. Logan hat eine Hoffnung geweckt, die ich längst begraben hatte. Zu Recht, weil sich der Wunsch nach einem Höhepunkt mit einem Mann wohl nie erfüllen wird. Aber muss ich kommen, um guten Sex zu haben? Nein, beschließe ich. Doch Logan, dem der Schweiß auf der Stirn steht, will das offenbar nicht hinnehmen. Denn er hört nicht auf, in mich zu stoßen. Jetzt wieder härter, obwohl er schon einige Male kurz davor stand, selbst Erlösung zu finden. Sein Gesicht ist rot, vor Lust verzerrt, und der Blick glasig. Dennoch verbietet er sich loszulassen. Meinetwegen. Das ist nicht fair, weshalb ich beschließe, ihm zu geben, was er braucht.

Ich lasse mein Stöhnen lauter werden. Langsam, damit Logan mir die Schauspielerei auch abnimmt. »Gott ... ja, genau so«, keuche ich, werfe den Kopf in den Nacken und beiße erst mir in die Unterlippe, bevor ich ihn wieder betrachte und in seine beiße. Fest. »Logan«, wimmere ich gegen seinen Mund und verenge keuchend meine inneren Wände um seinen Schwanz. Wieder und wieder, damit er meinen Fake-Orgasmus nicht nur hört, sondern auch spürt. Mit Erfolg. Denn seine Finger vergraben sich fast schmerzhaft in meiner Haut, als er seinen Höhepunkt erlebt und ich in sein raues Stöhnen einstimme. Nicht nur sein Körper bebt, auch ich zittere. Und das ist nicht mal gespielt, weil ich gerade all meine Willenskraft aufbringe, um nicht vor Enttäuschung und Frust über mich selbst in mich zusammenzufallen.

FÜNF

LOGAN

Ruby zu ihrem ersten Höhepunkt verholfen zu haben, ist fast noch befriedigender als mein eigener. Aber nur fast. Mir ist immer noch schwarz vor Augen, weil ich mich noch nie so zusammenreißen musste, um einen Orgasmus hinauszuzögern. Umso heftiger war die Explosion, als Ruby so weit war und ich endlich loslassen konnte. Für ihren heißen Körper gilt das jedoch nicht. Den halte ich umschlungen, während ich langsam aus ihr herausgleite.

»Wie fühlst du dich?«, frage ich mit gesenkter Stimme und drücke ihr einen Kuss aufs Haar, das feucht von unserem Schweiß ist.

»Shhhh ... Ruinier's nicht, Logan«, flüstert sie heiser.

»Inwiefern ruinieren?« Ich schiebe sie leicht von mir weg, um fragend in ihr noch immer erhitztes Gesicht zu sehen.

»Diesen Moment. Ich will jetzt nicht reden ... Dazu bin ich zu erschöpft. Deinetwegen.«

»Ist das als Vorwurf oder Kompliment gemeint?« Insgeheim tippe ich bereits auf Letzteres.

»Beides.«

Mein Mund verzieht sich zu einem triumphierenden Grinsen, während ich innerlich die Siegesfaust balle.

»Und jetzt: Shhhh«, fährt sie wispernd fort. »Ich will nämlich immer noch nicht reden.«

»Was willst du dann? Kuscheln?«, scherze ich, das Was-Frauen-nach-dem-Sex-wollen-Klischee bedienend.

»Das wird dich vielleicht schocken. Aber ich steh nicht auf postkoitales Kuscheln.« Das kam trocken und lässt mich lachen. »Ich bin müde und möchte einfach nur in mein Bett«, erklärt sie, was ich als Aufforderung zu gehen deute, doch ... »Und weil du so nett zu mir warst, biete ich dir sogar die rechte Seite meiner Matratze und einen Abschiedskaffee nach dem Aufstehen an. Das mache ich sonst nie.«

Abschiedskaffee?

Teilt sie mir gerade mit, dass sie mich kein weiteres Mal daten will?

Mich? Logan Carter? Den Mann, durch den sie ihren ersten Orgasmus hatte?

»Was denn?«, fragt sie. Offenbar sieht sie mir meine Verwunderung an. »Das war nur ein nett gemeintes Angebot und kein Heiratsantrag. Du musst nicht über Nacht bleiben, wenn du nicht willst. Ich bin ein großes Mädchen und schlafe sehr gerne allein in meinem Bett.«

»Du bist vor allem ein verdammt heißes und cooles Mädchen. Deshalb nehme ich dein Angebot an.« Bei ihr zu schlafen stellt ein absolutes Novum dar, denn nicht bei One-Night-Stands zu übernachten ist meine eiserne Regel. Aus dem einfachen Grund, dass Frauen dazu tendieren, sich Hoffnung auf mehr zu machen, sobald man die Nacht mit ihnen verbringt. Aber Ruby ist kein normaler One-Night-Stand und sie scheint mir auch nicht der Typ Frau zu sein, der sich Hals über Kopf verliebt und sofort Besitzansprüche geltend macht. Im Gegenteil, was meiner Mission zu Gute kommt. Ich brauche noch einige Antworten und bin noch lange nicht fertig mit ihr. Abgesehen davon hat die Aussicht auf Guten-Morgen-Sex mit ihr durchaus seinen Reiz. »Wo ist dein Schlafzimmer?«

»Rechts, die erste …« Ihr hohes Quieken unterbricht sie. Ohne Vorwarnung habe ich sie gepackt und über meine Schulter geschwungen. Ihr Kopf dürfte sich knapp über meinem nackten Hintern befinden.

»Hey! Was machst du denn da? Ich kann alleine laufen«, beschwert sie sich lachend.

»Brauchst du aber nicht. Genieß die Aussicht, solange du noch kannst. Die ist heute im Logan-Carter-All-inclusive-Paket inbegriffen.«

»Mir war gar nicht bewusst, dass ich das gebucht hatte.«

Auch mir ist so einiges nicht klar. Noch nicht. Aber das wird sich hoffentlich schnell ändern.

Ich spüre etwas Weiches, Formbares unter meiner Hand – eine Frauenbrust. Rubys, wie ich feststelle, als ich den Kopf zur Seite drehe. Es braucht zwei Sekunden, bevor mir klar wird, wo ich bin und warum sie nackt neben mir liegt. Wir hatten Sex. Phänomenalen Sex. Dank mir weiß Ruby jetzt, wie sich ein echter Orgasmus mit einem Mann anfühlt. Allein das Wissen, es ihr besorgt zu haben, macht mich derart an, dass ich schon wieder Lust auf sie habe. Ihr heißer Körper befindet sich nur von der Hüfte abwärts unter dem Laken. Ruby ist am Morgen danach noch genauso schön wie gestern Abend. Auf die Seite gedreht, betrachte ich ihr hübsches Gesicht, ihren Hals, ihre Brüste. Wohlgeformt, fest. Ich kann nicht widerstehen und gleite mit dem Daumen über ihren Nippel, der sich sofort aufrichtet. Hart, rosarot und so verdammt einladend, dass ich an mich halten muss, um ihn nicht in meinen Mund zu saugen, an ihm zu lutschen, mit ihm zu spielen, bis Ruby keuchend die Lider aufschlägt. Hier und jetzt würde ich am liebsten unter ihrer Decke verschwinden, zwischen ihren Beinen abtauchen und sie mit einem Höhepunkt aus dem Schlaf reißen. Eine Vorstellung, die meine Morgenlatte so heftig zum Zucken bringt, dass sie schmerzt. Leider kenne ich sie nicht gut genug, um zu wissen, ob ihr ein Weckruf dieser Art recht wäre. Immerhin sprach sie gestern von einem Abschiedskaffee. Daher gebe ich meine Selbstbeherrschung zum Besten, richte mich auf und ziehe das Laken über ihren entblößten Oberkörper. Als mein Blick dabei auf ihren Wecker fällt, reiße ich überrascht die Augen auf.

Die Uhrzeit kann unmöglich stimmen. Trotz der Lichtstrahlen, die durch den dunklen Vorhang Rubys Schlafzimmer erhellen, kann ich nicht fassen, dass es schon elf Uhr ist. Fast Mittag. So spät bin ich das letzte Mal vor fünf Jahren aufgewacht – als Student. Für gewöhnlich habe ich um diese Zeit bereits gefrühstückt und das Work-out inklusive meiner Runde um den Central Park hinter mir. Statt hier zu liegen, säße ich frisch geduscht an meinem Esstisch, würde einen Vitaminshake trinken und dabei »The Wall Street Journal« lesen.

Ungläubig den Kopf schüttelnd, steige ich leise aus Rubys Bett, öffne die Schlafzimmertür – und kollidiere mit einer kleinen weißhaarigen Frau im schwarz-weiß gepunkteten Bademantel, die sofort zu schreien anfängt.

»Fuck!«, stoße ich erschrocken hervor und bekomme noch im selben Moment einen Stock in den Bauch gerammt. Ein Gehstock, soweit ich es erkennen kann. Nicht sonderlich fest, weshalb sich der Schmerz in Grenzen hält. Ich ahne, dass es sich bei der alten Dame um Rubys Gran handelt; in meiner Erinnerung hat sie gestern so was erwähnt. Ich will mich erklären, doch sie kommt mir zuvor: »Wieso schleichen Sie hier so ... rum?« Ihr Gehstock deutet auf meinen Schritt, den ich daraufhin mit beiden Händen bedecke.

»Ich ... ähm ... habe die Nacht hier verbracht, Ma'am.«

»Das habe ich nicht gefragt. Ich will wissen, warum Sie wie ein Ganove nackt hier rumschleichen.«

»Wie ... ein Ganove?«, wiederhole ich dümmlich. Ich war nicht darauf vorbereitet, nackt vor Rubys Gran zu stehen, die nun an mir vorbei ins Schlafzimmer ihrer Enkelin lugt. »Ruby? Ruby, bist du wach? Ruubyyy!«, ruft sie jetzt lauter und sieht mit kleinen grünen Augen wieder vorwurfsvoll zu mir hoch. »Warum antwortet sie nicht? Ruby?!«, schreit sie mit nun hochrotem Kopf. »O Gott, was ... was haben Sie mit ihr getrieben? Sind Sie ein Perverser?« Sie klingt panisch und weicht zurück, richtet ihren Stock wieder auf mich.

Abwehrend hebe ich eine Hand – die andere bedeckt weiterhin mein bestes Stück. »Ihrer Enkelin geht es gut, sie schläft. Das ist alles.«

»So fest? Ruuubyyyyy!«

Inzwischen frage auch ich mich, wieso Ruby bei dem Krach weiterschläft, statt aufzuwachen und mir ihre Gran vom Hals zu halten.

»Was haben Sie mit ihr gemacht?« Ihre Stimme bebt.

»Nichts, ich …«

»Granny?«, kommt es nun endlich von Ruby, die sich Sekunden später, eingewickelt in ein Laken, zwischen mich und ihre Oma schiebt. Ihre Stimme klingt vom Schlaf noch leicht kratzig und schleppend. »Was schreist du denn so rum?«

Endlich lässt ihre Gran den Stock sinken. Ich atme erleichtert aus und gehe auf Sicherheitsabstand, während sie Ruby um den Hals fällt. »Gott sei Dank. Es geht dir gut.«

»Wie sollte es mir denn sonst gehen?«, entgegnet sie verwundert.

»Dieser junge Mann schlich nackt hier rum. Du hast nicht geantwortet, als ich dich gerufen habe, und lagst reglos im Bett.«

»Weil ich geschlafen habe«, erklärt Ruby und schiebt ihre Gran sanft von sich.

»Du hättest aber auch tot sein können. Es gibt so viele perverse Sexganoven. Darüber habe ich letzte Woche sogar noch einen Bericht gelesen.«

Ruby stößt gedehnt den Atem aus. »Logan ist aber kein perverser Sexganove, Gran.«

Meinen Schock habe ich inzwischen überwunden und unterdrücke kopfschüttelnd ein Schmunzeln.

»Was machst du überhaupt hier, Thelma? Nur weil du einen Schlüssel hast, heißt das noch lange nicht, dass du einfach in meine Wohnung spazieren und auf meinen Besuch losgehen kannst«, fährt sie ihre Gran mit dem Rücken zu mir an.

»Es ist aber schon fast Mittag und du wolltest wie jeden Samstag um neun zum Frühstücken kommen. Ich habe versucht, dich anzurufen, und an der Tür geklingelt, aber du hast nicht aufgemacht. Da habe ich mir Sorgen gemacht.«

Ihre vorwurfsvollen Worte machen mir bewusst, wie fest auch ich geschlafen haben muss. Und das, obwohl gestern kein Tropfen Alkohol geflossen ist.

»Wie spät ist es denn?«, fragt Ruby.

»Elf Uhr.«

»Was, echt?« Als würde sie ihrer Gran nicht glauben, fährt sie zu mir herum und sieht mich mit großen Augen fragend an.

»Das stimmt«, antworte ich knapp und komme endlich auf die Idee, mich zu rühren. Wird Zeit, im Wohnzimmer meine Kleidung zusammenzusuchen. »Ich geh mir mal was anziehen, Ma'am.« Mit einem freundlichen Nicken schiebe ich mich vorsichtig an Thelma vorbei, die mich von oben bis unten in Augenschein nimmt. Ihren Stock behalte ich dabei im Blick.

»Wenigstens hast du Geschmack.«

»Gran«, zischt Ruby.

»Was denn? Man wird ja wohl noch gucken dürfen«, höre ich Thelma sagen und kann mir ein Grinsen nicht verkneifen. Was für ein schräger Samstagmorgen.

RUBY

Ich kann nicht fassen, dass meine Gran sich auch noch umdreht, um Logan auf den Hintern zu starren, nachdem sie ihn für einen perversen Sexganoven gehalten hat. Noch weniger kann ich jedoch fassen, dass ich verschlafen und weder den Wecker noch mein Telefon oder die Klingel gehört haben soll. Kein Wunder, dass Gran dachte, ich wäre geknebelt und an einen Stuhl gefesselt worden. Denn seit ich vor fünf Jahren aus ihrer Wohnung in dieses Apartment gezogen bin, habe ich kein einziges Mal unser Samstagsfrühstück verpasst. Es ist Tradition.

Reumütig sehe ich in das Gesicht meiner Gran, die – wie mir jetzt erst auffällt – in ihrem Morgenrock vor mir steht. »Ich hab wohl vergessen, den Wecker zu stellen«, lüge ich. »Das tut mir leid, Gran. Ich wollte nicht, dass du dir Sorgen machst.«

»Du hattest eben Sex mit einem gut aussehenden jungen Mann. Da kann das schon mal passieren. Eine andere Entschuldigung hätte ich auch nicht gelten lassen.«

Röte schießt mir in die Wangen, weil Logan hinter ihr – inzwischen wieder angezogen – lässig am Türrahmen lehnt und jedes Wort mitbekommen hat. Ein amüsiertes, selbstgefälliges und super sexy Grinsen umspielt seine Lippen. Lippen, die mich vor wenigen Stunden so nah an den Rand eines Orgasmus getrieben haben, wie es kein Mann vor ihm geschafft hat. Umso ärgerlicher, dass es wieder nicht geklappt hat. Schön war es trotzdem. So schön, dass allein die Erinnerung genügt, um ein leichtes Ziehen in meinem Unterleib zu verursachen.

»Wie heißt er noch?«, fragt Thelma interessiert und ihre grünen Augen funkeln mir wach entgegen.

»Logan Carter«, kommt es von ihm, statt mir. Er stellt sich neben mich und reicht meiner Gran die Hand. »Sehr erfreut, Ma'am.«

»Wie schade, Sie sind ja schon wieder angezogen.« Ihr Scherz lässt mich schnauben und peinlich berührt die Augen verdrehen.

»Meine Enkelin denkt, ich dürfte mit meinen fünfundsiebzig Jahren keine Männer angucken, die meine Söhne sein könnten.«

»Thelma …« Ich schüttele entrüstet den Kopf. »Muss das sein?«

»Fünfundsiebzig? Sie machen Witze. Bei ihrem fantastischen Aussehen hätte ich sie für Rubys Mom gehalten.« Logans charmante Worte legen sich schwer auf meine Brust. Ich atme den Stich in meinem Herzen weg und stimme in Grans Lachen ein.

»Gut aussehend und auch noch charmant. Wenn Sie ein paar Jahre älter wären, hätten meine Enkelin und ich jetzt ein Problem.«

»Vielen Dank, Thelma. Ich fühle mich geschmeichelt.« Die Hand meiner Gran führt Logan an seinen Mund und deutet einen Kuss an.

Thelma seufzt wie ein verliebter Teenager. So habe ich sie noch nie erlebt und begegne Logans wissendem Blick mit einem Lächeln. Er ahnt ja nicht, wie unsagbar heiß ich ihn gerade finde. Denn meine Gran bedeutet mir die Welt, und Logan hat es mühelos geschafft, in dem von Schicksalsschlägen gezeichneten Gesicht meines Lieblingsmenschen unzählige Lachfalten entstehen zu lassen. Wohlgemerkt, *obwohl* sie vorhin fast auf ihn losgegangen wäre. Vor mir steht ein Mann, der meinem Herzen gefährlich werden könnte, und das kann ich nicht zulassen.

»Ich trenne euch Turteltäubchen ja nur ungern, aber Logan wollte sich gerade von mir verabschieden, Gran. Geh doch schon mal in deine Wohnung. Ich komme gleich nach, ja?«

»Verabschieden?« Grans Augen weiten sich. »Wo müssen Sie denn an einem Samstagvormittag so dringend hin?«, will sie wissen und wendet sich Logan zu. Ich scheine gar nicht mehr zu existieren. Super.

»Nach Hause«, antwortet Logan zum Glück.

»Aber doch nicht auf leeren Magen. Nach so einer – wie ich annehme – schweißtreibenden Nacht sollten Sie ausgiebig frühstücken und …«

»Thelma …«, zische ich von hinten. Mir passen weder Grans erneute Anspielung auf mein Sexleben noch die Einladung zum Frühstück, die sie Logan – einem Mann, den ich kaum kenne – gleich aussprechen wird.

»Keine Sorge, Ma'am. Ich hole das Frühstück zu Hause nach«, antwortet Logan sichtlich amüsiert.

»Das kommt ja gar nicht infrage!«, beharrt Gran. »Sie frühstücken mit uns!«

»Thelma, ich …«

»Keine Widerworte!«, fällt Granny ihm energisch ins Wort und hakt sich auch noch bei ihm ein. »Sie kommen jetzt mit!« Nun wendet sie sich wieder mir zu und zeigt mit ihrem Stock auf mich. »Und du, Ruby, ziehst dir schnell was Hübsches an und kommst nach. Vergiss nicht, dich zu kämmen. Auf deinem Kopf sieht es ganz schön wild aus.«

»Ich bin ja auch gerade erst aufgestanden«, entgegne ich genervt und fahre mir instinktiv über den Kopf.

Logans Mundwinkeln zucken, während ich innerlich bis drei zähle. Aus zu Schlitzen geformten Augen sehe ich in seine, die mich belustigt anfunkeln. Immerhin besitzt er die Güte einzulenken.

»Ich müsste hier noch mal ins Bad, Thelma, und komme dann zusammen mit Ruby nach. Versprochen.«

»In Ordnung. In der Zeit lasse ich neuen Kaffee durchlaufen. Der von heute Morgen ist kalt.«

»Tu das, Granny. Bis gleich.« Ich halte mir das Laken vor der Brust zusammen und bringe sie zur Tür.

»Dein Logan kann doch bestimmt auch Glühbirnen austauschen, oder?«, will sie wissen.

»Gut möglich, aber ...« Vor der Wohnungstür bleibe ich stehen und erkläre: »Er ist nicht *mein* Logan, Granny.«

»Aber er hat bei dir geschlafen. Bei dir hat noch nie ein Mann geschlafen.«

Überrascht sehe ich auf sie hinab. »Wie willst du das denn beurteilen können?«

»Ich bin deine Oma, Ruby. Ich mag vielleicht alt und ohne diesen hier ...« Sie hebt ihren Stock an. »... nicht so gut zu Fuß sein. Aber ich habe Augen und Ohren, die fast so gut funktionieren wie vor zwanzig Jahren. Mir entgeht nichts, was dich betrifft, Liebes.«

Ob das auch für Logans und mein Gestöhne von letzter Nacht gilt? Besonders leise waren wir nicht, vor allem, als ich ihm den Höhepunkt vorgespielt habe.

»Magst du ihn?«, fragt Thelma voller Neugierde.

Dass ich Logan kaum kenne und trotzdem Sex mit ihm hatte, würde Gran vermutlich nicht mal schocken. »Er ist ganz nett«, antworte ich dennoch ausweichend und öffne die Tür. »Und jetzt hör auf mich auszufragen, sonst wird das mit dem Frühstück nie was. Bis gleich.«

»Bis gleich, Liebes! Und lass ihn bloß nicht entwischen.«

Lautstark schnaubend gehe ich ins Wohnzimmer, um meine Klamotten vom Boden aufzusammeln. Doch statt meiner Kleidungsstücke, die von der Tür bis zur Küchenanrichte das Parkett schmücken müssten, finde ich Logan auf meinem Sofa vor. Sitzend. In der Hand meine Klamotten, die er mir breit grinsend reicht.

»Danke«, sage ich immer noch leicht genervt. »Übrigens musst du nicht mitkommen.«

»Und einer süßen alten Lady das Herz brechen? Hältst du mich wirklich für so grausam?«

Seufzend sehe ich ihn an, weil er recht hat. Thelma scheint sich tatsächlich schockverliebt zu haben und total darauf zu brennen, mit mir *und* ihm zu frühstücken. Ich ahne auch warum. Sie liegt mir schon seit meinem einundzwanzigsten Lebensjahr damit in den Ohren, dass ich einen Mann in meinem Leben bräuchte. Aber ich will keinen. Ich will mich nicht verlieben und jemanden in mein Herz lassen, nur damit er mir wieder entrissen wird. Denn so wird es kommen. So kommt es immer. Menschen gehen. Sie verlassen einen. Freiwillig genauso wie unfreiwillig. Und damit mir das nie wieder passiert, habe ich mit achtzehn Jahren beschlossen, allein zu bleiben, sämtliche Kontakte oberflächlich zu halten. Ganz gleich, wie sexy, charmant und humorvoll Logan auch sein mag … Ich will ihn nicht in meinem Leben haben. Und genau das werde ich ihm jetzt klarmachen.

»Der gestrige Abend und die Nacht mit dir waren wirklich schön«, beginne ich, »aber an mehr bin ich nicht interessiert. Ich mache dir gerne noch einen Kaffee – den hab ich dir versprochen. Aber ich möchte dich nicht beim Frühstück mit meiner Gran dabeihaben.«

Abwartend sehe ich ihn an und rechne fest mit einem Einwand, als Logan aufsteht und sich vor mir aufbaut. »Okay«, sagt er und nimmt mein Gesicht in seine großen Hände. »Ich gehe. Aber ich will keinen Kaffee. Ich will das hier.« Er neigt den Kopf und nähert sich meinem Mund. Langsam, als wollte er mir Zeit für einen Rückzug geben. »Ich habe ungeputzte Zähne«, flüstere ich stattdessen, aber lasse ihn gewähren.

Keine Antwort. Dafür aber das Gefühl seiner Lippen auf meinen. Weich und warm. Ich schließe die Augen, während sanfte Finger meinen Nacken umfassen. Ein Kribbeln breitet sich auf meiner Kopfhaut aus; ich öffne seufzend den Mund, will den Kuss vertiefen. Zum Abschied. Doch Logan zieht sich wieder zurück. Enttäuschung bricht über mich herein, gefolgt von Erleichterung, weil es besser ist, wenn er jetzt geht. Ich öffne die Lider.

»Sag deiner bezaubernden Gran, dass mir leider ein wichtiger Termin dazwischengekommen ist«, sagt er mit gesenkter Stimme, die Stirn gegen meine gelehnt. »Sei überzeugend, okay?«

Ich lächele, ohne es in den Augen zu spüren. »Mach ich.«

»Du weißt, dass wir uns Montag sehen?«

Ich nicke und kann den winzig kleinen Teil in mir, den das freut, nicht leugnen.

»Lass dir bis dahin durch den Kopf gehen, ob wir die letzte Nacht nicht vielleicht doch noch mal wiederholen wollen.«

»Logan ...«

»Shhhh ...«, fällt er mir ins Wort. »Denk einfach darüber nach. Ich rede von gelegentlichen Treffen. Ungezwungen. Locker.«

»Okay, ich denke drüber nach. Aber ...«

»Montag, Ruby«, unterbricht er mich erneut. »Und jetzt geh dir die Haare kämmen. Auf deinem Kopf sieht es ganz schön wild aus.« Schmunzelnd sieht er auf mich herab.

»Und wessen Schuld ist das?«, motze ich gespielt vorwurfsvoll und verpasse ihm einen Hieb gegen die Brust.

»Gern geschehen.« Das kam zwinkernd, bevor er sich mit einem Kuss auf meine Stirn verabschiedet und ohne ein weiteres Wort meine Wohnung verlässt.

SECHS

LOGAN

D*er gestrige Abend und die Nacht mit dir waren wirklich schön, aber an mehr bin ich nicht interessiert,* rekapituliere ich Rubys Worte auf dem Weg zu meinem Wagen – der hoffentlich noch unversehrt vor dem Silvermoon parkt.

Rubys Ansage kam so ehrlich und direkt, aber vollkommen unerwartet. Dass sie den Abend nicht ebenso genossen hat wie ich, kann ich mir kaum vorstellen. Der Kuss vorhin, ihre Körpersprache, die Art, wie sie mich im Umgang mit ihrer Gran beobachtet … fast schon angeschmachtet hat. Nein. Das war keine Abfuhr. Zumindest keine ernst gemeinte. Dahinter steckt mehr. Vielleicht doch ein anderer Mann oder Umstände, die sie einen Rückzieher machen lassen? Ausgerechnet jetzt. Ein oder zwei weitere Dates, mehr hätte es nicht gebraucht, um Vertrauen aufzubauen. Das Frühstück wäre diesbezüglich förderlich gewesen. In Erinnerung an meine Begegnung mit Thelma schüttele ich schmunzelnd den Kopf. Unfassbar. Mich hat schon lange keine Situation so in Verlegenheit gebracht.

Immerhin hat sie mich nackt gesehen. Dennoch hätte ich ihr Angebot gerne angenommen, wäre Ruby nicht dagegen gewesen.

Mein Gewissen sagt mir, ich sollte lockerlassen, doch die Neugierde schreit nach Befriedigung. Zu viele ungeklärte Fragen hängen in der Luft, von denen zwei wie ein Karussell in meinem Kopf umherkreisen. Was hat Ruby mit meiner Mom zu tun? Und wofür bekommt sie diese Schecks? Solange ich darauf keine plausiblen Antworten habe, kann ich Rubys Wunsch nicht akzeptieren und werde alles daransetzen, sie besser kennenzulernen. Nicht nur körperlich, sondern auch menschlich. Unter dem Deckmantel einer unverbindlichen Affäre. An mehr bin auch ich nicht interessiert. Mehr ist tabu.

Inzwischen bin ich an meinem Wagen angekommen und gehe um ihn herum. Reifen und Felgen sind noch dran. Keine Kratzer vorhanden. Gut. Ich steige ein und starte den Motor. Noch während der Fahrt checke ich meine Mails und verpassten Anrufe per CarPlay auf dem Display meines Armaturenbretts.

Und? Hat es sich denn wenigstens gelohnt, mich allein im Restaurant sitzen zu lassen? Falls nicht, will ich eine Wiedergutmachung ;) Melde dich. Meg 09:31

Mein Mund verzieht sich zu einem Grinsen. *Und wie sich das gelohnt hat.* Melden werde ich mich später und scrolle weiter.

Alter! Wo steckst du? Ich hoffe, in der Muschi einer scharfen Braut. Einen anderen Grund dafür, mich mit Dad allein golfen zu lassen, würde ich dir nämlich verdammt übel nehmen. Übrigens hab ich dich bei unserem alten Herrn gedeckt. Du schuldest mir was. Max 10:27

»Verdammt.« Die Verabredung zum Golfen habe ich komplett vergessen. Sonderlich leid tut es mir jedoch nicht. Auf diese monatlichen Pseudo-Vater-Sohn-Treffen bei einer Pseudo-Sportart wie Golf kann ich gut und gerne verzichten. Dafür, dass mein Bruder mich – mit welcher Ausrede auch immer – gedeckt hat, werde ich mich mit NBA-Karten erkenntlich zeigen. New York Knicks gegen Oklahoma City Thunder. Dass er sich die Karten auch selbst besorgen kann, ist mir klar, aber es kommt schließlich auf die Geste an.

Eine halbe Stunde und ein Dutzend überflogene Mails später stelle ich meinen Wagen vor meiner Eigentumswohnung im Central Park South ab. Hier lebe ich nicht nur, weil ich es mir leisten kann, sondern vor allem aufgrund der Diskretion und Privatsphäre. Dinge, auf die man in der TV-Branche keine Rücksicht nimmt, um als Erster an die neusten Nachrichten zu kommen. Aber privat lege ich verdammt großen Wert drauf. Als CEO eines Nachrichtensenders kann ich mir keine Skandale oder Enthüllungen erlauben, die mich meine Glaubwürdigkeit kosten könnten. Nicht, dass ich irgendwelche Leichen im Keller hätte, aber man weiß nie, wer einem schaden möchte.

»Guten Tag, Mr. Carter«, begrüßt mich Richard, der

Portier des Hauses, und hält mir die Tür auf. »Wie geht es Ihnen heute?«

»Danke, gut und selbst?«

Grinsend zückt er ein Visitenkärtchen. »Bestens. Sie hatten recht. Frauen stehen auf schwarze Männer in Uniform«, spielt er auf unseren Running Gag bezüglich seines einem Pinguin ähnlichen Fracks an.

»Die kühle Blonde?«, hake ich nach.

»So kühl ist die gar nicht, wenn sie lächelt.« Stolz steckt er die Visitenkarte zurück in seine Brusttasche. »Nach Feierabend rufe ich sie an.«

»Wann hat sie Ihnen die zugesteckt?«

»Heute Morgen.«

»Dann rate ich, bis zum nächsten Tag zu warten.«

»Sicher? Ich will nicht, dass sie denkt, ich hätte kein Interesse.«

»Aber Sie wollen doch sicher auch nicht, dass sie denkt, Sie wären verzweifelt. Oder?«, gebe ich zu bedenken.

Er schüttelt den Kopf.

Ich händige ihm meinen Autoschlüssel inklusive der üblichen fünfzig Dollar Trinkgeld aus. Dafür, dass er meinen Wagen von der Straße in die Garage fährt ... und dafür, dass er im Gegensatz zu den anderen Mitarbeitern hier locker drauf ist.

»Danke für den Tipp, Mr. Carter. Wann brauchen Sie Ihren Wagen wieder?«

»Für heute gar nicht mehr. Falls ich doch noch wegwill, komme ich auf den Fahrdienst zurück.«

Wir verabschieden uns mit einem Nicken voneinander.

In meinem Apartment angekommen, gehe ich zuerst unter die Dusche. Der Bewegungsmelder reagiert prompt und lässt heißes Wasser auf mich herabprasseln. Eingeseift stütze ich beide Arme gegen die anthrazitfarbenen Fliesen meiner bodengleichen Dusche, senke den Kopf und lasse die vergangenen zwölf Stunden Revue passieren. Doch statt die Gespräche mit Ruby oder ihre außergewöhnlich enge Beziehung mit ihrer bezaubernden Gran zu analysieren, denke ich nur an eines: meinen Schwanz in ihrer wunderschönen kleinen Pussy. Ihr Stöhnen. Finger, die sich in meinen Rücken, meine Haut bohren. Ihre Beine um meine Hüften, während ich in sie stoße und in ihre Augen blicke. Diese großen grünen Augen voller Lust, Verlangen, Gier – und Geheimnisse, von denen sie vielleicht selbst nicht ahnt, dass es sie gibt. Geheimnisse, die mich jedoch gerade einen Scheiß interessieren, weil ich hart bin. So verflucht hart, dass ich mir hier und jetzt einen runterholen muss. In Erinnerung an Rubys heißen Körper umfasse ich meinen Schwanz und stelle mir vor, sie zu ficken. Tief und hart, zärtlich und langsam, von hinten und vorne. Mir egal, solange sie für mich kommt.

»Verdammt«, keuche ich und bin jetzt noch härter, die Bewegungen meiner Hand werden schneller und fester, der Druck hat sich verdoppelt. Meine Bauchmuskeln und Lenden ziehen sich zuckend zusammen. Ich werfe den Kopf in den Nacken, beiße die Zähne zusammen und …

»Fuck …«

Das Wochenende hat sich wie Kaugummi gezogen, statt wie immer im Flug zu vergehen. Zwei Tage, die sich wie vier angefühlt haben. Und das nur, weil ich dem Montag beziehungsweise Rubys Entscheidung entgegenfiebere. Ich fahre meinen Laptop herunter, stehe von meinem Chefsessel auf und bin gerade zur Tür raus, als mir Max entgegenkommt. Vermutlich aus seinem Büro, das sich am anderen Ende des Ganges befindet. Als Marketingmanager hält er neunundvierzig Prozent der Anteile von CART-Media & News. Zwei Prozent weniger als ich, weshalb ich bei wichtigen Entscheidungen das letzte Wort habe. Ich bin nicht nur beruflich der Stratege von uns beiden. Auch privat gehe ich meist überlegt vor, während Max impulsiv und oft aus dem Bauch heraus entscheidet. Eine Mischung, die ein Stimmverhältnis zu meinen Gunsten absolut erforderlich machte und mich teuer zu stehen kam, als ich ihm dieses eine Prozent abgekauft habe.

»Zu dir wollte ich gerade«, sagt er und bleibt vor mir stehen.

»Ich bin auf dem Sprung, können wir das später besprechen?« Ich gehe weiter Richtung Fahrstuhl, vorbei an Tracy, die am Empfang die Stellung hält. »Ich bin jetzt weg«, lasse ich sie wissen.

»Wohin?«, fragt mein Bruder, der mir gefolgt ist, erstaunt.

»Downtown. Hab da einen wichtigen Termin.«

»Was für einen Termin? In deinem Kalender ist nichts vermerkt.«

»Stalkst du mich neuerdings?«

»Hab Besseres zu tun. Zum Beispiel vor dem Meeting um vier die Zahlen mit dir zu besprechen, um das Werbebudget für Lexus festzulegen. Wäre gut, wenn wir uns da einig sind.«

Er hat recht, aber Ruby abzusagen steht nicht zur Debatte. »Schnapp dir Sheryl. Sie ist für Finanzfragen zuständig.«

»Mit der habe ich schon gesprochen. Sie hat noch nicht alle Unterlagen von dir und ist selbst nicht ganz im Thema.«

»Du wirst trotzdem warten müssen. Der Termin ist wichtig.« Ich bleibe stehen und drücke den Knopf am Fahrstuhl, dessen Türen geräuschlos auseinandergleiten.

»Dann hättest du ihn in den Kalender eintragen sollen ...« Sein Mund verzieht sich zu einem wissenden Grinsen. »Es sei denn, er ist privat. Eine Frau?«

Ich lasse mir nicht in die Karten schauen und richte schweigend meine Krawatte, die ich gleich im Auto ablegen werde.

»Grüß sie von mir«, kommt es von Max.

Ich gebe mich weiterhin ahnungslos, um erst gar nicht in die Verlegenheit zu kommen, von Ruby erzählen zu müssen. Er weiß weder, wer sie ist, noch, dass sie überhaupt existiert oder irgendwie in Zusammenhang mit Moms Selbstmord steht. Das muss vorerst auch so bleiben. »Sie?«, frage ich daher und stelle mich dumm.

»Hast du neuerdings das Ufer gewechselt?«, verspottet er mich, während ich ungerührt den Fahrstuhl betrete.

»Bis später, Max.«

»Ob sie, er oder es ... behalt die Uhr im Auge.«

»Ich bin um vier wieder da«, versichere ich, mein Pokerface beibehaltend, und betätige den Knopf, der mich in die Tiefgarage unseres Unternehmens bringt.

»Ruby?«

Schnaubend lasse ich die Hand, mit der ich meinen wohlverdienten Frischkäse-Honig-Lachs-Bagel zum Mund führen wollte, wieder sinken. Ist ja nicht so, als ob ich schon seit anderthalb Stunden versuche, was in den Magen zu bekommen. Aber heute ist im Blutspendezentrum wie jeden Montag die Hölle los, weshalb an Pausen nicht zu denken ist. Dass ich es überhaupt an den Tisch des Personalraums geschafft habe, grenzt an ein Wunder.

»Ja?«, antworte ich daher leicht genervt und drehe mich zu Bella, meiner Arbeitskollegin, um.

»Sorry, Schätzchen, aber ein ziemlich gut aussehender Typ besteht darauf, bei dir einen Termin zu haben.«

Logan.

Logan, der eine Viertelstunde zu früh ist. Zeit, in der ich schnell was essen und einen kurzen Frisurcheck im Spiegel vornehmen wollte. »Kannst du Mr. Carter schon mal aufnehmen und ihm den Fragebogen zum Ausfüllen geben? Ich komme gleich.«

»Ich auch. Grundgütiger. Dieser Mr. Carter ist ja zum Anbeißen.« Bella fächert sich Luft zu, genau wie neulich Bri, die mir bei der Samstagsschicht im Silvermoon übrigens Löcher in den Bauch gefragt hat. »Woher kennst du nur solche Männer? Wenn ich gewusst hätte, dass der liebe Gott so was zustande bringen kann, hätte ich mit dem Heiraten und Kinderkriegen gewartet. Dann wäre ich jetzt Single, hätte einen Körper wie du und würde mit ihm durchbrennen.«

Ich lache bloß und verspüre plötzlich das total absurde Gefühl von Stolz. Stolz darauf, etwas mit einem Mann wie Logan gehabt zu haben. Als wäre er eine Art Trophäe, mit der man sich schmückt. Das ist doch albern und eigentlich eher ein Männerding. Hinzu kommt, dass ich bei meinem Entschluss geblieben bin, es bei der einen Nacht zu belassen.

»Und wenn du jetzt sagst, dass er dein Freund ist, werde ich dich erst hassen, bevor ich mich für dich freuen kann.«

»Er ist nicht mein Freund.«

»Aber da läuft was zwischen euch, oder?«

Ich verkneife mir eine Antwort, erhebe mich vom Stuhl und drücke ihr meinen Bagel in die Hand. Ich habe spontan beschlossen, mich selbst um Logans Registrierung zu kümmern. »Hier. Der ist auch ziemlich lecker und macht sogar satt.«

»O mein Gott.« Bella fasst sich entzückt ans Dekolleté. Sie ist ein noch größerer Foodie als ich. »Frischkäse-Honig-Lachs. Yummy. Von der *Bagel Factory*?«

»Jap.«

»Megayummy. Aber ich will dir nichts wegessen, Schätzchen.«

»Deshalb bekommst du ja auch den Bagel, während ich mich um Mr. Carter kümmere.« Ich strecke ihr die Zunge raus.

»So werde ich meine Pfunde nie los«, beklagt sie sich lachend und beißt genüsslich hinein.

»Guten Hunger.«

Ich lasse sie im Personalraum zurück und betrete den Flur. Das plötzlich aufkommende Kribbeln im Bauch schreibe ich meinem hungrigen Magen zu und bleibe vor der Tür der Anmeldung stehen. Mein Herz klopft so schnell wie vor circa sechs Monaten, als ich meinen ersten Blutspender hatte. Ich hatte solche Angst, vor Aufregung alles falsch zu machen und noch im ersten Monat gefeuert zu werden. Eine Angst, die jetzt völlig unbegründet ist. Inzwischen bin ich so routiniert, dass ich selbst blind eine Blutspende durchführen könnte. Trotzdem klopft mein Herz wie verrückt. Dabei ist es doch nur Logan. Ich weiß, wie er nackt aussieht. Möglicherweise liegt hier das Problem.

Ich hole tief Luft, ziehe meinen Zopf strammer und fahre mir in der Hoffnung, jede abstehende Strähne zu erwischen, übers Haar. Dann straffe ich die Schultern, knipse ein Lächeln an und öffne die Tür. Selbstbewusst trete ich hinter den Tresen. So selbstbewusst, wie es möglich ist angesichts der Tatsache, dass ich in einem weit geschnittenen, unförmigen Kasack vor ihm stehe, während er aussieht, als käme er gerade von einem Fotoshooting für Anzüge von Armani.

Egal. Dann stelle ich mir eben vor, eins dieser sexy Krankenschwester-Outfits zu tragen.

»Hi Ruby.« Logans Blick wandert von meinem Gesicht bis zur Hüfte – den Rest verdeckt der Tresen – und wieder zurück. »Wie geht's dir?«

»Gut ...« Bis auf die Tatsache, dass mein Herz noch immer schlägt, als würde ich gleich mit einem Fallschirm aus einem Heli springen. Natürlich lasse ich mir das nicht anmerken. »Und dir? Wie war dein Wochenende?«, frage ich um einen beiläufigen Tonfall bemüht.

»Mir geht es auch gut, danke. Und mein Wochenende ... Nun ja.« Sein Blick wird tiefer. »Es hat sich gezogen.«

»Gezogen?«

»Es gibt da eine Frau. Hübsch. Süß. Witzig. Klug.« Logan kommt näher, stützt sich am Tresen ab und fährt mit gesenkter Stimme fort: »Ich hatte vor drei Tagen ziemlich guten Sex mit ihr und will sie unbedingt wiedersehen.«

»Shhh ...«, zische ich und sehe mich um. Meine Mundwinkel zucken, ich spüre Hitze in meinen Wangen und – zwischen den Beinen. »Ich bin hier auf der Arbeit. Das ist nicht der richtige Ort, um ...«

»Um dir zu sagen, wie verdammt heiß ich dich selbst in deiner Arbeitskluft finde und dass ich dich kommendes Wochenende ausführen und um den Verstand vögeln will ...?«

»Logan«, ermahne ich ihn mit gesenkter Stimme, während seine, gepaart mit seinen Worten, prickelnde Schauer über meinen Rücken rieseln lässt. »Nicht hier.« Rasch nehme ich die Anmelde- und Informationsformulare von der Ablage und presse sie ihm an die Brust. Mit leichtem Druck bringe ich ihn dazu, wieder auf Abstand zu gehen, und deute mit der anderen Hand Richtung Untersuchungszimmer. »Gerade durch. Die erste Tür. Füll bitte den Fragebogen aus. Ich bin gleich bei dir, um alles Weitere zu besprechen.«

»Ist *alles Weitere* ein Code dafür, dass ich mich obenrum freimachen soll?«, fragt er grinsend.

»Äh ... nein.«

»Untenrum?«

Ich verdrehe schmunzelnd die Augen. »Bis gleich, Logan.«

Als ich fünfzehn Minuten später den Besprechungsraum ansteuere, nehme ich mir fest vor, mich nicht von Logans Charme einwickeln zu lassen. Ich werde ihm sagen, dass es keine weiteren Treffen geben wird, und meinen Job machen. Eine reine Vernunftentscheidung, die mir mein vernarbtes Herz danken wird. Inzwischen schlägt es wieder im Normaltakt und ich wappne mich mit einem tiefen ... sehr tiefen Atemzug, damit das auch so bleibt. Denn ich rechne fest damit, Logan gleich mit freiem Oberkörper hinter der Tür vorzufinden. Ich öffne sie daher vorsichtig und stelle überrascht fest, dass er vollständig angezogen am Schreibtisch sitzt. Vor ihm der ausgefüllte Fragebogen. Kein schelmisches Grinsen mehr auf den Lippen. Sein Ausdruck ist ernst. »Setz dich, Ruby«, sagt er, als wäre ich hier die Patientin.

»Das hatte ich sowieso vor«, antworte ich leicht irritiert und nehme ihm gegenüber vor dem Computer Platz. Mein Zeigefinger befindet sich bereits auf der Maus, um seine Daten elektronisch zu erfassen. Doch bevor ich auch nur einen Klick ausführen kann, legt er seine Hand auf meine. Warm und groß.

»Ich bin, wie du gemerkt hast, etwas eher gekommen«, beginnt er.

»Fünfzehn Minuten, ich weiß.«

»Wenn du mich kennen würdest, wüsstest du, dass ich mir meine Zeit immer genau einteile und es einen Grund gibt, warum ich schon um Viertel vor hier war.«

Ich ahne welchen und nicke, während seine kaffeebraunen Augen mich zu hypnotisieren scheinen.

»Wie hast du dich entschieden, Ruby?«

»Dagegen«, antworte ich direkt und ziehe meine kalten Finger unter seiner Hand weg. Langsam, weil er sie nur zögerlich freigibt.

Entgeisterung huscht über sein Gesicht. »Wogegen genau?«

»Gegen weitere Treffen mit dir. Ich hab für so was leider keine Zeit, Logan.«

»Leider?« Er hebt eine Braue.

»Ja, weil es schön war. Mit dir. Ich hatte Spaß. Das will ich ja gar nicht leugnen.«

»Aber?« Er lässt nicht locker. Fast fühle ich mich geschmeichelt, weil er sich so ins Zeug legt.

»Ich will keine Affäre, oder was auch immer du dir vorstellst, Logan.«

»Ich stelle mir gelegentliche Treffen vor. Einmal die Woche, zum Beispiel sonntags. Abends. Wir gehen essen. Vorspeise- und Hauptgang. Das Dessert findet anschließend in deinem oder meinem Bett statt.«

Obwohl mir Logan gegenübersitzt, ist es, als hätte er mir diese Worte direkt ins Ohr gehaucht. Ich bekomme Gänsehaut und rutsche auf dem Stuhl vor und wieder zurück. Unauffällig, weil er nicht merken soll, dass mir die Vorstellung gefällt. Hemmungsloser Sex mit Logan statt einsamer Sonntage vor dem Fernseher. Ich hasse Sonntage. Ich hasse sie so sehr, dass ich sie am liebsten aus dem Kalender streichen würde. Ohne diese wären Mom, Dad und Liz noch am Leben. Ich hätte keine Schuldgefühle. Schuldgefühle, Erinnerungen und Schmerz, die Logan mir zumindest an diesem verhassten Tag aus dem Leib vögeln könnte. Logan hat bereits bewiesen, dass er mich auf andere Gedanken bringen kann. Genau das macht sein Angebot ja so verlockend. So verlockend wie jeder Millimeter seiner muskulösen ein Meter neunzig, an die ich mich auf keinen Fall gewöhnen oder binden will. Auch körperlich nicht.

»Was du da beschreibst, nennt sich Affäre, und die sind nun mal nichts für mich.«

»Hattest du denn schon mal eine?«

»Nein«, gestehe ich und hätte lieber lügen sollen.

»Wie willst du das dann beurteilen?« Logans Unnachgiebigkeit erweckt allmählich mein Misstrauen. Er sieht blendend aus, ist erfolgreich und bringt allein mit seinem Blick Höschen zum Schmelzen. Warum hat er es ausgerechnet auf meins abgesehen? Um was geht es ihm eigentlich? »Was willst du von mir, Logan? Frag doch einfach eine andere, wenn du unbedingt eine Affäre willst. Wieso unbedingt mit mir? Wozu der ganze Aufwand? Du kennst mich doch nicht mal.«

SIEBEN

LOGAN

Große grüne Augen blicken mich misstrauisch an. Zu Recht, aber das lasse ich mir nicht anmerken und antworte: »Genau das will ich ja ändern.«

»Warum? Du siehst gut aus und hast – wie man an meinem Beispiel merkt – keine Probleme, Frauen ins Bett zu bekommen. Du bist CEO eines Medienkonzerns mit über viertausend Angestellten. Du willst an die Börse. Du hast bestimmt jeden Tag unzählige Meetings und kaum Zeit. Ich wette, dass deine Sekretärin deine Wochentage minutengenau durchplant. Und da hast du nichts Besseres zu tun, als eine Viertelstunde eher hier aufzutauchen, nur um mir ...«

Mein Mund verzieht sich zu einem wissenden Grinsen. »Du hast dich aber verdammt gut über mich informiert.«

»Du hast mir deine Visitenkarte gegeben, schon vergessen?«

»Auf der steht aber weder etwas über die Größe meines

Konzerns noch, wie ich ihn führe, oder über meine Absicht, an die Börse zu gehen, Ruby.«

Verräterische Röte schießt ihr in die Wangen. »Ja, ich habe mich schlaugemacht. Weil ich wissen wollte, wer du bist. Oder denkst du, ich lasse jeden Typen, der mir seine Nummer zusteckt, einfach so in meine Wohnung und auch noch dort schlafen?«

Mein Lächeln wird breiter. So viel zum Thema One-Night-Stands. So leichtfertig gibt sie sich Männern wohl doch nicht hin. »Dann hast du also schon bei unserer ersten Begegnung mit dem Gedanken gespielt, mit mir zu schlafen?«

»Wie auch immer, Logan.« Meinem Blick ausweichend schaut sie auf ihre Armbanduhr. »Es ist kurz vor zwei. Wir sollten jetzt den Fragebogen und den Ablauf der Blutspende besprechen. Tests müssen auch noch gemacht werden und ...«

»Du hast recht«, falle ich ihr ins Wort. »Ich habe einen verdammt stressigen Job und nicht selten eine Siebzig-Stunden-Woche. Und ja, ich lerne viele Frauen kennen. Attraktive Frauen, mit denen ich problemlos Sex haben könnte.«

Ruby verdreht stöhnend die Augen. »Schön für dich. Warum erzählst du mir das? Um mir deinen Marktwert mitzuteilen?«

»Weil mich ein Großteil dieser Frauen langweilt«, erkläre ich wahrheitsgemäß, »und ich mit solchen Frauen nur meine kostbare Zeit verschwende. Zeit, die ich lieber mit einer Frau verbringen würde, die nicht nur sexy ist, sondern auch interessant, schlagfertig und smart. Einer, mit der man lachen kann ...« *... und die mir hilft, das Geheimnis um Moms Selbstmord zu lüften*, füge ich gedanklich an. Das schlechte Gewissen, das mich streift, schüttele ich ab. Denn nein, mein Interesse an Ruby ist nicht gespielt – und genau das ist das Problem. Zumindest könnte es zu einem werden, aber das Risiko muss ich eingehen.

»Du willst mir sagen, du lernst keine Frauen kennen, mit denen du lachen kannst?«, fragt Ruby, um einen ernsten Tonfall bemüht, denn das Zucken ihrer Mundwinkel verrät, dass sie gerade ein Lächeln unterdrückt.

»Du hast die dreckigste und ansteckendste Lache, die ich kenne. Ich will dich wiedersehen, Ruby«, sage ich geradeheraus und schaue fest in ihre Augen, die sie niederschlägt.

»Sorry, Logan. Das geht nicht, weil ...« Schluckend unterbricht sie sich selbst und sieht wieder auf. »Es geht einfach nicht. Und jetzt lass mich bitte meinen Job machen.« Damit nimmt sie den Fragebogen an sich und hält ihn vors Gesicht, gibt mir visuell keine Chance, an sie heranzukommen. Als ich es weiterhin mit Worten versuchen will, kommt sie mir zuvor.

»Gibst du mir bitte deine ID zum Datenabgleich? Wenn du keine Fragen mehr hast, können wir direkt ins Labor. Es müssen noch ein paar Tests durchgeführt werden, um zu sehen, ob du zur Spende geeignet bist.« Ihr Tonfall ist sachlich, fast schon unterkühlt. Als sie das Blatt senkt und es wagt, mir wieder ins Gesicht zu sehen, erkenne ich Distanziertheit in ihrem Blick. Ein Ausdruck, der mir mehr als deutlich zu verstehen gibt, dass ich bei ihr auf Granit beiße. Zumindest mit dieser Taktik, weshalb eine neue hermuss. Aufgeben? Steht nicht zur Debatte. Dazu bin ich Ruby bereits zu nahe gekommen und der Wahrheit um Mom sowie den Schecks zu dicht auf den Fersen. Ich hole mein Portemonnaie aus der Innentasche meines Jacketts und nehme meinen Führerschein heraus. Diesen schiebe ich auf ihre Seite des Schreibtisches und sage: »Ich hätte wetten sollen.«

»Wetten? Um was?« Sie runzelt die Stirn.

»Darum, dass ich das nächste Restaurant aussuche, in das wir gehen, wenn du mit deiner Blutgruppenvermutung richtigliegst.«

»Wetten sind genauso wenig mein Fall wie Affären«, kontert sie gleichgültig, richtet den Blick auf den Computerbildschirm und fängt an zu tippen.

Der Mund klappt mir auf und wieder zu. Es ist nicht ihre Schlagfertigkeit, die mich verblüfft – mit dieser durfte ich ja bereits bei unserer ersten Begegnung Erfahrung machen. Nein, es ist die Konsequenz, mit der sie mich abblitzen lässt. Damit habe ich nicht gerechnet. Nicht nach dem Abend und der Nacht. Sie müsste verrückt nach mir sein. Und das ist sie auch. Aber warum zeigt sie es mir nicht?

»Hier.« Sie reicht mir meinen Führerschein zurück. »Die Anmeldung ist abgeschlossen. Als Nächstes werde ich ein paar kleine Untersuchungen vornehmen, um festzustellen, ob du auch körperlich zur Blutspende geeignet bist. Dazu messe ich gleich im Labor deinen Puls, die Körpertemperatur sowie den Blutdruck und ermittele deinen Hämoglobinwert. Dieser Wert stellt die Konzentration des eisenhaltigen roten Blutfarbstoffs in den roten Blutkörperchen dar. Eine Unter- beziehungsweise Überschreitung von bestimmten Grenzwerten führt zur Nichtzulassung zur Blutspende. Um diesen Wert festzustellen, werde ich einen Tropfen Blut aus deiner Fingerkuppe oder dem Ohrläppchen entnehmen.« Ruby klingt nüchtern, ihre Worte wie auswendig gelernt. Selbst der Beipackzettel eines Arzneimittels ist emotionsgeladener. Ich wage zu bezweifeln, dass sie mit allen potenziellen Blutspendern so spricht.

»Hast du Fragen?«, will sie wissen.

»Du willst also so tun, als hättest du kein Interesse an mir?«

»Das muss ich gar nicht, weil es so ist, Logan.«

»Ich glaub dir nicht.«

Ruby stößt einen tiefen Seufzer aus und steht auf. »Dann wird ab hier eine Kollegin übernehmen. Unsere Wege trennen sich jetzt.«

»Ruby, ich ...«

»Mach's gut, Logan.«

Ich bin zu stolz, um erneut einzulenken. Auf keinen Fall will ich verzweifelt wirken, erhebe mich ebenfalls und sage: »Bis bald, Ruby.« Ich werde sie wiedersehen.

Nachdem Ruby gegangen ist und mich tatsächlich an ihre blonde Kollegin übergeben hat, befindet sich meine Laune im Keller. Ich hätte große Lust, die Blutspende abzublasen, die ohnehin bloß ein Vorwand war, um sie wiederzusehen und Zeit mit ihr zu verbringen, sie besser kennenzulernen. Tja, der Schuss ging dann wohl nach hinten los. Trotzdem lasse ich die folgenden Tests über mich ergehen. Ich bin nicht der Typ, der in letzter Sekunde den Schwanz einzieht. Was ich anfange, bringe ich auch zu Ende. Das gilt beruflich genauso wie privat, und mit Ruby bin ich noch lange nicht fertig.

»Ihre Werte sind in Ordnung«, verkündet die Pflegerin, die sich mir als Isabella Morgan vorgestellt hat, und lächelt mich an.

»Dann kann es also losgehen?« Ich will das hier einfach nur noch hinter mich bringen.

»Das finale Okay erhalten sie von Frau Dr. Sanchez, der anwesenden Ärztin und Leiterin des Zentrums. Sie wird sich den von Ihnen ausgefüllten Fragebogen ansehen, die gerade ermittelten Werte nochmals kontrollieren und Ihnen einige Fragen stellen. Da Sie Erstspender sind, wird sie zusätzlich detaillierter auf Ihre Krankengeschichte eingehen, um mögliche Ausschlusskriterien frühzeitig zu identifizieren. Wenn alles passt, steht der Blutspende nichts mehr im Weg und wir sehen uns gleich im Spendersaal wieder.«

Ich werfe einen skeptischen Blick auf meine Uhr. »Man sagte mir, die Spende würde nicht länger als eine Stunde dauern.«

»Wenn es keine Komplikationen gibt, sind Sie um spätestens Viertel nach drei wieder hier raus«, erklärt sie.

»In Ordnung.«

»Gut. Dann bringe ich Sie jetzt ins Arztzimmer von Frau Dr. Sanchez.«

Fünfzehn Minuten später werde ich in den Spendersaal geführt und einer der zahlreichen Liegen zugewiesen. Kein separates Zimmer oder eine Kabine.

Anonymität oder Privatsphäre sind hier Fehlanzeige.

Es gibt weder Vorhänge noch Trennwände. Jeder kann jedem bei der Blutspende zusehen.

»So, Mr. Carter. Jetzt sind Sie an der Reihe«, verkündet Mrs. Morgan, die Blondine von vorhin, und lächelt mich an. Von Ruby fehlt weiterhin jede Spur. Ich hätte sie für professioneller gehalten und würge meine Verärgerung herunter.

»Sind Sie bereit?«, werde ich gefragt.

»Ja«, antworte ich knapp und sehe nun angepisst dabei zu, wie sie die Haut meiner Armbeuge desinfiziert. »Das könnte gleich ein klein wenig piksen«, teilt sie mir mit, als wäre ich ein Kleinkind, »aber sobald die Vene punktiert ist, werden Sie kaum etwas spüren. Ich werde Ihnen circa fünfhundert Milliliter Blut entnehmen und ein paar Röhrchen für die notwendigen Laboruntersuchungen füllen«, erklärt sie weiter und führt eine Kanüle in meine Vene. »Ihr Blut fließt nun automatisch in dieses Beutelsystem.« Sie legt mir einen Schaumstoffball in die Hand. »Kneten Sie den bitte. Das unterstützt den Blutfluss.«

Ich folge ihrer Anweisung und beobachte, wie sich der durchsichtige Schlauch rot färbt.

»Machen Sie sich bitte sofort bemerkbar, wenn Ihnen schlecht oder schwindelig wird, okay? Soll ich mal schauen, ob wir noch andere Magazine für sie dahaben? Ich nehme an, dass Brautmode nicht so ihr Fall ist«, scherzt sie und deutet auf die Zeitschriften auf dem kleinen Tisch rechts von mir.

»Ja. Das wäre nett.«

»Dann bin ich gleich wieder zurück. Und immer schön den Ball kneten.«

Sie ist kaum weg, da zieht sich mein Magen zusammen und Übelkeit steigt in mir auf. In der Hoffnung, dieses ekelhafte Gefühl würde dadurch verschwinden, schließe ich die Augen. Ein Fehler. Denn als ich meine Lider wieder öffne, fahre ich Karussell. Mir ist heiß und die Luft hier drin scheint plötzlich verbraucht zu sein. Ich öffne zwei weitere Knöpfe meines Hemdes und bemerke, dass meine Finger zittern. Verflucht, was ist denn auf einmal los mit mir? Und wie lange muss ich hier noch sitzen? Dieser verdammte Beutel ist längst nicht bis zur Hälfte gefüllt und zu sehen, wie mein Blut da reinfließt, bekommt mir gar nicht. Ich brauche Ablenkung, etwas anderes, auf das ich mich konzentrieren kann. Wo zur Hölle bleiben die beschissenen Zeitschriften? Muss sie die erst noch drucken, oder was?

»Da bin ich wieder.« Mit einem Stapel Wirtschaftsmagazine kehrt die Pflegerin nach einer gefühlten Ewigkeit zu mir zurück und legt sie auf die Kommode. Eine davon reicht sie mir, aber ich kann sie nicht annehmen, da meine Hand noch immer zittert.

»Ich werfe später einen Blick rein, danke.«

»Geht es Ihnen gut?« Aus blauen Augen sieht sie mir prüfend ins Gesicht.

»Ja, alles bestens«, entgegne ich und zwinge meine Mundwinkel nach oben. Doch Schweiß, der mir inzwischen aus allen Poren schießt und kalt auf meiner Stirn steht, straft meine Worte Lügen. Mein Gesicht, mein ganzer Körper fängt an zu kribbeln und mein Mund fühlt sich staubtrocken an. Der Raum schwankt.

Fuck! Reiß dich zusammen, Logan.

»Sind Sie sicher?«, fragt mich die Pflegerin besorgt. »Sie sehen nämlich gar nicht gut aus.« Hohl, als wäre mein Kopf unter Wasser getaucht, dringt ihre Stimme an meine Ohren. »Mr. Carter?«

»Mir geht es gut«, höre ich mich noch sagen, bevor die Pflegerin verblasst und wie alles andere in diesem Raum in einem immer enger werdenden Tunnel verschwindet …

RUBY

Ich sitze am Tresen der Anmeldung und erledige Verwaltungskram, auf den ich eigentlich gar keine Lust habe. Für diesen ist normalerweise Bella zuständig. Im Gegensatz zu mir liebt sie es nämlich, Telefonate entgegenzunehmen, Termine zu vereinbaren sowie E-Mails zu senden und die Spenderdaten auf dem neuesten Stand zu halten. Kurz gesagt: alles, was keinen persönlichen Kontakt zum Patienten erfordert. Es sei denn, dieser heißt Logan Carter und sieht aus wie – ich zitiere – ein griechischer Gott. Als ich sie bat, Logan für mich zu übernehmen, ließ sie alles stehen und liegen. Sogar den Rest des Bagels.

Jetzt sitze ich hungrig an der Anmeldung und ärgere mich über mein unprofessionelles Verhalten. Ich hätte die Tests sowie die Blutspende einfach durchführen sollen wie bei jedem anderen Spender auch. Viele Typen, die hierherkommen, versuchen mit einem ins Gespräch zu kommen und fragen nach einem Date oder der Nummer. Aber mit Logan habe ich eine geschoben, und wenn er mit seiner Telefonsex-Stimme noch weiter auf mich eingeredet hätte, wäre ich schwach geworden. Daher musste ich einen klaren Cut machen und mich wie eine Oberzicke verhalten, damit ...

Das Aufleuchten der Notfalllampe neben dem Telefon stoppt meine Gedanken. Einer der Spender scheint schlapp gemacht zu haben. Reine Routine, die jedoch erfordert, dass sich wenigstens zwei von uns im Spendersaal aufhalten. So lautet die Vorschrift, weshalb ich nach hinten eile, um Sophia zu ersetzen, die eben in die Pause gegangen ist, und überrascht feststelle, dass es sich bei dem Notfall um Logan handelt. Er wird von Dr. Sanchez und Bella versorgt.

»Was ist mit ihm?«, frage ich bei ihnen angekommen, obwohl es auf der Hand liegt, denn Logan ist kreidebleich und nicht ansprechbar.

»Kreislauf«, antwortet Bella knapp und reicht unserer Chefin die Blutdruckmanschette.

»Kennen Sie ihn?«, fragt mich Dr. Sanchez.

»Ja. Flüchtig. Soll ich bei ihm bleiben?«, biete ich ganz automatisch an.

»Das wäre gut. Dann sieht er ein bekanntes Gesicht, wenn er wieder zu sich kommt. Bella, Sie kümmern sich mit Sophia bitte weiter um die anderen Spender.«

Meine Kollegin und ich tauschen die Plätze. Ich stehe jetzt neben Logans Liege und sehe anhand des Beutels, dass die Spende vorzeitig abgebrochen wurde. Die meisten kollabieren erst danach. »Ich besorg schon mal eine Zuckerlösung und Snacks«, sage ich und will mich gerade auf den Weg machen, als Logan blinzelnd die Augen öffnet. Erleichterung durchflutet mich, obwohl zu keinem Zeitpunkt Grund zur Sorge bestand. Dass Patienten ohnmächtig werden, kommt vor – wenn auch eher selten. Aber bei einem großen, starken Mann wie Logan hätte ich das nicht erwartet, auch wenn es Quatsch ist, dies von äußerlichen Merkmalen abhängig zu machen.

»Willkommen zurück, Mr. Carter. Wie fühlen Sie sich?«, erkundigt sich Dr. Sanchez.

»Wo bin ich denn gewesen?« Seine sonst so feste Stimme klingt etwas kraftlos; verwirrt blickt er sich um, bis er mich sieht und fixiert. »Ich hab doch nicht etwa schlapp gemacht, oder?«

»Sie sind kurz weggetreten. Das kann schon mal passieren. Jetzt bekommen Sie erst mal eine kleine Stärkung und was zu trinken, damit Ihr Kreislauf wieder in Schwung kommt. Ruby?«

Ich reiße mich von Logans Blick los und gehe in den Ausruh- beziehungsweise Regenerationsraum. Hier versorgen sich die Patienten mit Snacks sowie Kalt- und Heißgetränken. Ein Tablett mit einer kleinen Auswahl stelle ich auf dem Tisch neben Logans Liege ab, während Dr. Sanchez seinen Blutdruck misst.

»Hundertzehn zu sechzig. Im Vergleich zum Wert der Voruntersuchung ist das etwas niedrig. Ich möchte, dass Sie noch eine Weile liegen bleiben und eine Kleinigkeit essen. Danach werde ich noch mal nach Ihnen sehen. Ihre Bekannte leistet Ihnen Gesellschaft.«

Gesellschaft leisten?

Wieso das denn?

Ich war davon ausgegangen, dass meine Anwesenheit nicht mehr benötigt wird – jetzt, wo es Logan wieder besser geht. Ganz offensichtlich, so wie er gerade grinst. Zwar noch leicht angeschlagen, aber wieder fit genug, um die Situation zu seinen Gunsten zu nutzen. Blöderweise strahlt er selbst jetzt so viel Charme aus, dass ich ihm nicht mal böse sein könnte, wenn ich es wollte.

»Aber klar doch, das mache ich gern«, antworte ich, ein Schmunzeln unterdrückend. Meine Stimme trieft vor Ironie, was mir einen skeptischen Blick meiner Chefin einbringt.

Rasch setze ich ein engelsgleiches Lächeln auf, das sie mir nickend abkauft. Dr. Sanchez hat sich kaum umgedreht, da lasse ich meine Mundwinkel wieder sinken.

»So schnell sieht man sich wieder«, bemerkt Logan schmunzelnd.

»Wenn ich es nicht besser wüsste, würde ich vermuten, du ziehst hier eine Show ab.«

»Glaub mir, Ruby. Ich wünschte, es wäre so. In deiner Gegenwart scheinen mir nämlich immer Dinge zu passieren, die mich wie den letzten Trottel aussehen lassen.«

Ein verdammt heißer Trottel, schießt es mir durch den Kopf.

»Erst reißt mir die Hose ... Jetzt das hier«, fährt er scherzend fort und atmet gedehnt aus.

Ich lächele, weil mir seine Art gefällt, Missgeschicke mit Humor zu nehmen. Sehr.

»Was musst du nur von mir denken, Ruby? Wenn ich eine Frau wäre, würde ich mich wahrscheinlich auch kein zweites Mal daten wollen.«

»Ich denke, dass so was jedem passieren kann«, antworte ich, seinen letzten Satz ignorierend, und nehme die Zuckerlösung vom Tablett. »Vor allem denke ich aber, dass wir deinen Kreislauf wieder in Schwung bringen sollten. Hier. Trink das!«

»Heiß, dieser Befehlston.« Sein Mund verzieht sich zu einem Lächeln, so schwach, dass es seine Augen nicht erreicht. Schweiß glänzt auf seiner Stirn und seine Lider wirken schwer. Als hätte er Mühe, sie oben zu halten. Ich werde das Gefühl nicht los, dass es ihm schlechter geht, als er zugeben möchte. Daher halte ich ihn zurück, als er Anstalten macht, sich aufzusetzen, und drücke ihn wieder in die Liege.

»Mach langsam, Logan.«

»Jawohl, Ma'am.« Er richtet sich vorsichtig etwas auf und nimmt mir den Becher ab. Als er ihn an den Mund führt, bemerke ich das Zittern seiner Hand.

»Da kannst du mal sehen, wie nervös mich deine Anwesenheit macht«, scherzt Logan, der meinem Blick gefolgt ist.

Er reicht mir den leeren Becher im Tausch gegen einen Schokoriegel, den ich vorher ausgepackt habe.

»Muss wohl an meinem superheißen Outfit liegen.«

»Wohl eher an der superheißen Frau, die es trägt.«

Ich verdrehe die Augen, obwohl ich mich gleichzeitig geschmeichelt fühle. »Dein Blutdruck ist im Keller, du hattest gerade einen Schwächeanfall und kannst es trotzdem nicht lassen.«

»Was lassen?«

»Deine ständigen Flirtversuche. Hör endlich damit auf.«

»Nicht, bis ich habe, was ich will. Und du weißt, wovon ich rede, weil du insgeheim das Gleiche willst.«

»Und wieso isst du dann nicht endlich den Riegel? Denn das ist gerade alles, was ich von dir möchte.«

Die Andeutung eines Lächelns huscht über sein immer noch blasses Gesicht, bevor er mit einem Bissen fast den halben Riegel verschlingt. Er atmet tief durch und schließt die Augen. Kurz, weswegen ich mir keine Sorgen zu machen brauche.

»Besser?«, erkundige ich mich, nachdem er fertig gegessen hat, und setze mich ohne nachzudenken auf die Kante seiner Liege. Ich besinne mich, dass so was von Dr. Sanchez nicht gerne gesehen wird, und stehe rasch wieder auf.

»Als du neben mir gesessen hast, ging es deutlich besser. Leg dich am besten direkt neben oder auf mich.«

Logan stimmt in mein leises Lachen ein und wirft einen flüchtigen Blick auf seine Uhr. »Ich muss jetzt los.«

»Wohin?«, frage ich, überrumpelt von dem plötzlichen Themenwechsel, für den ich eigentlich dankbar sein sollte. Denn ich merke, wie mein Widerstand zu bröckeln anfängt. Es gibt da diesen kleinen, total bescheuerten Teil in mir, der sich meinem Gehirn einfach nicht unterordnen will und sich von Logans Charme einwickeln lässt. Genau aus diesem Grund wollte ich ja den Cut.

»Arbeiten«, antwortet er. »Ich habe noch einen Termin.«

»Du willst in diesem Zustand zu einem Termin?«

»Mir geht's gut.«

»Dafür siehst du aber echt – sorry, wenn ich das jetzt so sage – beschissen aus. Du musst hier nicht den starken Mann markieren.«

»Ich markiere hier gar nichts, Ruby. Ich habe, wie du dank deiner Recherchen weißt, ein großes Unternehmen zu leiten.« Er setzt sich auf die Kante und fährt sich durchs Haar, das am Ansatz noch feucht ist. Auch unter seinen Achseln erkenne ich Schweißflecken und mache ihn per Handzeichen darauf aufmerksam.

»Scheiße«, flucht er, steht ruckartig auf und gerät ins Wanken, weshalb ich ihn zurück auf die Liege befördere.

»Du bleibst schön hier sitzen und wartest, bis es dir *wirklich* besser geht.«

»Ruby ...«

»Nein! Ich hole jetzt Dr. Sanchez! Sie wird beurteilen, ob ...«

»Was werde ich beurteilen?«, höre ich meine Chefin hinter mir sagen.

»Loga... Ich meine Mr. Carter«, berichtige ich mich rasch, »will zu einem Termin, obwohl er sich beim Versuch aufzustehen kaum auf den Beinen halten konnte.«

Logan wirft mir einen genervten Blick zu und schüttelt den Kopf. »Hören Sie, Dr. Sanchez, ich werde zu spät kommen, wenn ich jetzt nicht losfahre.«

Ich kann nicht fassen, dass er ernsthaft in Erwägung zieht, in seinem Zustand auch noch selbst zu fahren. Einen entsprechenden Spruch kann ich mir nur verkneifen, indem ich mir auf die Zunge beiße.

»Lassen Sie mich erst mal Ihren Blutdruck überprüfen«, antwortet meine Chefin seelenruhig, während ich mich innerlich aufrege.

»Hundertzehn zu sechzig. Es tut mir leid, Mr. Carter, aber so kann ich Sie nicht Auto fahren lassen.«

»Dann geben Sie mir ein Medikament.«

»Alles, was ich Ihnen verordnen kann, ist Ruhe. Legen Sie sich hin und ...«

»Ich nehme ein Taxi. Rufen Sie mir eins, oder soll ich das selbst übernehmen?«

Dr. Sanchez seufzt. »In Ihrem Zustand benötigen Sie die Aufsicht einer fachlich qualifizierten Person, die weiß, was zu tun ist, falls Sie wieder ohnmächtig werden. Sie sind in der Verantwortung dieser Einrichtung. Ich mache mich strafbar, wenn ich Sie gehen lasse und Ihnen etwas zustößt.«

»Dann entbinde ich Sie von der Verantwortung. Geben Sie mir eine entsprechende Erklärung, die ich unterschreiben kann.«

»Logan!«, stoße ich fassungslos hervor. »Willst du bei dem Meeting etwa umkippen? Macht sicher einen total guten Eindruck.«

»Zur Not nehme ich über Video daran teil. Das ändert aber nichts daran, dass ich fahren muss. Und zwar jetzt.«

»Ich kann das nicht verantworten, Mr. Carter.«

Dr. Sanchez' strenger Tonfall lässt eigentlich keinen Widerspruch zu, aber Logan bleibt uneinsichtig.

»Bei allem Respekt, aber Sie können mich hier nicht gegen meinen Willen festhalten. Entweder Sie lassen mich jetzt diesen Wisch unterzeichnen oder ...«

»Eine meiner Mitarbeiterinnen begleitet Sie. So lauten die Regularien.«

Ich reiße entsetzt die Augen auf, weil ich ahne, was als Nächstes kommt.

»Miss Bennett?«

Scheiße.

»Übernehmen Sie das bitte?«

Ich sehe von meiner Chefin zu Logan – der, oh Wunder, plötzlich keine Einwände mehr zu haben scheint – und wieder zurück.

»Gibt es ein Problem?«, will sie wissen.

Abgesehen davon, dass ich verzweifelt versuche, Abstand zu Logan zu gewinnen, und in ein Taxi steigen beziehungsweise mich von jemandem fahren lassen muss, den ich nicht kenne? »Nein. Kein Problem.«

»Sehr gut. Und bei Ihnen, Mr. Carter?«

»Damit bin ich einverstanden«, antwortet er, mir tief in die Augen sehend.

»Prima. Ich bereite das entsprechende Schreiben vor und reiche es Ihnen zur Unterschrift.«

ACHT

RUBY

Einatmen … ausatmen. Einatmen … ausatmen.

Der Taxifahrer wird keinen Unfall bauen.

Wir sind gleich da.

Die Fahrt ist gleich vorbei.

Du wirst dich nicht in diesem Auto übergeben.

Alles wird gut.

Einatmen … ausatmen. Einatmen … ausatmen.

Wieder und wieder sage ich mir diese Worte, wie ein Mantra, während ich neben Logan im Taxi sitze und versuche, mich zu entspannen. Es kostet mich meine ganze Selbstbeherrschung, nicht bei jedem Ampelstopp einfach die Tür aufzureißen und auszusteigen. Stattdessen umklammere ich den Gurt so fest, dass sich meine Finger schon ganz taub anfühlen. Mit rasendem Puls starre ich aus dem Fenster und hoffe, Logan kriegt von meiner total bescheuerten Panik nichts mit. Denn ich bekomme meine Atmung nicht in den Griff und mein Herz fühlt sich an, als würde es jeden Moment aus meiner Brust springen.

»Ist alles okay?«, höre ich Logan fragen. Seine Stimme klingt weit weg, obwohl er direkt neben mir sitzt.

»Ja, ich ...« Ein Hupen lässt mich erschrocken zusammenfahren.

»Ey, du Spinner! Park gefälligst woanders!«, brüllt der Taxifahrer in Richtung eines Lieferwagens, der gerade die Straße blockiert.

Erleichtert, dass es kein Unfall war, atme ich aus. Doch die Panik bleibt und schnürt mir – wie beim letzten Mal, als ich mit einem Fremden gefahren bin – die Kehle zu. Das liegt nun schon über ein Jahr zurück und bereitet mir dennoch solche Probleme.

»Komm her«, höre ich Logan sagen, der näher rückt und seinen Arm um meine Schultern legt.

Ich versteife und sehe ihn überrascht von der Seite an.

»Tut mir leid«, entschuldigt er sich und irritiert mich nur noch mehr.

Verwirrt begegne ich seinem bedauernden Blick.

»Du hast mir erzählt, dass du nicht mit Fremden fährst. Daran habe ich vorhin nicht gedacht, sonst hätte ich dich niemals in diese Lage gebracht und mich stattdessen von einer deiner Kolleginnen begleiten lassen. Aber ...« Er schaut rechts und links aus dem Fenster. »... wir müssten in zehn, maximal fünfzehn Minuten da sein. Schaffst du das?«

Dass Logan aufmerksam ist, war mir bewusst, aber in diesem Ausmaß? Nicht nur, dass er sich gemerkt hat, was ich vor ein paar Tagen eher beiläufig erwähnt habe ... Er spürt sogar mein Unbehagen, meine Angst und erkennt auch noch den Zusammenhang. Keine Ahnung, ob ich das nur unheimlich oder unheimlich sexy finden soll. Aber ihm vorzumachen, ich wäre okay, erscheint mir genauso zwecklos wie albern.

»Ich denke schon«, antworte ich daher und lasse zu, dass er mich an sich drückt, als wollte er mich beschützen. Tief durchatmend spüre ich, wie sich mein Körper von Minute zu Minute entspannt. Logans Nähe, seine Wärme, die Art, wie seine Hand zärtlich über meinen Oberarm streicht, während er mich hält ... All das wirkt fast genauso beruhigend wie die Tabletten, die ich ab und zu noch nehmen muss, wenn mich die Erinnerungen einholen.

Herzschlag und Puls normalisieren sich ein wenig. Ich atme ganz bewusst tief ein und wieder aus, bis ich meine Panik soweit unter Kontrolle habe, dass ich Logan nicht mehr brauche.

»Danke, es geht wieder«, sage ich und schiebe ihn leicht von mir weg, winde mich aus seinem Arm. Den Teil ihn mir, der seine Nähe, seinen maskulinen Duft, das Gefühl seines Atems auf meiner Kopfhaut genossen hat, ignoriere ich.

»Sicher?« Prüfend sieht er mir ins Gesicht.

Dass seins noch etwas blass ist, macht mir bewusst, dass es hier eigentlich um Logan und nicht um mich geht. Ich sollte mich um ihn kümmern, nicht umgekehrt.

»Ja. Und wie geht's dir?«, frage ich und kämpfe die Überreste meiner Angst nieder.

»Mach dir um mich mal keine Sorgen.« Mit einem tiefen Blick in meine Augen streicht er mir sanft über die Stirn. »Du hast geschwitzt.«

»Du auch«, kontere ich, um von mir abzulenken. Ich will nicht, dass wir über mich sprechen. Sonst könnte er noch auf die Idee kommen, nach dem Grund für meine Panik zu fragen. Dass er sie mitbekommen hat und in diesen paar Minuten für mich da war, heißt noch lange nicht, dass sie ihn etwas angeht.

»So, da wären wir«, kommt vom Taxifahrer. Gerade rechtzeitig, bevor mich Logans Blick gefangen nehmen konnte. Ich wende mich ab und hole einen Umschlag mit Bargeld aus meiner Tasche.

»Steck das weg. Ich mach das schon.« Logan zückt seine Kreditkarte.

»Das hier ist aber keine Privatfahrt. Dieses Geld stammt aus der Kasse des Blutspendezentrums und ist extra für solche Fälle gedacht. Ich muss diese Taxifahrt dokumentieren und könnte Schwierigkeiten bekommen, wenn ich dich dafür aufkommen lasse.«

»Na schön.« Widerwillig steckt er seine Karte wieder ein und steigt aus, bevor ich es verhindern kann. Doch meine Befürchtung, er könnte noch immer wackelig auf den Beinen sein, ist zum Glück unbegründet. Während ich bezahle und mir eine Quittung ausstellen lasse, geht Logan um den Wagen und hält mir die Tür auf. Selbst jetzt ist er der perfekte Gentleman. Ich muss so schnell wie möglich wieder weg von hier. Weg von ihm. Stattdessen stehe ich ein paar Minuten und eine Aufzugfahrt später in seinem Wohnzimmer, es ist fast so groß wie meine gesamte Wohnung. Licht, das durch bodentiefe Fenster dringt, flutet diesen modern und geschmackvoll eingerichteten Raum. Ein Mix aus Creme-, Beige- und hellen Brauntönen lässt das Zimmer so freundlich erscheinen, dass ich mich auf Anhieb wohlfühle.

»Schön hast du es hier«, sage ich und betrachte die Bilder an den hohen Wänden. Hauptsächlich Schwarz-Weiß-Fotografien. Am Portrait einer Frau mittleren Alters bleibe ich hängen. Sie ist attraktiv und lacht aus vollem Herzen. Ihre dunklen Augen strahlen und erinnern mich an seine.

»Wer ist das?«, rutscht mir in meiner Begeisterung heraus.

»Meine Mutter.« Logan kommt neben mich.

»Sie ist wunderschön.«

»War.« Korrigiert er mich. »Leider ist sie vor wenigen Jahren gestorben.«

Seine Worte treffen mich wie ein Eimer Eiswasser. Vollkommen unvermittelt und mitten ins Gesicht. Ich spüre sofort, wie es in meiner Brust eng wird, und schlucke so hart, dass es wehtut. Ich will etwas sagen, mein Bedauern ausdrücken, aber ich kann nicht. Weder ein »Sorry« noch »Tut mir leid« oder banales »Oh« kommt mir über die Lippen. Ich kann diese Floskeln nämlich selbst nicht ausstehen und behalte meinen Verlust daher meist für mich. Im Gegensatz zu Logan, der mich so überrumpelt hat, dass mir nichts Besseres einfällt als ein total unangebrachtes und wenig empathisches: »Ich müsste mal deine Toilette benutzen.« Innerlich schlage ich die Hände über dem Kopf zusammen.

Gott, was ist nur los mit mir?

Wie kann ich nur so furchtbar unsensibel und kalt sein?

Logans Gesichtsausdruck nach zu urteilen, scheint er sich das Gleiche zu fragen, antwortet aber: »Den Flur entlang, die erste Tür auf der rechten Seite.«

»Danke«, sage ich knapp und flüchte mich in ein luxuriöses Bad mit freistehender Dusche und Whirlpool.

LOGAN

Ruby schon jetzt mit dem Tod meiner Mom zu konfrontieren war nicht geplant. Doch eine bessere Steilvorlage konnte sie mir gar nicht liefern. Eine Gelegenheit, die ich einfach nutzen musste, um sie zu testen. Mit Erfolg, denn ihre merkwürdige und ziemlich schräge Reaktion bestätigt meine Vermutung: Sie hat zumindest indirekt etwas mit Claires Selbstmord zu tun, und ich muss wissen was. Da scheint es etwas zu geben, worüber sie unter keinen Umständen reden will. Anders kann ich mir ihr deplatziertes Verhalten und die plötzliche Flucht ins Badezimmer nicht erklären.

Was verbirgt sie?

Um das herauszufinden, werde ich behutsam vorgehen müssen. Schritt für Schritt. Unauffällig. Sie hier in meiner Wohnung zu haben ist *meine* Chance. Womöglich die letzte, die ich in nächster Zeit bekommen werde, um unsere Bekanntschaft zu vertiefen. Nur so wird Ruby sich mir öffnen. Nur so bekomme ich endlich Antworten auf all meine Fragen.

Dr. Sanchez und sie sind der Meinung, ich sollte dem Meeting aus gesundheitlichen Gründen fernbleiben? Kein Problem. Solange mir Ruby Gesellschaft leistet. Max wird ohne mich klarkommen müssen. Aber mit welcher Begründung? Ihm zu sagen, dass ich bei einer Blutspende kollabiert bin, fällt flach. Erstens habe ich ihm vorhin in der Firma nichts von der Spende erzählt, zweitens – das ist der Hauptgrund – würde er mich wochenlang verspotten und drittens ist ein niedriger Blutdruck kein triftiger Grund, so ein Meeting komplett zu schwänzen. Es muss eine andere Begründung her. Eine, die selbst eine Telefonkonferenz unmöglich macht.

Eine Autopanne.

Ich zücke rasch mein Handy, ziehe mich vorsorglich ins Arbeitszimmer zurück und rufe meinen Bruder an, der bereits nach dem zweiten Freizeichen abhebt.

»Wo zur Hölle steckst du? Das Meeting beginnt in fünfzehn Minuten.« Er klingt angepisst.

»Ich warte auf den Abschleppdienst und werde es nicht zum Meeting schaffen.«

»Hattest du einen Unfall, oder was?«

»Nein, die Elektronik spinnt.« Da er vor einigen Monaten das gleiche Problem hatte, wird er mir diese Story hoffentlich abkaufen.

»Fuck!«, flucht er in den Hörer. »Wo bist du? Soll ich dich abholen lassen?«

»So voll, wie die Straßen sind, macht das wenig Sinn.«

»Wir sollten vielleicht mal über einen Firmenhelikopter nachdenken, dann hätten wir solche Probleme nicht.«

»Darüber reden wir, wenn die Zusammenarbeit mit Lexus in trockenen Tüchern ist. Bezüglich des Etats schicke ich dir gleich eine Mail mit den entsprechenden Zahlen«, erkläre ich in dem Wissen, dass das heutige Meeting zwar wichtig ist, aber noch nicht über Hopp oder Top des Deals entscheidet und Max das auch ohne mich hinbekommt.

»Wann ist gleich? Kann ich mir die vorher noch ansehen?«

»Sobald wir aufgelegt haben.«

»Gut. Muss ich sonst noch was wissen?«

Ich will gerade antworten, als Ruby mich ruft und zwei Sekunden später den Raum betritt.

»Logan? Ach, hier steckst du. Ich ... oh.« Sie verstummt, als sie mich telefonieren sieht. Leider zu spät, denn Max dürfte sie garantiert gehört haben.

Ihr Timing hätte nicht beschissener sein können.

»Willst du mich eigentlich verarschen?«, fährt mein Bruder mich an. »Du lässt das Meeting für eine Frau sausen?«

Genau das hatte ich vermeiden wollen und stöhne innerlich auf. »Erklär ich dir morgen.«

»Worauf du einen lassen kannst!«

Seine berechtigte Wut lasse ich an mir abprallen – damit befasse ich mich später –, lege auf und wende mich Ruby zu.

»Sorry, ich wollte nicht ...«

»Schon gut. Ich komme gleich«, sage ich und setze mich an den Schreibtisch.

Ruby hebt eine Augenbraue. »Du willst arbeiten? Du hast es wohl immer noch nicht begriffen, oder?«

»Keine Sorge. Das Meeting habe ich abgesagt ...« ... *obwohl ich mich schon sehr viel besser fühle als vorhin im Blutspendezentrum.* Aber das behalte ich aus taktischen Gründen für mich und erkläre: »Ich will nur eben eine Mail verschicken.«

»Aber nur eine«, ermahnt sie mich schmunzelnd und scheint wieder ganz die Alte zu sein.

Ich öffne meinen Laptop und lasse Max die versprochenen Unterlagen zukommen, als mir *die* Idee kommt: Wenn Ruby sich von mir nicht zu einem zweiten Date einladen lassen will, kommt das Date eben zu ihr. Oder besser gesagt zu mir nach Hause. In Form eines Abendessens von meinem Stammitaliener um die Ecke, der für einen entsprechenden Aufschlag auch liefert. Ich rufe die Seite auf, fülle das Bestellformular aus und klicke auf Senden. Ruby wird erst von ihrem Glück erfahren, wenn es an der Tür klingelt. Bis dahin muss ich sie dazu bringen, nicht nur die nächste Stunde, sondern den gesamten Nachmittag hier zu verbringen. Nur wie?

Simuliere ich und gebe den schwachen Patienten oder spiele ich mit offenen Karten und riskiere eine erneute Abfuhr? Auch das werde ich spontan entscheiden, fahre mein Notebook runter und gehe auf sie zu. »Fertig. Möchtest du was trinken?«

Ihr »Nein, danke« ignorierend gehe ich an ihr vorbei in die Küche.

Sie folgt mir und steht, die Blutdruckmanschette parat, in der Tür, während ich eine Karaffe Wasser mit Zitronenscheiben aus dem Kühlschrank hole und uns einschenke. Ihr Glas stelle ich auf die Küchenanrichte, die mich daran erinnert, wie ich es Ruby auf ihrer besorgt habe.

Ich will sie schon wieder.

Ich will sie in allen sechs Zimmern meines Apartments um den Verstand vögeln.

Ich will sie so oft und heftig kommen lassen, bis ihre Nerven überreizt sind.

»Hier«, sage ich stattdessen und spüre, wie mich diese Vorstellung hart werden lässt. »Falls du doch noch Durst bekommst. Ich gehe jetzt duschen.«

»Warte. Lass mich eben deinen Blutdruck messen.«

»Nachdem ich geduscht habe«, antworte ich und ahne, dass sie mir widersprechen wird.

»Nein, jetzt.«

»Ich habe geschwitzt und will mich frischmachen.«

»Hast du das nicht gerade?«, stellt sie sich dumm und deutet auf das von mir soeben geleerte Wasserglas.

»Nein.« Ich baue mich vor ihr auf, schaue schmunzelnd auf sie hinab. So klein und schlank, wie sie ist, könnte ich sie einfach über meine Schulter schwingen und mitnehmen.

»Aber unter der Dusche habe ich dich nicht im Auge, solltest du erneut schlapp machen.«

Wieder eine Steilvorlage, die ich nicht ungenutzt lassen kann. »Wenn du mitkommst, mache ich ganz bestimmt nicht schlapp«, entgegne ich bewusst zweideutig und sehe, wie das Rosa ihrer Wangen ins Rötliche übergeht.

»Lass das, Logan. Ich meine es ernst.«

»Ich auch, Ruby. Mein Angebot steht.« Noch während ich mich dicht an ihr vorbeischiebe, knöpfe ich mein Hemd auf und gehe, ahnend, dass sie mir hinterherschaut, Richtung Bad.

NEUN

RUBY

Natürlich nehme ich sein unmoralisches – und zugegebenermaßen verlockendes – Angebot nicht an. Weil ich a im Dienst und b nicht interessiert bin. Letzteres rede ich mir zumindest mit aller Macht ein und setze mich im Wohnzimmer aufs Sofa, statt einfach zu gehen. Es deutet nämlich nichts mehr darauf hin, dass Logan noch Kreislaufprobleme hätte. Weder sein Gang – denn der ist kraftvoll und geschmeidig zugleich – noch sein Teint. Dieser hat wieder diese leichte sexy Bräune, für die so mancher ins Solarium gehen müsste.

Logan braucht mich nicht mehr. Davon bin ich überzeugt. Dennoch kann ich erst gehen, nachdem ich festgestellt habe, dass sein Blutdruck wieder im Normalbereich liegt. Mir bleibt daher nichts anderes übrig, als zu warten, bis Logan aus dem Bad kommt. Zeit, die ich damit verbringe, mich zu fragen, warum er kein Wort über meine merkwürdige Reaktion auf den Tod seiner Mutter verloren hat. Er wirkt nicht mal sauer oder beleidigt. Das hatte ich nicht erwartet und mich nach meiner Flucht innerlich darauf eingestellt, mein Verhalten erklären oder wenigstens entschuldigen zu müssen. Doch Logan scheint nicht sonderlich nachtragend zu sein, womit er eine weitere Eigenschaft an den Tag legt, die ich schätze. Wie wäre es zur Abwechslung mal mit einem Charakterzug, den ich ätzend finde? Ich will ihn nicht mögen, stehe seufzend vom Sofa auf und gehe zur Fensterfront. Diese erstreckt sich fast über die ganze Seite des Raumes und bietet eine atemberaubende Aussicht auf den Central Park. Erinnerungen an Ausflüge mit Mom, Dad, Liz und Gran füllen mein Herz mit Wehmut und Schmerz. Ich atme ihn weg, als Logans Schritte an mein Ohr dringen.

Endlich ist er zurück.

Ich fahre herum und muss erst mal schlucken. Logan scheinen die T-Shirts ausgegangen zu sein, denn er kommt oben ohne und in einer tief sitzenden schwarzen Trainingshose auf mich zu. Das Haar rubbelt er sich mit einem Handtuch trocken und legt es lässig über seine breiten Schultern. Mein Gott, er sieht aus wie ein Covermodel der Men's Health oder irgendeinem anderen Hochglanzmagazin, auf dem Männer mit solchen Körpern abgebildet sind. Meiner ist mal wieder auf Verräterkurs, denn mein Unterleib reagiert mit einem leichten Ziehen auf Logans Präsenz. Ich lasse mir nicht anmerken, dass meine bescheuerte Libido gerade minimal verrücktspielt, und gehe zum Sofa, auf dem die Blutdruckmanschette und das Stethoskop parat liegen. Ich zwinge mich, nicht tiefer als bis zu seinem Schlüsselbein zu schauen. Doch Logans intensiver Blick macht mich mindestens genauso nervös. Auch das lasse ich mir nicht anmerken, als er neben mir auf dem Sofa Platz nimmt und mir seinen Arm hinhält. Stark und muskulös. Ich weiß genau, wie es sich anfühlt, von ihm gehalten zu werden. Sei es beim Sex oder – wie vorhin – im Taxi. Beide Male fühlten sich gut an und weckten eine ungewohnte Sehnsucht in mir. Nach Geborgenheit und Nähe. Nach *ihm*.

Scheiße.

»Und? Wieder frisch?«, frage ich nicht gerade einfallsreich. Ein erbärmlicher Versuch, meine Gedanken wieder auf Kurs zu bringen. Wo kommen die nur plötzlich her? Ich bin doch sonst nicht so leicht aus dem Konzept zu bringen.

Logan antwortet mit einem schiefen Lächeln, das meinen Blick auf seinen Mund lenkt. Er befeuchtet ihn und schluckt so hart, dass ich es hören kann. »Ruby?« Seine Stimme klingt heiser.

»Ja?« Ich wage nicht, ihm in die Augen zu sehen, und lege die Blutdruckmanschette um seinen Oberarm. Die sexy Wölbung seines Bizeps versuche ich zu ignorieren und führe die Messung durch. Mit zitternden Fingern, was er ganz bestimmt bemerkt.

»Wie lange soll dieses Spielchen noch gehen?«, will er wissen.

»Hundertvierzig zu achtzig. Das ist gut. Du bist wieder fit. Jetzt brauche ich nur noch eine Unterschrift von dir. Ich hole mal eben das Schreiben.« Erleichtert darüber, endlich auf Abstand gehen zu können, erhebe ich mich. Doch Logan steht ebenfalls auf und stellt sich vor mich. Erst jetzt fällt mir auf, dass die Manschette noch an seinem Arm hängt. So eilig habe ich es, von ihm wegzukommen.

»Findest du das nicht albern, Ruby?«

»Was meinst du?«, frage ich, mich dumm stellend, und gehe rückwärts.

»So zu tun, als wärst du nicht scharf auf mich. Selbst ein Blinder würde das merken, nur du willst es nicht sehen. Warum?«

»Weil es nicht stimmt. Ich … ich will nichts von dir«, ringe ich mir stotternd ab. Dass ich die Jungfrau Maria bin, hätte ich ihm vermutlich glaubhafter vermitteln können.

»Und wieso kannst du mir dann nicht in die Augen sehen?« Seine Stimme klingt gedämpft.

Zum Beweis für das Gegenteil hebe ich den Blick, begegne herausfordernd dem warmen Braun seiner Augen, das mich gerade an geschmolzenes Karamell erinnert. Bei seinem Ausdruck schmilzt hier gleich was anderes. »Zufrieden?«, frage ich, seinem Blick standhaltend.

Keine Antwort. Dafür aber das Geräusch des Klettverschlusses, als er die Manschette von seinem Arm löst und sie achtlos aufs Sofa wirft.

Keine Ahnung, was in den fünfzehn Minuten, die er duschen war, passiert ist. Sein Shampoo muss irgendein Aphrodisiakum enthalten, denn seine Anziehungskraft war noch nie so groß wie in diesem Moment. Magnete sind nichts dagegen. Ich fühle mich den Gesetzen der Physik vollkommen ausgeliefert und lasse zu, dass er näher kommt. Nun steht er so dicht vor mir, dass ich den Kopf in den Nacken legen muss und seinen Atem auf meiner Stirn spüre. Sein großer Körper strahlt eine Hitze aus, die ich selbst durch den Baumwollstoff meiner Arbeitskluft wahrnehme. Logans Blick wird tiefer, fester und hält mich gefangen. Andernfalls wäre ich längst zurückgewichen, statt ihm zu erlauben, seinen Arm um meine Taille zu legen. Sein Griff verstärkt sich und bringt nun schließlich den letzten Krümel meines Widerstandes zum Bröckeln. Wenn überhaupt, können mir nur noch Superkräfte helfen. Ich bin verloren.

»Ich werde dich jetzt küssen, Ruby.«

Überrascht reiße ich die Augen auf. »Ich … ich bin im

Dienst«, lautet mein erbärmlicher Versuch, zu verhindern, wonach ich mich so sehr sehne.

»Ich werde dich jetzt küssen«, wiederholt Logan ohne Rücksicht und leckt sich über die vollen Lippen. Nur Millimeter von meinen entfernt, die sich automatisch öffnen.

Dennoch schüttele ich trotzig den Kopf.

»O doch, Ruby.« Logan umfasst mein Kinn, unterbindet meinen Protest und presst seinen Mund auf meinen. Warm und weich.

Seufzend empfange ich seine Zunge, die in meinen Mund gleitet und mich erforscht. Als wäre es das erste Mal. Langsam. Genüsslich. Ohne Hast. Ein gefühlvolles Umschmeicheln, gepaart mit einem sanften Saugen, das mich flatternd die Lider senken lässt. Zärtliche Finger umschließen meinen Nacken, während Logans andere Hand mit leichtem Druck über meinen Rücken wandert und mich an sich presst. Der Kuss wird tiefer, fordernder, leidenschaftlicher und unsere Zungen verschmelzen, werden eins. Auf Zehenspitzen komme ich ihm entgegen, lege die Arme um seinen Hals und kralle mich in sein dichtes, vom Duschen noch feuchtes Haar. Logans Hände gleiten abwärts, umfassen meinen Po. Ich stoße erregt und überrascht den Atem aus, als er zupackt und mich anhebt. Gerade so, dass meine Füße knapp über dem Boden schweben, presst er mich noch fester an sich. Ich spüre seine Erektion an meinem Schenkel, das schnelle Auf und Ab seines Brustkorbs. In meinem pocht es wie wild, während sich rasend schnell eine Gänsehaut auf meinem Körper ausbreitet. Die Muskeln meines Unterleibs ziehen sich fast schmerzhaft zusammen und mein Slip wird feucht.

Ich will ihn. Ich will ihn hier und jetzt, kann einen kehligen Laut nicht zurückhalten und …

»Das Essen ist da«, keucht Logan in meinen Mund und

unterbricht den Kuss. Seine Hände lassen von mir ab. Allmählich komme ich zurück in die Gegenwart und spüre den Boden unter meinen Füßen, neu und unbekannt ... als hätte ich nie zuvor solch einen sicheren und zugleich wackeligen Stand gehabt.

Irritiert schlage ich die Lider auf, begreife nicht, weshalb er jetzt aufhört, und frage, die Stirn gegen seine gelehnt: »Was ist los?«

Schwer atmend sieht er aus glasigen Augen in meine und erklärt heiser: »Es hat geklingelt. Unser Essen ist da.«

»Was für Essen?« Die Lust und das Verlangen haben meine Sinne derart benebelt, dass ich weder verstehe, wovon Logan spricht, noch mitbekommen habe, dass es an der Tür geklingelt hat. Kein leises Klingeln, wie ich jetzt klar und deutlich höre.

»Ich hab uns was beim Italiener bestellt.«

»Wann?«

»Vorhin.« Seine von unseren Küssen geschwollenen Lippen verziehen sich zu einem siegessicheren Lächeln. »Ich hatte gehofft, dass du noch ein bisschen bleiben würdest.« Er gibt mir einen Kuss auf die Stirn, an der er raunt: »Ich gehe eben aufmachen, auch wenn ich jetzt Appetit auf was ganz anderes hätte.«

Ich auch!, schießt es mir durch den Kopf, in dem sich alles zu drehen scheint.

Gott, was mache ich hier?

Soll ich bleiben?

Ja!, brüllen Libido, Magen und Herz unisono, während mein Verstand ein gellendes *Nein!* von sich gibt.

LOGAN

Mit einer Isolierbox, in der sich das Essen befindet,

kehre ich zu Ruby zurück, die inzwischen auf dem Sofa sitzt. Als sie mich bemerkt, knipst sie ein Lächeln an, das ihre Augen nicht erreicht. Sie wirkt angespannt, nachdenklich. Ich ahne, dass sich in ihrem hübschen Kopf gerade Dinge abspielen, die mir gar nicht gefallen. Bevor sie diese äußern kann, stelle ich die Box ab und gehe vor ihr in die Hocke.

»Hey Grüblerin.« Ich streiche ihr eine Strähne hinters Ohr. »Tust du mir einen Gefallen und ...« Mit dem Zeigefinger tippe ich sanft gegen ihre Schläfe. »... schaltest den hier ab? Nur für ein, zwei oder drei Stunden.«

»Dir entgeht aber auch nichts, oder?«

»Das solltest du inzwischen wissen, auch wenn wir uns noch nicht lange kennen.«

»Du bist unheimlich, Logan. Weißt du das?«

»Unheimlich was? Heiß, stark, smart?«, scherze ich.

Ihre Mundwinkel zucken.

»Ich bin vor allem unheimlich interessiert. An dir«, gestehe ich, nun wieder ernst, und nehme ihr Gesicht in meine Hände. Rubys Ausdruck ist voller Zweifel, die ich nicht kapiere.

Ahnt sie was?

Unmöglich.

Mein Interesse ist echt und bezieht sich nicht nur auf die Sache mit meiner Mom. Nicht mehr.

»Logan, ich ...« Sie seufzt, scheint mit sich zu ringen. »Ich bin mir nicht sicher, ob ich das will beziehungsweise kann.«

»Was? Den Kopf ausschalten?«, stelle ich mich dumm.

»Diesen ... Kontakt zwischen uns.«

»Willst du den Rat eines unheimlich gut aussehenden und erfolgreichen Geschäftsmanns?«, frage ich mit der Absicht, ihr ein Lächeln zu entlocken.

Sie schmunzelt. Immerhin. »Und wie lautet der?«

»Wenn man etwas will, dann kann man das auch, Ruby.« Ich umschließe ihren Nacken, sehe fest in ihre Augen. »Solltest du den Kuss vorhin genossen haben – und wir wissen beide, dass das der Fall ist –, dann bleib. Bleib und lass es einfach geschehen ... Dich erwarten ein ausgezeichnetes Essen, ein oder zwei Gläser Wein, gute Gespräche und ...« Ich senke meine Stimme. »... herausragender Sex. Wenn du willst. Alles kann, nichts muss. Aber ich will, dass du dich wohlfühlst, Ruby.« Das will ich wirklich, weshalb ich ihr jetzt einen Vorschlag mache, den ich hoffentlich nicht bereuen werde. »Ich gehe jetzt mit der Box in den Salon. Du bleibst hier, und während ich ein paar Vorbereitungen treffe, überlegst du dir, ob du bleiben oder gehen willst. Deine Entscheidung. Okay?« Fragend sehe ich in ihre großen grünen Augen, erkenne Unsicherheit, aber auch Sehnsucht und Verlangen darin. Wird sie beidem nachgeben? Sie muss einfach. Sie muss.

»Okay«, antwortet sie und nickt.

Ich erhebe mich, nehme unser Essen und gehe, ohne auch nur den Hauch einer Ahnung zu haben, wie Rubys Entscheidung ausfallen wird.

Was, wenn ich zurückkomme und sie fort ist?

Für den Bruchteil einer Sekunde streift mich ein Gefühl, das ich nur aus Erzählungen kenne: Unsicherheit. Ich schüttele sie ab und mache mich ans Werk. Zehn Minuten später erkenne ich meinen eigenen Salon kaum wieder. Für keine Frau habe ich ihn jemals so hergerichtet. Obwohl ich bereits drei Jahre hier wohne, ist Ruby die Erste, die darin essen wird – hoffentlich. Die erste Frau, für die ich mich ins Zeug lege, weil ich es bislang nicht nötig hatte. Ich betrete absolutes Neuland, das ich erst noch erobern muss. Vermutlich macht genau das den Reiz aus, da ich – wie Ruby beim Sushi richtig erkannt hat – ein Jäger bin. Aber was ist ein Jäger schon ohne seine Beute? Denn als ich in den Wohnbereich zurückkomme, fehlt von Ruby jede Spur.

»Fuck«, zische ich, bleibe stehen und fahre mir angepisst durchs Haar. Unfassbar, dass sie tatsächlich gegangen ist. Ohne ein gottverdammtes Wort, nicht mal ein beschissenes Lebewohl. Nichts anderes hat ihr stiller Abgang nämlich zu bedeuten, und das werde ich – ob es mir passt oder nicht – akzeptieren müssen. Ich werde hinnehmen, dass sie mich nicht will, und sie nicht mehr kontaktieren. Allein schon aus Stolz, der ...

Das Geräusch einer sich schließenden Tür stoppt meine Gedanken. Ich fahre herum und sehe Ruby den Gang entlang auf mich zukommen. Vermutlich aus dem Bad. Ihr Haar ist geöffnet, fällt in weichen Wellen über ihre fast entblößten Schultern. Sie trägt ein weißes Tanktop, das sie wahrscheinlich unter der Arbeitskluft anhatte. Die helle weite Hose ist geblieben.

»Ich hab mich schnell frisch gemacht«, erklärt sie etwas schüchtern und hält ein kleines Etui in die Höhe. Vor mir bleibt sie stehen und lächelt.

»Und ich dachte, du wärst weg.«

Sie hebt eine Braue. »Ohne mich zu verabschieden? Hältst du mich für so unerzogen?«

»Du bist unberechenbar. Und ...« Ich betrachte sie von Kopf bis Fuß. »... verdammt schön.«

»Schon erstaunlich, was ein anderes Oberteil, Mascara und Lipgloss alles ausmachen können«, erklärt sie mit einem Augenaufschlag verführerisch und scheu zugleich.

Ich schaue ihr ins Gesicht, versuche, den Unterschied zu vorher auszumachen, erkenne jedoch keinen. »Hast du beides gar nicht nötig.«

»Schleimer.« Sie schlägt die Augen nieder und sieht einen tiefen Atemzug später wieder wie ein verängstigtes Reh zu mir auf. Immer noch zweifelnd und unsicher. Rubys Zerrissenheit ist allgegenwärtig. Trotzdem ist sie geblieben und gibt mir eine Chance, die ich nutzen werde, um ihr diese vollkommen unbegründete Angst – wo auch immer sie herrührt – zu nehmen.

»Komm.« Ich nehme ihre Hand und fühle mich wie ein Raubtier, das sie in seinen Bau lockt – kurz davor, sie mit Haut und Haar zu verschlingen. Nicht nur sprichwörtlich, denn – Gott – sie ist so unfassbar anziehend. Besonders, wenn sie sich – wie jetzt – nicht hinter ihrer taffen Schlagfertigkeit versteckt. Eine neue und ungewohnte Seite, aber nicht minder reizvoll ... diese Aura aus Sexappeal und Verletzlichkeit ist nämlich genauso einnehmend wie entwaffnend.

Wer hat hier eigentlich wen in den Fängen?

»Vorsicht Stufe«, warne ich, und wir betreten gemeinsam die Empore, auf der sich der Salon befindet, den ich für unser Essen hergerichtet habe. Auf dem hellen Echtholzboden liegen Decken und Kissen aus. Das indirekte Licht einer Stehlampe, die ich noch nie benutzt habe, taucht den Raum in eine warmes Gelborange.

Kurz überkommt mich der Gedanke, zu dick aufgetragen zu haben, doch ...

»Keine Kerzen, Logan. Jetzt enttäuschst du mich aber.« Der Vorwurf in ihrer Stimme deckt sich nicht im Geringsten mit dem Funkeln in ihrem Blick, der nun auf dem Servierwagen mit dem Essen und Wein ruht.

»Komm schon, dafür, dass ich so spontan war und kaum Zeit hatte ... Beim nächsten Mal bekommst du das volle Programm«, sage ich und rechne aufgrund des letzten Satzes mit einem Widerspruch. Dass keiner kommt, macht mir Mut. Mut, den ich bei anderen nicht brauchte, um sie an ihrer Taille näher zu mir zu ziehen und ihr Gesicht zwischen meine Hände zu nehmen. Warme weiche Haut unter meinen Fingern, die nun über ihre Wangen streichen. Ruby lässt es zu, weicht nicht zurück. Sie ist handzahm wie ein Kätzchen, als ich mit dem Daumen über ihren Mund gleite, während sie auf meinen starrt. Schluckend. Ich kann nicht widerstehen, ziehe sie noch dichter an mich und spüre ihren wummernden Herzschlag. Vielleicht ist es auch meiner. Schwer zu sagen, weil es verdammt lange her ist, dass ich mich in der Gegenwart einer Frau so gefühlt habe.

»Hast du Hunger?«, erkundige ich mich, nur wenige Zentimeter von ihren halb geöffneten Lippen entfernt. Die Doppeldeutigkeit der Frage ist mir bewusst – und Ruby wohl auch, da meine Erektion gegen ihren Bauch drückt.

Sie nickt und atmet tief ein, als ich mit der Nase an ihrer entlangfahre. Zärtlich. »Wie hungrig bist du?« Meine Stimme klingt belegt vor Lust auf sie.

Ruby seufzt ein »Sehr ... hungrig« und haucht einen Kuss auf meinen Mund. Einen kleinen. Dann zieht sie sich wieder zurück und lächelt dieses sexy scheue Lächeln.

»Und?« Ich starre auf ihre volle Unterlippe, in die sie ihre Zähne auf eine Weise gräbt, dass ich das für sie übernehmen möchte. »Worauf hast du Appetit?«

Als Antwort umschließt sie meinen Nacken und zeichnet den Schwung meiner Lippen mit ihrer Zunge nach. Langsam, genüsslich. Mein Schwanz zuckt gegen die Jogginghose, meine Atmung gerät ins Stocken, Trommelwirbel in meiner Brust und ...

ZEHN

RUBY

Mit aller Macht versuche ich, mein rasendes Herz zu beruhigen, aber Logans Zunge, die nun auf meine trifft, macht das unmöglich. Zärtlich umkreist er sie, langsam und bedächtig, bis mich heftige Schauer durchzucken. Verlangen erfasst mich erst in warmen, dann in heißen Wellen und konzentriert sich in meiner Mitte. Ich vertiefe den Kuss, sauge an seiner Unterlippe und beiße hinein, weil ich mehr will, weil ich ihn will. Mehr als mir lieb ist. Mehr als ich sollte.

»Sag mir, worauf du Appetit hast«, knurrt Logan. Ich spüre sanfte Küsse auf meinem Hals, gefolgt von einer heißen Spur, die meine Haut elektrisiert.

»Deine ... Hände«, entkommt mir heiser, weil ich zu mehr nicht imstande bin.

»Was ist mit ihnen, Ruby?« Er nimmt mein Ohrläppchen zwischen seine Zähne und zieht an ihm. Nicht zu fest. »Soll ich dich berühren?«, haucht er und zeichnet mit der Zunge spielerisch meine Ohrmuschel nach.

Ein ungeduldiges »Ja ... fass mich an« entweicht meiner trockenen Kehle.

»Wo, Ruby?«

»Gott ... Logan«, stöhne ich, weil es kaum auszuhalten ist. Jede Zelle meines Körpers vergeht beinahe vor Sehnsucht nach ihm.

Logan lacht ein leises, raues, unfassbar sexy Lachen. »So ungeduldig?«

»Ja«, wispere ich ebenfalls lächelnd.

»Dann weißt du ja jetzt, wie ich mich fühle. Das hier will ich nämlich schon, seit wir uns Freitag voneinander verabschiedet haben, Ruby. Du hast mich so oft abblitzen lassen ...«

»Und jetzt willst du mich dafür bestrafen, indem du mich hinhältst?«

»Nein ... Das ist nicht mein Stil. Aber ...« Endlich fühle ich die Hitze seiner großen Hände wieder an meinem Rücken, meiner Taille und den Hüften ... »Ich werde dich spüren lassen, worauf du all die Tage freiwillig verzichtet hast.« Sein Versprechen unterstreicht er mit einem alles verschlingenden Blick in meine Augen, während sich seine Finger in den Bund meiner Hose haken.

Ich schlucke so hart, dass es wehtut, weil die Gier in seinem Ausdruck der eines ausgehungerten Raubtiers gleicht, das nur darauf wartet, auf seine Beute losgelassen zu werden. Und ich bete dafür, dass er nichts von mir übrig lassen ... dass es heute passieren wird. Die Vorzeichen stehen gut.

»Zieh mich aus«, flüstere ich, woraufhin Logan in die Knie geht und mir die Hose in einer einzigen fließenden Bewegung bis zu den Knöcheln runterzieht und von den Füßen streift. Als seine Hände meine Beine wieder hochgleiten, weiß ich genau, dass er sie spürt – meine Gänsehaut, ausgelöst durch den ersten Kontakt. Das Luftholen fällt mir so schwer, dass ich glaube, zu ersticken, als seine Finger sich unter das Bündchen meines Tangas schieben. Mein Unterleib zieht sich vor Begierde beinahe schmerzhaft zusammen.

Schwer atmend schaut Logan zu mir hoch – zärtlich und voller Ehrfurcht. Ohne zu blinzeln, scheint er jede meiner Reaktionen zu studieren und schiebt den Slip von meinen Hüften hinunter zu den Waden. Auf seinen breiten Schultern stütze ich mich nach Halt suchend ab, da meine Knie nachzugeben drohen. In Erwartung, vollständig von dem feuchten Stoff befreit zu werden, hebe ich den Fuß. Doch Logan hat andere Pläne. Er umfasst meine Knöchel und bringt mich dazu, die Beine zu spreizen. Wie ein Gefängnis aus Elastan und Baumwolle spannt sich das Bündchen um meine Fußfesseln. Ein Zucken durchfährt mich und Feuchtigkeit rinnt an den Innenseiten meiner Schenkel hinab. Er leckt sie auf, langsam, genüsslich und gründlich, bis er an meiner Mitte angekommen innehält. »Mhmmm ... «, raunt Logan so dicht vor mir, dass ich die Vibration seiner tiefen Stimme an meinem empfindlichen Fleisch spüre. »Sag mir ...« Sein Mund streift meine Schamlippen. »... was ich tun soll, meine Schöne.«

Stöhnend kralle ich mich in sein Haar und keuche: »Leck mich, Logan.« So schamlos habe ich noch nie geäußert, was ich mir von einem Mann wünsche. Bislang hat mich aber auch noch kein Typ danach gefragt. Logan ist der Erste, bei dem sich meine sexuellen Wünsche auch tatsächlich erfüllen könnten und ...

Logans Zunge gleitet durch meine Spalte und stoppt meine Gedanken, meinen Herzschlag, meine Atmung. Ich ringe nach Luft und werfe hingerissen den Kopf in den Nacken.

»Sieh hin. Schau mir dabei zu«, ordnet er an.

Ahnend, was der Anblick seiner sinnlichen Lippen um meine Klitoris mit mir anstellen wird, gehorche ich, schaue an mir hinunter und ...

Gott!

Heißes Verlangen erfasst mich binnen Sekunden und breitet sich explosionsartig in den entlegensten Winkeln meines Körpers aus. Ein leichter Sog an meinem Kitzler katapultiert mich an den Rand der Klippe, nur wenige Millimeter davon entfernt zu fallen. Ich muss nur loslassen, einfach loslassen und mich diesem intensiven Gefühl hingeben, das Logan in mir auslöst. Ohne Druck.

In Erinnerung an Logans Worte versuche ich, meinen Kopf auszuschalten, und beschließe, diesen Moment ... all die schönen Empfindungen einfach zu genießen.

Meine Zähne graben sich vor Verlangen so fest in meine Unterlippe wie Logans Finger in meine Pobacken, während seine Zunge über meine Klit streicht. Stöhnend befreit er mich von meinem Höschen, hebt unerwartet mein Bein an und legt es auf seine Schulter. Mit festem Griff verhindert er, dass ich die Balance verliere, was innerlich längst der Fall ist. In mir brodelt es wie in einem Vulkan kurz vor dem Ausbruch. Ich ziehe an seinem Haar – verzweifelt, weil der Druck in mir kaum auszuhalten ist. Viel zu viel, aber gleichzeitig zu wenig, um zu kommen.

Wie kann das sein?

Wie kann etwas, das sich so unglaublich schön anfühlt, gleichzeitig so unbefriedigend sein?

Wie kann sich mein Körper so sehr nach Erlösung sehnen und sie trotzdem nicht zulassen?

Wie kann etwas zum Greifen nah und doch so fern sein?

Denn ich spüre dieses Kribbeln, noch intensiver als

beim letzten Mal. Mein Körper ist nicht bloß erhitzt. Er sprüht Funken und scheint nur wenige Zungenschläge davon entfernt, in Flammen aufzugehen. Meine Muskeln spannen sich an. Auch die ganz tief in mir.

»Logan, bitte«, flehe ich eher mich als ihn an, weil er alles richtig macht und nicht aufhört, mich um den Verstand zu lecken. Ich spüre das Zucken und Pochen meiner Klit in seinem Mund und an seiner Zunge, die nun immer wieder in mich gleitet. Sein Atem geht stoßweise.

»Komm für mich, Ruby.«

Mein Stöhnen wird lauter – vor Verzweiflung und Frust, was mich wieder zu blockieren droht.

»Lass uns ... gemeinsam ... kommen«, keuche ich abgehackt in der Hoffnung, auf andere Weise endlich Erlösung zu finden. »Fick mich, Logan. Jetzt.«

LOGAN

Das lasse ich mir nicht zweimal sagen und hebe Ruby in meine Arme. Ihre landen um meinen Hals und mein Mund findet ihren. Ich lasse sie ihre eigene Erregung schmecken. Diese salzig-süße Note, süchtig machend und so verdammt berauschend. Ebenso wie Ruby, die schwer atmend von meinen Lippen lässt.

»Wo willst du hin?«, fragt sie an meinem Mundwinkel, als ihr klar wird, dass wir den Salon verlassen. »Wir können es auch hier tun.«

»Wir können es überall tun, aber ich will dich in meinem Bett«, lautet meine Antwort, für die ich selbst keine Erklärung habe. Zumindest keine, über die ich jetzt näher nachdenken möchte. Alles, was ich will und brauche, befindet sich gerade in meinen Armen und wenige

Sekunden später auf der Matratze. Behutsam setze ich Ruby auf das dunkle Laken, hole ein Kondom aus der Schublade und lege es griffbereit auf die Kommode. Ruby, die sich an der Bettkante kniend gerade das Top und den BH auszieht, lasse ich dabei keine Sekunde aus den Augen. Ihre funkeln mir erwartungsvoll entgegen und ruhen jetzt auf meinem ausgebeulten Schritt. Ich bin so verdammt hart und will meinen Schwanz endlich aus der Jogginghose befreien, da kommt Ruby mir zuvor.

»Lass mich das machen«, sagt sie heiser. Ihre Hände finden meine Hüften, ziehen sie näher zu sich. Lüstern sieht sie zu mir hoch und ich grabe meine Finger in ihr Haar, schaue zu, wie sie mir die Hose runterschiebt, langsam über meinen Hintern und Schwanz sowie meine Oberschenkel. Den Rest erledigen die Schwerkraft und meine Fußarbeit.

Wir sind jetzt beide nackt und ich kann mich nicht erinnern, jemals so scharf auf eine Frau gewesen zu sein. Wie beim letzten Mal wird es mich einiges an Beherrschung kosten, nicht schon nach drei Minuten zu kommen. Denn Ruby, die mich jetzt zu sich ins Bett zieht und unter sich bringt, macht es mir nicht leicht.

»Ich möchte oben sein«, wispert sie und setzt sich rittlings auf mich – worauf ich eigentlich gar nicht stehe. Doch der Einwand bleibt mir im Hals stecken und meine Lungen sind wie erstarrt. Diese Frau ist so unfassbar schön, dass ich einen Moment vergesse zu atmen.

Glänzendes, dickes Haar.

Glatte Stirn.

Lange, gebogene Wimpern.

Große, grüne Augen.

Gerade, kleine Nase.

Hohe Wangen, die im gleichen Rot schimmern wie ihre

Lippen. Dieser Schmollmund, von dem ich einfach nicht genug bekomme. Ruby öffnet ihn zu einem leisen Stöhnen. Den Rücken durchgedrückt, reckt sie mir ihre schönen prallen Brüste so verdammt sexy entgegen, dass ich meine Vorliebe für kleinere Oberweiten blitzschnell vergessen habe. Eigentlich ist das schon der Fall, seit ich sie zum ersten Mal oben ohne sah. Ihre steifen Nippel scheinen mich anzubetteln, sie in meinen Mund zu saugen. Ich will mich aufrichten, um genau das zu tun. Doch Rubys Hände an meiner Brust drücken mich sanft zurück in die Matratze. Verführerisch lächelnd streichelt sie nun meinen Bauch, folgt mit dem Zeigefinger der kaum sichtbaren Linie aus feinen dunklen Härchen und betrachtet schluckend meine Erektion. Heiß und schwer liegt sie auf meinem Bauch und verlangt zuckend nach Aufmerksamkeit.

Fick mich, Logan. Jetzt!, hatte sie gefordert. Doch *jetzt* scheint bei Ruby ein dehnbarer Begriff zu sein, so viel Zeit, wie sie sich lässt. Denn meinen Schwanz hat sie noch immer nicht angerührt, was mich in den Wahnsinn treibt und gleichzeitig meine Rettung ist. Ruby ahnt ja nicht, wie viel Macht sie gerade über mich besitzt. Womit wir bei einem der Hauptgründe wären, aus denen ich auch beim Sex lieber die Regie übernehme. Bei dieser Frau scheinen Ausnahmen allerdings zur Regel zu werden. Ich atme tief durch, versuche mich zu sammeln ... innerlich einen Gang runterzufahren.

Bei dem Anblick?

Keine Chance.

Ruby ist einfach gnadenlos heiß und leckt sich begehrlich über die Lippen. Lust lodert jetzt noch glühender als vorher in ihren Augen. Ich spüre die feuchte Hitze ihrer Erregung an meinem Schaft, fühle, wie sie ausläuft und sich an mir reibt.

Stöhnend.

Haut an Haut.

Auf und wieder ab ... auf und wieder ab. Von der Wurzel bis zur geschwollenen Spitze, die jedes Mal fast in sie hineingleitet. Aber nur fast, womit sie den Druck in meinen Eiern genauso erhöht wie meinen Puls.

»Gib mir das Gummi«, befiehlt sie ungeduldig und rollt es einen hungrigen Kuss später über meinen pochenden Schwanz.

Sie hebt ihr Becken und nimmt ihn in sich auf – Zentimeter für Zentimeter, sie scheint sich erst an ihn gewöhnen zu müssen –, bis mich ihre heiße Enge vollständig umgibt. So verdammt gut.

Sie erschaudert, und ich kann sie sehen: Gänsehaut, überall auf ihrem wunderschönen Körper, der sich jetzt bewegt und einen Rhythmus findet, dem ich mich langsam anpasse. Ich reiche ihr meine Hände, bin ihr die Stütze, die sie braucht, um sich Lust zu verschaffen. Keine Ahnung, was mich gerade mehr anturnt. Zu spüren, wie ihre inneren Wände meinen Schwanz massieren, oder ihr Anblick. Ruby mit durchgedrücktem Rücken, was ihre Taille noch schmaler, ihren Bauch noch flacher und ihre fantastischen Brüste noch praller erscheinen lässt. Sie zu betrachten raubt mir den Atem, bringt ihn ins Stocken. Ihrer geht nun in ein Keuchen über und die Bewegungen ihres Beckens werden schneller, ungestümer. Ich hebe meine Hüften, komme ihr entgegen, was sie die Zähne in ihre Unterlippe graben lässt. Sie wirft den Kopf in den Nacken, lässt meine Hände los und knetet stöhnend ihre Brüste. Ich umfasse ihren Hintern, presse sie auf meinen Schwanz und stoße von unten zu. Wieder und wieder, bis Rubys Stöhnen lauter und der Druck in mir unerträglich wird. Meinen schweißfeuchten Oberkörper richte ich auf und ziehe Rubys an mich, um sie zu küssen. Hart, hungrig und tief, weil ich irgendwie Druck abbauen muss. Er ist enorm und wird verstärkt durch ihre Pussy, die sich so verdammt wunderbar um meinen Schaft krampft.

»Fuck ... «, presse ich hervor und verlangsame das Tempo, bei dem Versuch, nicht zu kommen.

»Nicht aufhören, Logan ... bitte.« Ihre Forderung untermauert sie mit einem sanften Biss in meine Unterlippe und sieht mir in die Augen. Ihr Wunsch ist mir Befehl und ich stoße in sie. Genauso fest und schnell wie vorhin, bis sie meinen Namen schreit und ich ihn wiedererkenne. Den flehenden, beinahe leidvollen und nach Erlösung bettelnden Ausdruck, so wie bei unserem ersten Mal. Beben erschüttern Rubys Körper und ihr Innerstes zieht sich noch enger um meinen Schwanz zusammen. Das ist sie. Die stumme Erlaubnis und Bestätigung zugleich. Rubys Befriedigung, die ich brauche, um meine eigene zu finden, die sich explosionsartig in mir ausbreitet, während wir uns Stirn an Stirn in den Mund stöhnen.

ELF

RUBY

Atemlos sinke ich neben Logan auf den Rücken. Kraftlos, mit wild klopfendem Herzen und total verschwitzt. Jeder, der mich so sehen würde, müsste annehmen, dass ich gerade den heftigsten Orgasmus meines Lebens hatte. Leider hab ich diesen mal wieder nur vorgetäuscht, weil ich blöde Kuh es nicht geschafft habe, diese Blockade in mir niederzureißen. Dabei war ich doch nur einen Millimeter davon entfernt zu kommen. Wie beim letzten Mal hat mich der Höhepunkt mehr als ein Mal gestreift. Das Gefühl war sogar noch intensiver, und trotzdem hat es wieder nicht geklappt. Vor Wut und Enttäuschung über mich selbst möchte ich schreien oder aber ins Bad rennen, um zu Ende zu bringen, was Logan um ein Haar geschafft hätte. So verzweifelt ich auch klinge, tief in mir ist noch ein letzter Funken Hoffnung. Sie war erloschen, doch Logan hat sie wieder zum Leuchten oder zumindest zum Flimmern gebracht. Ich ertappe mich bei der Frage, wie oft ich wohl noch Sex mit ihm haben muss, um endlich meinen ersten Orgasmus zu erleben.

Einmal? Zweimal? Vier- oder gar zehnmal? Öfter? Will ich ihn überhaupt so häufig sehen ... eine Affäre mit ihm? Vermutlich bin ich die mit dem heutigen Tag schon eingegangen und will es mir nur nicht eingestehen. Ich muss zugeben, dass mir die Vorstellung, ihn öfter zu sehen, so wie jetzt nackt neben ihm zu liegen, genauso gut gefällt wie nervös macht. Wo soll das hinführen, wenn mich schon jetzt der Drang überkommt, mich an ihn zu schmiegen? Meine Hormone spielen in Gegenwart dieses Mannes total verrückt. Als hätte ich den Gedanken laut geäußert, macht Logan Anstalten, mich an seine Brust zu ziehen. Rasch winde ich mich aus seinen Armen und klettere aus dem Bett.

»Sorry, ich vergaß«, sagt er amüsiert und dreht sich auf die Seite. »Kein postkoitales Kuscheln, richtig?«

»Richtig.«

Grinsend schüttelt er den Kopf, liegt da wie eine griechische Gottheit. Sexy, stark, überirdisch schön. Ich spüre ein Kribbeln zwischen den Beinen, das ich genauso ignoriere wie den Impuls, zurück zu ihm ins Bett zu gehen, mich von ihm halten zu lassen. Stattdessen scanne ich den Boden nach meinem Top und BH ab; ich muss gehen. Ich brauche Abstand, wenn ich ihm bald wieder so nah sein will, ohne diese lästigen Gefühle. Nur so kann es funktionieren. Nur so bleibt es das, was es ist. Guter Sex. Nicht mehr und nicht weniger. Außerdem will ich mir die Peinlichkeit ersparen, von Logan rausgeworfen zu werden. Dass er mich nach dem Sex in den Arm nehmen wollte, war vermutlich pure Höflichkeit, er ist eben durch und durch ein Gentleman. Einer, der jetzt sogar aufsteht, um mir beim Suchen zu helfen. Das nehme ich zumindest an. Doch er verschwindet hinter meinem Rücken und tritt mit einem T-Shirt in der Hand wieder in mein Sichtfeld.

»Hier.« Er reicht es mir. »Zieh das solange an.«

Ich hebe eine Augenbraue. »Solange ... ich was tue?«

»Solange wir im Salon gemeinsam essen. Du erinnerst dich?«

»Ja schon, aber ... «

»Hast du etwa keinen Hunger?«

»Ich ... wollte zu Hause essen«, antworte ich. »Mit meiner Gran. Sie wartet auf mich.«

»Ruf sie an. Sag ihr, dass du später kommst. Oder hat sie was gekocht?«

Ich müsste diese Frage einfach nur mit Ja beantworten, damit er aufhört, mich zum Bleiben zu überreden. Doch da ist dieser total bescheuerte und winzige Teil in mir, der genau das will: Bleiben.

»Nein, aber ...«

»Dann zieh dir das T-Shirt über und ruf sie an.« Er beugt sich vor und findet mein Ohr. »Das Tiramisu solltest du dir unter keinen Umständen entgehen lassen. Es ist das beste Tiramisu vom besten Italiener der Upper East Side.«

Sein raues Flüstern lässt mich erschaudern. Vermutlich hätte er mir auch Schlachthof oder Abflussreiniger ins Ohr hauchen können. Auch dann wäre es mir schwergefallen, nicht schwach zu werden.

»Sag es noch mal«, bitte ich etwas heiser.

»Was?«

»Tiramisu.«

Logan lacht leise und raunt, jede Silbe betonend: »Tira-mi-su.«

Mir läuft das Wasser im Mund zusammen. »Überredet«, sage ich schmunzelnd, nehme das T-Shirt und schlüpfe hinein.

Ich bin umgeben von weichen Kissen und kuscheligen Decken, während die Geschmacksknospen auf meiner Zunge gerade einen kulinarischen Orgasmus erleben. Dank dieses fantastischen Tiramisus gehe ich heute doch nicht ohne Höhepunkt nach Hause und gebe mit geschlossenen Augen ein gedehntes »Mmmhhhhhhh« von mir.

»Gut, oder?«, höre ich Logan sagen.

»Gut ist untertrieben. Ich fühle mich wie eine Göttin in Italien.«

Logans tiefes, klangvolles Lachen füllt diesen Raum und lässt mich die Lider wieder öffnen.

»Was denn?«, frage ich und lecke die Kuchengabel sauber.

»Nichts. Ich kenne nur niemanden, der sich so über Essen freut.« Er sitzt mir im Schneidersitz gegenüber – seine Jogginghose hat es überlebt – und streicht mir eine Strähne hinters Ohr. »Du bist ein Genussmensch, Ruby. Das gefällt mir.« Er schluckt. »Du gefällst mir.«

Keine Ahnung, ob es die Geste, seine Worte oder dieses romantische Ambiente ist. Aber aus irgendeinem total unlogischen Grund kommt mir seine winzig kleine Berührung, die Art, wie er mich ansieht, viel intimer vor als all die versauten Dinge, die wir vorhin miteinander angestellt haben. Ich spüre, wie mir Blut in die Wangen schießt, und hoffe, dass Logan es in dem gedämpften Licht nicht bemerkt. Er soll nicht wissen, dass auch er mir gefällt. Das wusste ich bis heute selbst nicht oder habe es erfolgreich verdrängt.

»Ist das der Italiener, zu dem du vergangenen Freitag mit mir wolltest?«, frage ich ausweichend.

»Genau der.«

»Wenn ich das gewusst hätte, dann ...«

»... wärst du doch mit mir ins Auto gestiegen?«

»Nein, aber vielleicht hätte ich dann meine Bekannte gebeten, uns zu fahren. Für dieses Tiramisu hätte sie uns durch die halbe Stadt chauffiert.«

Dass Logan nicht antwortet, macht mir bewusst, bei dem Versuch, von meinen Gefühlen abzulenken, auf ein Thema gekommen zu sein, über das ich genauso wenig reden möchte. Aber so, wie Logan mich jetzt betrachtet, scheine ich nicht darum herumzukommen und lege seufzend die Kuchengabel auf meinen Teller.

»Du hältst mich für total durchgeknallt, oder?«

»Ich halte dich für vieles, aber bestimmt nicht für durchgeknallt.«

»Aber du findest mich merkwürdig.«

»Warum sollte ich?«

»Na, weil ich ...« Ich suche nach den passenden Worten und beginne den Satz neu: »Erst die Sache vorhin im Taxi und dann meine unmögliche Reaktion darauf, dass du mir vom Tod deiner Mutter erzählt hast. Ich ... ich weiß selbst nicht, was das sollte. So unempathisch bin ich normalerweise nicht. Es ist nur ... Ich war so überrumpelt.«

Logans Ausdruck ist voller Neugierde, aber auch Verständnis. Als ob er bereits ahnen würde, was ich ihm gleich anvertrauen werde, obwohl wir uns noch nicht lange kennen.

»Warum warst du denn überrumpelt?«, hakt er nach. Nicht drängend.

»Weil ...« Ich spüre, wie sich mein Herz zusammenzieht. »... meine Mom auch tot ist. Sie, mein Dad und meine ältere Schwester sind bei einem Autounfall ums Leben gekommen, als ...« Schmerz schnürt mir die Kehle zu. »Jetzt habe ich nur noch meine Gran.«

Logans Blick ist voller Bedauern und Mitleid, das ich gar nicht will. Ich wollte ihm nur mein Verhalten erklären, ohne groß darüber reden zu müssen. Vorsorglich stelle ich mich darauf ein, jetzt von ihm all die Fragen gestellt zu bekommen, die ich nicht beantworten möchte. Dazu kennen wir uns nicht gut genug. Auf diese Weise möchte ich mich nicht öffnen – niemandem – und das muss ich auch nicht, weil Logan zu meiner Überraschung doch nicht nachhakt. Er erspart mir sogar die üblichen Floskeln à la »Tut mir leid« und »Mein Beileid«. Stattdessen greift er nach der Weinflasche, schenkt uns beiden ein und reicht mir ein Glas. Immer noch schweigend sieht er mir in die Augen. In seinen glaube ich den Grund für seine stille Anteilnahme zu erkennen: Schmerz. Schmerz, weil auch er jemanden verloren hat. Auf welche Weise auch immer, aber vermutlich viel zu früh. Vielleicht sogar plötzlich. Ich frage nicht nach. Weil einen nichts und niemand darauf vorbereiten kann, einen geliebten Menschen zu verlieren. Wie es passiert, spielt eigentlich auch keine Rolle, da es nichts an den Tatsachen ändert. Die Leere im Herzen bleibt und tut ein Leben lang weh. Logan weiß das wie ich aus Erfahrung. Er kennt dieses Gefühl. Er versteht mich und ich ... ich verstehe ihn, fühle mich ihm plötzlich auf seltsame Art nah. Ohne dass es eines Prosts oder Zeichens bedarf, setzen wir unsere Gläser gleichzeitig an die Lippen und trinken.

»Noch eins?«, fragt er mit butterweicher Stimme, nachdem ich meines geleert habe. Seins ist noch halb voll.

»Nein danke, sonst denkst du noch, ich hätte ein Alkoholproblem«, scherze ich, um die Stimmung aufzulockern.

»Erstens würde ich das selbst dann nicht denken, wenn du die ganze Flasche exen würdest, und zweitens: Mach dir nicht immer so einen Kopf, Ruby. Wenn du noch ein Glas willst, dann gönn es dir.«

»Von Wein werde ich aber immer so müde – besonders nach so gutem Essen und, nicht zu vergessen, dem Sex. Ich will hier nicht gleich einschlafen.«

»Das kannst du aber ruhig. Du kannst so lange bleiben, wie du möchstest, und wenn du müde bist, gehen wir ins Bett. Ich lasse dich auch schlafen – versprochen.« Den letzten Satz schiebt er mit einem Grinsen hinterher.

Überrascht sehe ich ihn an, weiß nicht, was ich sagen soll. Auf Abstand gehen sähe defintiv anders aus, aber dieser Zug ist seit dem Sex sowieso abgefahren. Abwägend betrachte ich sein Gesicht. So symmetrisch. So viel attraktiver als bei unserer ersten Begegnung, weil er da nur irgendein heißer Typ war, der mich ins Bett kriegen wollte. Und jetzt, nach nur ein paar Tagen, ist Logan ein Mann, der meinem Herzen gefährlich werden könnte, weil er einfach ... toll ist. Eine coole Person, bei der ich mich trotz allem unbeschwert fühle. Warum soll ich das nicht genießen? Falls ich mich verliebe, mache ich einfach einen Cut und breche den Kontakt ab.

»Und? Was sagt deine mentale Pro-und-Kontra-Liste?«, erinnert mich Logan mit zuckenden Mundwinkeln daran, dass er nicht nur unverschämt sexy und witzig ist, sondern auch Gedanken lesen kann. Zumindest meine.

Leugnen ist zwecklos. »Wein und Tiramisu stehen ganz klar auf der Pro-Seite.«

»Okay. Und wo steh ich?«

»Wieso du? Du stehst da überhaupt nicht drauf«, scherze ich und halte Logan mein Weinglas hin, das er lachend füllt.

LOGAN

Weil meine Mom auch tot ist. Sie, mein Dad und meine ältere Schwester sind bei einem Autounfall ums Leben gekommen. Jetzt habe ich nur noch meine Gran.

Rubys Worte gehen mir auch nachts nicht aus dem Kopf. Worte, auf die mich nichts und niemand hätte vorbereiten können, weil ich damit nicht gerechnet habe. Denn Ruby, die neben mir schläft, wirkt so verdammt tough. Äußerlich. Innerlich – das weiß ich jetzt – ist sie tief verletzt. Auf eine Weise, die nie verheilt, da Wunden solcher Art durch Momente, Augenblicke, Gerüche, Klänge und Erinnerungen immer wieder aufgerissen werden.

Keine Ahnung, wer von uns beiden den Wein gerade mehr brauchte. Denn Rubys Schmerz hat sich wie eine rostige Klinge auch in mein Herz gebohrt. Plötzlich war sie wieder da, diese Wut auf Mom, weil sie mich ... uns einfach verlassen hat. Feige und ohne eine beschissene Erklärung. Bis auf ihren Brief, der nur noch mehr Fragen aufwirft. Hätte ich Moms Tod besser verkraftet, ihn akzeptieren können, wenn er – wie bei Rubys Familie – fremdverschuldet und nicht selbst herbeigeführt worden wäre? Vermutlich nicht. Wahrscheinlich hätte sich meine Wut auf die dafür verantwortliche Person konzentriert. Aber dann hätte ich sie zumindest nicht in mich hineinfressen und mit Alkohol, Sex, Partys sowie Pillen betäuben müssen. Eine Phase, die seit über einem Jahr hinter mir liegt.

Wie ist Ruby mit dem Schmerz umgegangen? Ihrer muss durch den Verlust ihrer gesamten Familie doch doppelt beziehungsweise dreimal so groß sein. Wie hat sie es geschafft, nicht zu zerbrechen, ihre Fröhlichkeit, ihr ansteckendes Lachen ... sich selbst nicht zu verlieren?

Wie alt war sie, als das passiert ist?

Wann ist es passiert und wie?

Fragen, die ich ihr vorhin nicht stellen konnte und wollte, ficken jetzt meinen Kopf, wechseln sich mit Flashbacks von meiner Mom ab.

Mom, die sich an jenem Sonntagnachmittag nicht mehr wecken ließ, weil sie einen Cocktail aus Schlaf- und Schmerztabletten sowie Alkohol zu sich genommen hatte. Mom, die schon lange tot war, als ich nach ihr gesehen habe. Eiskalte Haut, fast blaue Lippen, ihr lebloser Körper an meinen gepresst ...

Scheiße!

Ich brauche frische Luft und einen Drink.

Jetzt.

So leise wie möglich stehe ich auf und gehe vom Schlafzimmer in den Salon, wo sich meine Bar befindet. Ich schenke mir ein Glas Macallan ein. Whisky im Wert von dreißigtausend Dollar, der jeden Penny wert ist. Ich will mich nicht abschießen, sondern einfach nur runterkommen und dabei in die Nacht starren. Vom Balkon aus, der ...

»Hi ...«, dringt Rubys Stimme wie ein Windhauch an meine Ohren. Leicht kratzig und verschlafen. Offenbar war ich doch nicht so leise wie gehofft und drehe mich zu ihr um. Sie trägt mein T-Shirt, ihr Haar ist zerzaust. Ein verdammt süßer Anblick, der mich fast vergessen lässt, warum ich einen Drink brauchte.

»Hey.« Ich gehe auf sie zu, bleibe vor ihr stehen. »Alles klar?«

»Ich glaub schon und bei dir? Was … was machst du hier? Kannst du nicht schlafen?«

Ich halte meinen Drink in die Höhe. »Sieht ganz so aus.«

»Meinetwegen? Weil ich in deinem Bett schlafe?«, fragt sie leicht verunsichert.

»Was?« Ich schüttele den Kopf und sehe verständnislos zu ihr hinunter. »Nein. Mit dir hat das nichts zu tun. Ab und an hab ich das und kann einfach nicht einschlafen.« Genau genommen seit Moms Tod, obwohl es schon besser geworden ist. So viel besser, dass ich die von Meg verschriebenen Tabletten nicht mehr brauche.

Ich rechne fest damit, von Ruby nach dem Grund für meine Schlaflosigkeit gefragt zu werden. Stattdessen deutet sie auf das Glas in meiner Hand und fragt: »Ist das deine Medizin dagegen?«

»Sozusagen. Ja.«

»Darf ich?«

Wortlos reiche ich ihr das Glas mit der bernsteinfarbenen Flüssigkeit.

Sie nimmt es an sich, riecht daran und verzieht kaum merklich das Gesicht, bevor sie es an ihren Mund führt. Widerwillig, als müsste sie eine Art Mutprobe bestehen. Umso gespannter bin ich, wie ihr der Whisky schmecken wird. Denn dieser hier ist nicht annähernd mit dem billigen Fusel vergleichbar, den sie ihren Gästen im Silvermoon vorsetzt. In Erwartung einer Reaktion beobachte ich ihre Mimik, nachdem sie geschluckt hat. Kein vor Ekel verzerrtes Gesicht, sondern ein überraschter Ausdruck, den ich positiv deute.

Mit einem »Wow« bestätigt sie meine Vermutung und

nimmt einen weiteren Schluck. Genüsslich leckt sie sich über die vollen rosa Lippen.

»Nicht schlecht, hm?«

»Nicht schlecht? Ich hatte mich ehrlich gesagt auf einen Würgereiz eingestellt, aber das Zeug schmeckt nach Rosinen, Orangen und ... nach Herbst und Sommer. Was ist das?«

Ich muss lachen. »Whisky.«

»Echt? Die, die ich kenne, schmecken scheußlich und brennen in der Kehle. Der hier geht runter wie ...« Sie scheint nach dem passenden Wort zu suchen.

»Balsam?«, helfe ich ihr auf die Sprünge.

»Ja, genau.«

»Willst du auch ein Glas?«, frage ich.

Sie lächelt. »Gerne.«

Ich gehe zur Bar und kehre mit der limitierten Flasche, einem Glas und einer Decke zu Ruby zurück.

»Komm mit«, sage ich, nachdem ich eingeschenkt und das Glas in ihrer Hand gegen das vollere eingetauscht habe.

»Wohin?« Sie folgt mir.

»Auf den Balkon.«

»Ist es dafür nicht etwas zu kalt?«

»Deshalb bekommst du ja auch eine Decke. Die Aussicht wird dir gefallen«, verspreche ich mit einem Blick über die Schulter in ihre Augen.

»Der Central Park bei Nacht?«, mutmaßt Ruby.

»Es gibt nichts Besseres. Fast«, korrigiere ich mich.

Im Wohnzimmer angekommen, öffne ich das Balkonfenster zur Südseite, wende mich Ruby zu und hülle sie in die Kaschmirdecke ein.

»Danke.«

»Bitte. Nach dir.« Ich lasse ihr den Vortritt, bevor auch ich den Balkon betrete. Bis auf wenige Wolken ist die

Nacht klar und damit perfekt, um die Aussicht zu genießen.

Sie geht schweigend zur Brüstung; ich folge ihr und bleibe hinter ihr stehen.

»Wie Lichterketten in weiter Ferne«, flüstert sie, als bestehe die Gefahr, die Stadt, die niemals schläft, zu wecken.

»Was meinst du?«

»Die Laternen im Park. Sie sehen aus wie Lichterketten. Wunderschön, oder?«

»Ja«, gebe ich ihr recht, obwohl ich den Park bei Nacht noch nie auf so malerisch-bildhafte Weise wahrgenommen habe. Ruby scheint einen anderen Blick auf die Dinge zu haben und geht einen Schritt zurück. Jetzt steht sie so dicht vor mir, dass ich den Duft ihrer Haare wahrnehme. Fruchtig und süß. Ich frage mich, ob sie mit Absicht einen Schritt nach hinten gemacht hat – um mir näher zu sein. Ich weiß es nicht, weiche jedoch nicht zurück und verspüre den ungewohnten Drang, von hinten den Arm um sie zu legen ... sie zu halten. Nichts Sexuelles, einfach nur so. Genau aus diesem Grund weiß ich nicht, ob ihr das recht wäre, und widerstehe dem Impuls.

Ich höre, wie sie schluckt, höre ihren Atem. Meinen spürt sie vermutlich an ihrem Hinterkopf. Seufzt sie deshalb?

»Bist du oft im Central Park?«, will sie wissen.

»Jeden Morgen. Zum Joggen.«

Sie fährt herum. Aufgrund der Dunkelheit kann ich nur ahnen, dass sie mich gerade überrascht ansieht. »Wirklich jeden Morgen?«

»Ja, bevor ich ins Büro fahre.«

»Okay, das erklärt's.«

»Was?«

»Dein Aussehen.«

»Wie sehe ich denn aus?«, frage ich amüsiert.

Ruby lacht. »Als ob du das nicht wüsstest.«

»Es zu wissen oder von einer schönen Frau zu hören sind zwei Paar Schuhe.«

»Ich bin mir sicher, dass du genug Bestätigung bekommst. Meine brauchst du nicht auch noch.« Rubys Stimme klingt belustigt.

»Kann man überhaupt zu viel Bestätigung bekommen?«

»In deinem Fall: Ja, so überzeugt, wie du von dir bist.«

Ich lache kurz, werde dann aber wieder ernst. »In meiner Position als CEO kriechen mir tagtäglich alle möglichen Leute in den Arsch, machen mir Komplimente, reden mir nach dem Mund. Männer genauso wie Frauen.«

»Das kann ich mir vorstellen.«

»Bei dir ist das nicht der Fall«, sage ich und stelle plötzlich fest, dass die Erinnerungen an Moms Selbstmord wie weggeblasen sind, seit Ruby eben den Salon betreten hat. »Ich will dich regelmäßig sehen, Ruby.«

»Weil ich dir keine Komplimente mache?«, scherzt sie.

»Weil ich gern mehr Zeit mit dir verbringen würde und …«

»Okay«, fällt sie mir ins Wort und überrascht mich damit. »Oder hätte ich jetzt Nein sagen sollen, um dir nicht nach dem Mund zu reden?«

Ich schmunzele, weil ihr Humor genau nach meinem Geschmack ist. Mit der Hand nähere ich mich nun doch ihrem Gesicht, lege sie an ihre kühle Wange und streichele sie. »Nein, die Antwort war perfekt.«

»Ich dachte, perfekt gibt es nicht«, kontert sie leise und atmet tief ein und wieder aus. Ich fühle ihren warmen Atem an meinem Hals, rieche den Whisky. Plötzlich verspüre ich große Lust, diese Mischung aus Ruby und Macallan auf meiner Zunge zu schmecken.

»In diesem Fall schon«, antworte ich mit ebenfalls gesenkter Stimme und umschließe ihren Nacken. Sie lässt zu, dass ich sie in einen ziemlich perfekten Kuss ziehe, den wir in meinem Schlafzimmer fortsetzen.

ZWÖLF

RUBY

Auf dem Weg in die Küche, wo Logan Zeitung liest und Kaffee trinkt, wappne ich mich mit einem tiefen Atemzug. Ich will es wagen und ihn fragen, ob er mich in seinem Auto mitnehmen kann. Nur bis zur Bahnhaltestelle, damit ich meinen Anschluss noch bekomme. Logan ist für mich kein Fremder mehr und ich glaube, ihm vertrauen zu können. Zumindest genug, um mich die kurze Strecke von ihm fahren zu lassen.

Ich habe gerade einen Fuß in der Türschwelle, als ich höre, dass er telefoniert.

»Logan Carter. Ich bräuchte bitte für sieben Uhr dreißig ein Taxi. Die Adresse ist …«

Jetzt fällt es mir wieder ein: Sein Auto steht noch am Blutspendezentrum. Er kann mich gar nicht fahren, weshalb ich mir die Frage spare und lächele, als er mich bemerkt.

»Wolltest du was Bestimmtes?«, will er wissen und legt das Telefon auf die Anrichte.

»Nein, nein. Alles gut«, lüge ich und bin inzwischen wirklich davon überzeugt, dass er im früheren Leben mal Mentalist oder so was war. Ich kenne niemanden, der so aufmerksam und feinfühlig ist wie er. Vermutlich ist das einer der Gründe, warum ich mich ihm überhaupt anvertraut habe. Bislang wusste Bella als Einzige vom Unfalltod meiner Familie und meiner damit verbunden Angst, mit Fremden zu fahren. Mich Logan geöffnet zu haben fühlt sich gut an. Erstaunlich gut sogar. Deshalb lasse ich mich auch auf ihn ein, wenn auch nur körperlich. Wir haben uns für diesen Sonntag verabredet und die darauf folgenden habe ich mental auch schon für ihn reserviert.

»Deine Sonntage gehören mir«, sagte er, während er mich mit seinen Lippen und Händen überall auf mir endgültig dazu brachte zuzustimmen.

Als ich endlich in der U-Bahn Richtung *Jay Station* sitze, bekomme ich das Lächeln nicht mehr aus dem Gesicht. Trotz meiner Müdigkeit. Denn nein, Logan hat mich natürlich nicht schlafen lassen. Vielleicht war es auch umgekehrt. Vermutlich sind wir beide schuld, daher bin ich ihm nicht böse.

Wie auch?

Es war schön. Es war aufregend. Auch ohne Orgasmus.

»Sie sind aber gut gelaunt«, dringt eine Stimme von oben an meine Ohren. Ich hebe den Blick und schaue in das Gesicht eines älteren Mannes mit Glatze, der mich freundlich anlächelt.

Ich lächele zurück und biete ihm meinen Platz an, da er etwas gebrechlich wirkt.

»Das ist sehr nett von Ihnen, aber ich muss jetzt an der *Jay Station* raus.«

»Oh, ist das schon die Nächste?«, frage ich verwundert.

»Ja.«

»Gut zu wissen, da muss ich nämlich auch raus. Danke.« Ohne diesen Mann wäre ich vermutlich weitergefahren und stehe auf.

»Gern geschehen.«

Wenig später steigen der nette Herr und ich aus der U-Bahn. Wir verabschieden einander und gehen in entgegengesetzte Richtungen. Auf der Treppe nach draußen krame ich in meiner Tasche nach meinem Handy, um meine Gran anzurufen. Das habe ich vorhin in der Eile nicht mehr geschafft. Ich hatte Thelma versprochen, mich vor der Arbeit noch zu melden. Allerdings müsste ich dazu erst mein Handy finden, das im Nirwana meines Shoppers verschwunden zu sein scheint. Oben angekommen bleibe ich stehen und stelle fest, dass sich mein Telefon auch nicht in meiner Manteltasche befindet. Vermutlich liegt es noch auf der Kommode in Logans Schlafzimmer.

Mist!

Eine Stunde später stelle ich im Blutspendezentrum fest, dass ich nicht nur mein Handy bei Logan vergessen habe.

»Haben Sie die Spender-Erklärung von Mr. Carter noch nicht abgeheftet?«, fragt mich Dr. Sanchez. Sie steht in der Tür des Labors, in dem ich gerade die Blutgruppen bestimme. »Ich wollte eben nachsehen, ob gestern alles gut gegangen ist, und konnte keine Unterlagen dazu finden«, fährt Dr. Sanchez fort.

»Ich fürchte, die habe ich bei Log... äh ... Mr. Carter liegen lassen.« Ebenso wie die Blutdruckmanschette und das Stethoskop, fällt mir gerade ein. Aber das behalte ich für mich. Wo habe ich nur meinen Kopf?

»Bei solchen Vorfällen ist die Dokumentation aus Qualitätsicherungsgründen und auch aus rechtlicher Sicht enorm wichtig, Ruby. Holen Sie das bis spätestens übermorgen nach«, fordert sie leicht verärgert.

»Das mache ich. Kommt nicht mehr vor, sorry.«

»Davon gehe ich aus. Bis jetzt waren Sie doch immer sehr zuverlässig. Das kenne ich gar nicht von Ihnen.«

Ich von mir auch nicht, rutscht mir fast raus. Vielleicht hätte ich doch nicht bei Logan schlafen sollen; ich ärgere mich über meine ungewohnte Verpeiltheit.

Nachdem Dr. Sanchez gegangen ist, widme ich mich weiter den Tests und denke darüber nach, wie ich noch heute an die Unterlagen komme. Ich bin mir nicht mal sicher, ob Logan die Erklärung unterschrieben hat. Soweit ich mich erinnere, kam nach der Blutdruckmessung der Kuss dazwischen. Ab da hatte ich andere Dinge im Kopf als Qualitätssicherung.

Da mein Telefon ebenfalls bei ihm liegt, kann ich ihn nicht mal bitten, mir das Dokument unterschrieben zuzufaxen. Obwohl ... müsste seine Nummer nicht im System hinterlegt sein? Dann könnte ich ihn zumindest nach Feierabend – wenn auch er wieder zu Hause ist – um ein Fax bitten. Um mein Handy wiederzubekommen, müsste ich mich allerdings mit ihm treffen. Eine Vorstellung, die mir ein Lächeln auf die Lippen zaubert, das Bella nicht entgeht.

»Erzähl, wie war's?«, will sie beim Mittagessen im Personalraum wissen.

»Wie war ... was?«, stelle ich mich dumm.

»Na, bei Mr. Carter alias Sex auf zwei Beinen, alias ...«

»Ihm ging es relativ schnell wieder gut«, falle ich ihr ins Wort, bevor sie mit noch mehr Kosenamen um die Ecke kommt.

»Ich nehme an, dass du danach nicht direkt nach Hause gefahren bist. Oder?«

Die Lüge liegt mir auf der Zunge, doch irgendetwas in meinem Ausdruck muss mich verraten haben, so breit wie Bella jetzt grinst. »Ich wusste es doch. Ist es was Ernstes zwischen dir und Mr. Carter?«

»Shhh ...«, mache ich, obwohl außer uns beiden keiner mehr hier ist.

»Warum? Du tust doch nichts Verbotenes. Abgesehen davon, dass ihr euch schon vorher kanntet, geht das niemanden etwas an.«

»Richtig. Deshalb will ich auch nicht, dass das hier die Runde macht. Dr. Sanchez hat eh schon einen Hals auf mich, weil ich die Spendererklärung bei ihm vergessen habe. Wenn sie erfährt warum, dann ...«

Bella wackelt mit ihren nachgemalten Augenbrauen. »Uuuuhhh ... Du musst aber sehr abgelenkt gewesen sein.«

»Um auf deine Frage zurückzukommen: Nein, es ist nichts Ernstes«, umgehe ich eine direkte Antwort auf ihre Anspielung. Doch Bella lässt nicht locker.

»Seht ihr euch wieder?«

»Anders komme ich ja nicht an die Erklärung und mein Handy.«

Ihre Augen weiten sich. »Dein Handy liegt auch bei ihm zu Hause?«

Das wollte ich eigentlich für mich behalten, nicke aber.

Bella lacht. »Na, dann können wir ja von Glück reden, dass du nicht auch noch dein schönes Köpfchen bei ihm verloren hast.«

»Ich habe überhaupt nichts verloren, nur vergessen«, korrigiere ich sie und schlürfe den letzten Rest Wasser aus meinem Glas.

»Immerhin hast du jetzt einen ziemlich guten Vorwand ihn wiederzusehen.«

Dass wir uns ohnehin für Sonntag verabredet haben, bleibt mein Geheimnis. Mein prickelndes kleines Geheimnis, das mein Herz schneller schlagen lässt.

LOGAN

Mit größter Zufriedenheit gehe ich das Protokoll des gestrigen Meetings durch und stelle überrascht fest, dass der Lexus-Deal so gut wie in trockenen Tüchern ist. James muss jetzt nur noch die Verträge prüfen. Mir ist bewusst, dass Max einen großen Anteil daran hat. Und mir ist auch bewusst, dass ich ihm eine Erklärung für meine Abwesenheit schulde. Nur fällt mir keine ein. Dass eine Frau bei mir war, lässt sich nicht abstreiten. Dafür wird er kaum Verständnis aufbringen, was ich ihm nicht mal verübeln kann, aber da muss ich wohl durch und checke seinen Kalender. Wie ich hat auch er in der nächsten halben Stunde keinen Termin. Ich setze das Headset auf und wähle seine Durchwahl, um mein Kommen anzukündigen.

»Was gibt's?«, will er wissen.

Den Gedanken, die Sache telefonisch zu klären, verwerfe ich genauso schnell, wie er mir gekommen ist. »Ich wollte kurz bei dir vorbeischauen. Passt es dir?«

»Kommt drauf an, ob du meine Zeit mit weiteren Lügen verschwenden willst.«

»Bis gleich«, lautet meine Antwort. Ich lege auf und verlasse mein Büro, ohne Katy über meine Abwesenheit zu informieren. Lange werde ich nicht weg sein und die Angelegenheit rasch aus der Welt schaffen.

Da die Bürotür meines Bruders offen steht, trete ich ohne zu klopfen ein. Als Max mich bemerkt, sieht er von seinem Laptop auf und fährt sich durchs dunkle Haar.

»Ist diese Frau der Grund für dein Aussehen?«, fragt er, noch bevor ich überhaupt zu Wort kommen kann.

»Wie sehe ich denn aus?«

»Als hättest du die Nacht durchgemacht oder besser gesagt durchgevögelt.«

Ich lasse mich weder provozieren noch auf dieses Thema ein und antworte: »Wie ich meine Nächte verbringe, geht dich einen Scheiß an, Max.«

»Falsch. In dem Moment, wo unser Business darunter leidet, geht es mich sehr wohl etwas an. Du kannst ficken, wann und wen du willst, solange du deinen verdammten Job machst. Wenn dir die Pussy irgendeiner Frau wichtiger ist, dann gib deinen CEO-Posten ab.«

Ich presse meine Kiefer zusammen. »Pass auf, was du sagst. Du betrittst gerade dünnes Eis.«

»Scheint ja verdammt wichtiges Eis zu sein, so wie du reagierst.«

Er ahnt ja nicht, wie wichtig – abgesehen davon, dass ich Ruby mag. Max weiß weder von Moms Brief noch von ihrem letzten Willen. Unsere Mutter wollte es so, und das muss ich akzeptieren, auch wenn mir das schwerfällt. Denn Moms Selbstmord macht Max noch immer so fertig, dass er sich regelmäßig mit Partys, Sex und Arbeit abzulenken versucht. Ich weiß, wie er sich fühlt. Daher würde es ihm auch helfen, den Grund für Moms Selbstmord zu kennen. Er hat ein Recht auf die Wahrheit. Er hätte ein Recht, zu erfahren, dass ich der Wahrheit auf der Spur bin. Aber solange ich nicht weiß, wohin mich diese Spur führt, muss ich meine Klappe halten. So beschissen es mir damit auch geht, weil er mein Bruder ist. Aber irgendwas muss ich ihm erzählen und beschließe spontan, ihm die halbe Wahrheit zu sagen.

»Ich war gestern Blut spenden.«

Max hebt zweifelnd seine Augenbraue.

»Mein gestriger Termin war eine Blutspende. Deshalb habe ich ihn auch nicht im Kalender vermerkt. Ich wäre pünktlich zum Meeting wieder da gewesen, aber …«

»Aber was?«

»Ich hab schlapp gemacht, konnte nicht fahren und musste wegen irgendwelcher Vorschriften von einer der Mitarbeiterinnen nach Hause gebracht werden. Ich bin heute Morgen mit dem Taxi hergefahren, weil mein Wagen noch immer an diesem Blutspendezentrum steht.«

Die Mundwinkel meines Bruders zucken. »Du bist umgekippt?«

Nickend lasse ich seinen Spott über mich ergehen.

»Beim Blutspenden?«

»Das kann passieren«, rechtfertige ich mich, obwohl ich umgekehrt vermutlich wie er denken würde.

»Aber nur, wenn man eine Pussy ist.« Max schüttelt lachend den Kopf. »Wieso gehst du überhaupt Blut spenden, wenn du Angst vor Nadeln hast?«

Ich tue ihm nicht den Gefallen, mich über seine Bemerkung aufzuregen. Stattdessen lasse ich sie auch diesmal einfach an mir abprallen. »Jetzt weißt du, warum gestern eine Frau bei mir war«, sage ich, um das Thema zu beenden. Doch ...

»War sie heiß?«

Ich verdrehe genervt die Augen.

»Ach, komm schon, Logan.«

Jetzt zu schweigen würde mich verdächtig machen, da Max und ich die blöde Angewohnheit haben, uns über das Aussehen unserer One-Night-Stands auszutauschen. Dass Ruby für mich nicht bloß ein Fick ist, kann und darf er nicht wissen. »Sie sah nicht schlecht aus«, gebe ich zu, was maßlos untertrieben ist.

»Soso ... verstehe. Vielleicht sollte ich da auch mal spenden gehen«, sagt er grinsend. »Dann hast du dich also von einer sexy Krankenschwester pflegen lassen, während ich den Lexus-Deal klargemacht habe.«

»Bin gerade das Protokoll durchgegangen. Guter Job«, lenke ich das Gespräch in eine andere Richtung. Diesmal mit Erfolg.

»Hast du was anderes erwartet?«

»Natürlich nicht.«

»Gut. Ich halte dich auf dem Laufenden und setze dich bei den Mails in CC.« Max ist wieder voll im Business-Modus. So war das schon immer zwischen uns. Gibt es ein Problem, wird es geklärt und ist dann auch aus der Welt. Im Job genauso wie privat.

»Mach das.«

»Übrigens würden die gerne eine Doku mit uns machen.«

»Gib das Thema an Gaby weiter.« Sie ist die Programmchefin von CART-Media & News.

»Schon geschehen. Brauchst du für später eine Mitfahrgelegenheit?«, fragt er; ich stehe in der Tür seines Büros und will zurück in meins.

»Mitfahrgelegenheit?«

»Um dein Auto zu holen. Das steht doch noch an diesem Blutspendezentrum, oder nicht?«

»Ja, aber ich nehme mir später ein Taxi. Trotzdem danke fürs Angebot.«

»Kein Ding. Bis später.«

Zurück in meinem Büro finde ich eine Notiz von Katy auf dem Schreibtisch.

Rückrufbitte Ruby Bennett ist darauf vermerkt, inklusive einer Festnetznummer, die ich sofort wähle. Mit einem Grinsen.

Die Leitung knackt und mein Mund verzieht sich zu einem Grinsen. Ich bin gespannt, was Ruby möchte und was es mit dieser unbekannten Nummer auf sich hat. Letzteres klärt sich nach dreimaligem Tuten: »Blood Donation Center. Isabella Morgan am Apparat, was kann ich für Sie tun?«

»Logan Carter. Bitte verbinden Sie mich mit Ruby Bennett.«

»Gerne. Moment bitte.«

»Hi Logan«, spricht Ruby drei Sekunden später in den Hörer.

»Guten Tag, schöne Frau. Wie geht's dir?«

»Bis auf die Müdigkeit gut.«

»War das ein Vorwurf?«

»Allerdings. Du wolltest mich schlafen lassen.«

»Hätte ich auch, aber du musstest ja unbedingt mein T-Shirt ausziehen.«

»Nachdem du mich geküsst hast«, flüstert sie. »Aber deshalb rufe ich nicht an.«

»Sondern?«, frage ich amüsiert.

»Ich habe das Patientenschreiben bei dir liegen lassen. Könntest du es mir unterschrieben faxen? Heute Abend oder morgen früh?«

»Kein Problem. Erledige ich nach Feierabend, okay?«

»Und ... ähm ...«

»Ja?«

»Mein Handy habe ich auch bei dir liegen lassen ...«

»Das wäre aber nicht nötig gewesen«, sage ich schmunzelnd.

»Wie meinst du das?«

»Du brauchst keinen Vorwand, um mich sehen zu können. Ich wäre auch so vorbeigekommen.«

»Ja, klar ... Das war pure Absicht.« Rubys Stimme trieft vor Ironie. »Wie gut, dass du so gar nicht überzeugt von dir bist.«

»Wie gut, dass du dein Handy vergessen hast ...«

»Und die Blutdruckmanschette«, gesteht sie.

»Wo hast du nur deinen Kopf?«

»Es gibt da so einen Mann, Anzugträger, dunkelhaarig, groß ...«

»... ziemlich gut aussehend, heiß ...«

»... und total selbstverliebt ...«

»... aber hilfsbereit«, ergänze ich amüsiert. »Ich kann dir die Sachen inklusive Patientenschreiben später vorbeibringen.«

»Musst du aber nicht. Wir können uns auch in der Mitte treffen.«

»Im Gegensatz zu dir bin ich mobil. Das passt schon. Aber ...« Ich werfe einen Blick auf meine Armbanduhr. »Rechne nicht vor neun mit mir. Ich habe noch einige Termine und muss mein Auto abholen, bevor ich zu mir und anschließend zu dir fahre.«

»Das klingt aber sehr umständlich.«

»Ist es nicht. Mach mir dann einfach nackt die Tür auf und wir sind quitt.«

Ruby kichert wie ein Schulmädchen. »Von wegen hilfsbereit. Ich hätte wissen müssen, dass du etwas dafür willst.«

»Ich bin Geschäftsmann, was hast du erwartet?«

»Das frage ich mich auch«, sagt sie lachend. »Ich muss weitermachen.«

»Ich auch. Bis später, Ruby.«

»Bis später. Und, Logan?«

»Ja?«

»Danke.«

»Gerne.«

Sieben Stunden später, um kurz nach acht, betrete ich mein Apartment. Mein Auto habe ich schon abgeholt und suche jetzt Rubys Sachen zusammen. Das Schreiben, die Blutdruckmanschette, das Stethoskop und ihr Schminketui – ja, auch das hat sie hier liegen lassen – habe ich bereits gefunden. Es fehlt nur noch ihr Handy. Da ich es nicht auf Anhieb finde und weder Zeit noch Lust habe, es länger zu suchen, wähle ich ihre Nummer. Ein Klingelton führt mich ins Schlafzimmer, wo ich auf der Matratze neben einem der Kissen fündig werde – und auf dem Display ***Sexiest Man Alive*** lese. Das bin dann wohl ich und mein Mund verzieht sich zu einem Grinsen. Ich nehme das Telefon an mich und berühre dabei den Bildschirm, woraufhin sich ihre Anrufliste öffnet. Sieht so aus, als hätte Ruby keine Sperre drin. Sehr leichtsinnig. Jeder, der ihr Telefon findet, könnte darin rumschnüffeln. Mich eingeschlossen. Die Verlockung ist groß. So verdammt groß, dass ich auf der Bettkante Platz nehme und mich frage, was ich wohl alles in ihrem Handy finden würde. Fotos, Kontakte – vielleicht ja sogar einen Hinweis darauf, dass sie meine Mom kannte.

»Scheiße!« Ich fahre mir durchs Haar; mein Daumen ist nur einen Millimeter davon entfernt, Rubys Privatsphäre zu missachten. Skrupel machen sich breit. Das kann ich nicht machen. Sie fängt an, mir zu vertrauen, sich mir zu öffnen. Früher oder später wird sie mir von sich aus erzählen, was ich wissen muss. Daher beschließe ich, kein Arschloch zu sein, und will ihr Handy gerade einstecken, als mir eine Idee kommt. Eine, die mich schmunzelnd mein Hemd aufknöpfen lässt. Wenn mich Ruby schon unter ***Sexiest Man Alive*** abspeichert, braucht sie auch das passende Bild dazu.

DREIZEHN

RUBY

Ich scheine ungeahnte Superkräfte zu besitzen.

Anders kann ich mir nicht erklären, wie ich Logan wegschicken konnte, nachdem er mir meine Sachen gebracht hat. Darunter auch mein Schminktäschchen. Mir war gar nicht klar, dass ich auch das bei ihm liegen gelassen habe. Er hätte es wirklich verdient, dass ich ihm nackt die Tür öffne. Aber das wäre garantiert wieder auf Sex hinausgelaufen, was eigentlich nicht schlimm ist. Uneigentlich aber schon, weil wir den heutigen Tag bereits mit Sex begonnen haben. Jetzt erneut mit ihm zu schlafen, wäre einfach zu viel gewesen. Zu viel Nähe. Zu viel Logan in so kurzer Zeit. Abgemacht ist eine lockere Affäre, in der wir uns einmal die Woche – und zwar sonntags – sehen. Das ist okay. Da bleibt genug Raum für mich und meinen Alltag, mein Leben – ohne Mann. Deshalb habe ich Logan einfach nur geküsst, statt ihn in mein Schlafzimmer zu zerren.

Ein Fehler, den ich fünfzehn Minuten später zutiefst bereue.

Bist du sicher, dass ich gehen soll?, hallt Logans rau geflüsterte Frage tief in mir nach. Ich könnte mir dafür in den Hintern treten, sie mit Ja beantwortet zu haben. Gleichzeitig bin ich aber auch stolz auf mich. Ja, ich verdiene eine verdammte Tapferkeitsmedaille und …

Das Klingeln meines Handys unterbricht meine Lobeshymne an mich selbst. Ich bücke mich nach der Tüte, in die Logan meine Sachen gelegt hat, und hole mein Telefon heraus. Als ich es umdrehe und mein Blick aufs Display fällt, reiße ich die Augen auf und starre ein Foto an, das Logan mit freiem Oberkörper zeigt. Er liegt auf einem Bett – seinem Bett –, einen Arm hinter dem Kopf und in den Augen ein Ausdruck, den man für die Klimaerwärmung verantwortlich machen könnte. Zum Dahinschmelzen. Keine Ahnung, ob ich entzückt oder wütend sein soll, weil Logan offensichtlich in meinem Handy rumgeschnüffelt hat. Er muss zumindest in meinen Kontakten und Bildern gewesen sein, um seiner Nummer dieses Selfie zuzuordenen. Nicht, dass ich was zu verbergen hätte, aber es geht ums Prinzip, weshalb ich leicht genervt bin, als ich seinen Anruf entgegenehme. »Was soll das, Logan?«

»Was?«, wagt er es auch noch, sich dumm zu stellen.

»Na, das Foto.«

»Gefällt es dir etwa nicht?«

»Mir gefällt nicht, dass du in meinem Handy rumschnüffelst.«

Er stößt gedehnt den Atem aus. »Ich hatte befürchtet, dass du das denken könntest. So ist es aber nicht.«

»Wie ist es dann?«, gebe ich ihm eine Chance, sich zu erklären und meinen positiven Eindruck von ihm aufrechtzuerhalten.

»Als ich auf deinem Handy angerufen habe, um es zu finden, habe ich gesehen, dass du mich unter *Sexiest Man*

Alive abgespeichert hast. Durch Zufall habe ich bemerkt, dass du keine Sperre drin hast. Das Foto zu machen und unter meinem Kontakt einzuspeichern war ein spontaner Einfall, Ruby. Ein Gag, okay? Ich hab nicht geschnüffelt«, beteuert er und klingt dabei aufrichtig. Jemand, der schnüffelt, würde doch keine Hinweise hinterlassen, die darauf hindeuten, dass er geschnüffelt hat.

»Bist du noch dran?«, erkundigt er sich, weil ich noch immer nichts gesagt habe.

»Ja«, entgegne ich und stelle das Handy auf laut. »Ich schaue mir nur gerade dein Foto an. Genauer gesagt dein Sixpack«, antworte ich und gebe ihm gleichzeitig zu verstehen, dass ich nicht mehr böse bin. »Ist das Bild bearbeitet?«

»Was? Wieso? Wie kommst du denn darauf?«

»Na ja … So definiert habe ich deinen Bauch gar nicht in Erinnerung«, sage ich, ein Lachen unterdrückend. Meine Bemerkung dürfte ziemlich an seinem Ego kratzen.

»Bitte was? Was soll das heißen? Mein Bauch sieht live genauso aus wie auf dem Foto.«

»Hmm …« Meine Mundwinkel zucken wie wild. »Finde ich jetzt nicht, aber …«

»Nichts aber. Davon kannst du dich am Sonntag gerne selbst überzeugen, wenn …«

Mein Kichern, das ich nicht mehr zurückhalten kann, unterbricht ihn.

»Ich wusste, dass du mich verarschst«, sagt er und stimmt lachend ein. »Na warte, das bekommst du Sonntag zurück.«

»Uhhhh … Ich kann es kaum erwarten.«

Sonntag, 17:15 Uhr

Logan hat sich für sechs Uhr angekündigt. Mir bleiben also genau fünfundvierzig Minuten, um mich von einem Putzteufel – denn ich habe bis jetzt meine Wohnung blitzblank geschrubbt – in eine Sexbombe zu verwandeln. Das bedeutet: duschen, Haare waschen, rasieren, eincremen, Haare fönen, dezentes Make-up auflegen, anziehen. Fertig. Das sollte in der Zeit zu schaffen sein, wenn ich den Turbo einlege. Daher eile ich nackt ins Badezimmer und hüpfe unter die Dusche. Zwanzig Minuten später bin ich frisch rasiert sowie eingecremt und wickle mein nasses Haar in ein Handtuch. Ich befinde mich gerade auf dem Weg ins Schlafzimmer, um mich anzuziehen, als es ganze fünfundzwanzig Minuten zu früh an der Tür klingelt.

Will der mich verarschen?

Wie kann er denn bitte jetzt schon hier aufschlagen?

Oder handelt es sich um meine Gran, die irgendwas von mir will, obwohl sie weiß, dass ich um sechs verabredet bin? Mit wem habe ich ihr zwar verschwiegen, aber das kann sie sich vermutlich denken, nachdem ich von Montag auf Dienstag bei Logan geschlafen habe.

Nackt, wie ich bin, gehe ich zum Wohnzimmerfenster, verdecke meine Brüste, schaue hinaus und ... schnaube. Logans Auto auf der gegenüberliegenden Straßenseite bestätigt meine Vermutung.

Scheiße!

Ich habe einen Turban aus Frottee auf dem Kopf, bin ungeschminkt und nackt. Mit Letzterem dürfte ich bei Logan punkten. Ansonsten bin ich weit davon entfernt, eine Sexbombe zu sein, und flitze ins Schlafzimmer, wo ich mir den Bademantel überziehe. Statt der Klingel höre ich inzwischen ein Klopfen – und zwar an meiner Wohnungstür. Logan scheint bereits oben zu sein, obwohl ich ihm nicht aufgemacht habe. Dafür kann es nur eine Erklärung geben: meine Gran. Immerhin besaß sie die Güte, ihn zu mir hoch zu schicken, statt ihn – so entzückt, wie sie von ihm ist – unter einem Vorwand in ihre Wohnung zu locken. Leicht genervt bin ich trotzdem. Ich hatte mir fest vorgenommen, mich Logan heute mal von einer anderen Seite zu zeigen. Ohne Arbeitskluft und verwaschenen Baumwollslip, sondern in schwarzen Spitzendessous und mit gestyltem oder zumindest geföntem Haar. Ich wollte den Wow-, nicht den Oje-Effekt. Egal. Wenn mein Aussehen schon nicht der Marke Verführung entspricht, dann wenigstens mein Lächeln. Ausstrahlung ist alles und wahre Schönheit soll ja bekanntlich von innen kommen. Reizwäsche und sexy Negligés werden maßlos überschätzt, rede ich mir ein, löse das Handtuch aus meinem Haar und schleudere es aufs Sofa. Im Wetlook und mit wild klopfendem Herzen gehe ich zur Tür, drehe den Schlüssel im Schloss, öffne sie – und bin überrascht. Von Logan, der keinen maßgeschneiderten Anzug und auf Hochglanz polierte Lederschuhe trägt, sondern ganz einfache Chucks. Er steht in perfekt sitzenden Bluejeans und einem beigen Pulli vor mir, unter dem sich die Wölbungen seiner Muskeln verführerisch andeuten. Besonders die seiner Oberarme und Brust. So habe ich ihn noch nie gesehen und ich kenne auch keinen Mann, der im Casual-Look so ... so sexy aussieht. Nicht nur wegen seines Outfits; es ist die Kombination aus allem. Sein volles dunkles Haar, durch das ich meine Finger gleiten lassen will. Diese wunderschönen markanten Gesichtszüge. Schatten seines Dreitagebarts, der seine vollen Lippen umrahmt, in die ich meine Zähne graben möchte. Und dieser Blick. Tief, fest und zärtlich gleitet er wie ein Vorspiel über mich hinweg und hinterlässt eine Gänsehaut. Logans Mund verzieht sich zu einem schiefen Lächeln und verstärkt den Effekt, den seine Augen auf mich haben.

»Lässt du mich rein?«, unterbricht er mein Starren.

»Ich bin noch gar nicht fertig. Du bist viel zu früh, Logan.« Ich ignoriere den Drang, ihn geradewegs in mein Schlafzimmer zu zerren, und trete einen Schritt zur Seite.

Mich immer noch fixierend, schließt er die Tür hinter sich, wendet sich mir wortlos zu und schlingt die Arme um meine Taille. Seine Lippen, die meine Halsbeuge finden, lassen mich erschaudern. Sanfte Küsse hauchend, nähert er sich meinem Mundwinkel und knurrt: »Gott, wie du duftest. Was ist das? Erdbeere? Himbeere?«

Meine Antwort wartet er gar nicht erst ab, sondern gleitet mit seiner Zunge in meinen Mund und reibt sich zärtlich an meiner. Nur kurz, aber lang genug, um meiner Kehle ein leises Stöhnen zu entlocken. Schwer atmend spüre ich, wie seine Hände unter meinem Bademantel verschwinden. Warm und mit leichtem Druck bewegen sie sich an meinen Oberschenkeln aufwärts Richtung Po. Mein Bauch reagiert mit einem heftigen Kribbeln und mein Magen fühlt sich an, als würde er einen Salto beschreiben. Einen doppelten. Dagegen sind die Fliehkräfte jeder Achterbahn ein Witz. Ich dränge mich Logan entgegen.

»Du trägst ja gar nichts drunter«, bemerkt er mit seiner Telefonsexstimme und löst den Gürtel meines Bademantels.

»Wie gesagt … du bist zu früh.« Meine Stimme klingt belegt vor Lust auf ihn.

»So wie ich das sehe, bin ich genau richtig.« Er streift mir den Bademantel von den Schultern, sodass er von meinem Körper gleitet und ich nackt vor ihm stehe. Erregung und kalte Luft lassen meine Brustspitzen hart werden. Logan tritt einen Schritt zurück, betrachtet mich und raunt: »Mein Timing hätte nicht besser sein können. Und du? Du könntest nicht schöner sein, Ruby.« Damit hebt er mich in seine Arme und in einen feuchten, hungrigen Kuss, der den Beginn der wohl heißesten Affäre mit dem heißesten Typen New Yorks einläutet.

LOGAN

»Brauchst du Milch oder Zucker?«, will Ruby wissen.

Es ist Montagmorgen, sieben Uhr in der Früh. Wir müssen beide gleich zur Arbeit, sind bereits fertig und auf dem Sprung. Ich stehe in ihrer Wohnküche und sehe dabei zu, wie sie frisch aufgebrühten Kaffee in eine Tasse schüttet.

»Weder noch. Ich trinke ihn schwarz«, antworte ich und nehme ihr die dampfende Tasse ab. Für sich scheint sie keinen Kaffee gemacht zu haben. »Wo bleibt deiner?«

Sie hält einen lilafarbenen Isolierbecher in die Höhe. »Der kommt hier rein, für unterwegs. Damit ich während der Bahnfahrt nicht einschlafe.«

Ich erwidere ihr Lächeln und zwinge meine Mundwinkel nach oben, damit sie nicht merkt, wie sehr mich ihre Antwort anpisst. Draußen trommelt der Regen so laut gegen die Scheiben, dass ich vorhin davon statt von meinem Handyalarm geweckt wurde. Auf dem Weg zur

Station würde Ruby bis auf die Haut nass werden. Aber das ist ihr offenbar lieber, als sich von mir im Auto bringen zu lassen.

Ich fahre nicht mit Leuten, die ich nicht kenne, waren ihre Worte. Allerdings vögeln und lachen wir miteinander. Noch vor ein paar Tagen erzählte sie mir vom Tod ihrer Familie, sie weiß, dass auch meine Mom nicht mehr lebt und mich deswegen Schlafstörungen plagen. Und trotzdem scheine ich für sie nach wie vor ein Fremder zu sein. Ich hatte gehofft, dass wir weiter sind, aber Vertrauen lässt sich nun mal nicht erzwingen und braucht Zeit. Zeit, die ich Ruby geben muss, wenn ...

»Logan?«, unterbricht sie meinen Gedankengang. Sie kommt auf mich zu, bleibt vor mir stehen und sieht zu mir auf. Kein sexy Augenaufschlag, mit dem sie mich für gewöhnlich entwaffnet. Diesmal tut es ihr Welpenblick. Was auch immer sie von mir will, werde ich ihr nur schwer abschlagen können. Innerlich gebe ich mich bereits geschlagen.

»Ja, Ruby.« Ich stelle meinen Kaffee auf die Anrichte und umfasse ihre Taille. Seufzend. »Was hast du auf dem Herzen, hm?«

Ihre Mundwinkel zucken. »Ist es wirklich so offensichtlich, dass ich was von dir möchte?«

»Allerdings. Falls das keine Absicht ist, sollten wir nächsten Sonntag dringend an deinem Pokerface arbeiten.«

Ein Lächeln umspielt ihre Lippen.

»Also?« Ich ziehe eine Braue hoch und streiche eine Strähne, die ihr hoher Zopf nicht erfasst hat, hinter ihr Ohr.

»Ich ... ich hab mich gefragt, ob ...« Tief Luft holend spannt sie mich auf die Folter und beginnt den Satz neu. »Würde es dir was ausmachen, mich zu fahren? Nur bis zur Haltestelle, damit ich nicht durch den Regen muss. Es schüttet wie aus Eimern und dann noch der Wind. Selbst mit Schirm würde ich klatschnass werden und …«

Das breite Grinsen auf meinen Lippen unterbricht ihren total unnötigen Monolog.

»Was ist? Hab ich was im Gesicht?«

»Nichts.« Nie hätte ich gedacht, dass mir ihre Frage, diese kleine Bitte so viel bedeutet. »Ich fahre dich gerne. Auch bis zur Arbeit.«

Etwas, das ich nicht deuten kann, huscht über ihr Gesicht. Ist es Unbehagen, ein schlechtes Gewissen, Angst, Unsicherheit? »Das … das brauchst du nicht. Mit der Bahn bin ich in vierzig Minuten da und von der Haltstelle bis zum Blutspendezentrum sind es bloß wenige Meter. Ich will nicht, dass du dir meinetwegen solche Umstände machst.«

Ich ziehe meine Stirn kraus. »Was denn für Umstände?«

»Na, die Rushhour zum Beispiel. Du sollst meinetwegen nicht zu spät zu einem Termin kommen.«

»Hast du etwa meinen Kalender gecheckt?«

»Hä? Wovon sprichst du?«

»Davon, dass du gar nicht wissen kannst, welche Termine ich heute habe.« Ich nehme ihr hübsches Gesicht in meine Hände. »Hör auf, dir immer unnötig den Kopf zu zerbrechen, okay? Es steht nichts an, zu dem ich zu spät kommen würde, wenn ich dich bringe.«

»Sicher?«

»Ja. Ich fahre dich, wohin du möchtest. Ganz gleich, ob es von der Haltestelle fünf oder fünftausend Schritte sind, draußen regnet oder die Sonne scheint. Alles, was zählt, ist, dass du dich bereit fühlst, dass du keine Angst hast.« Fragend sehe ich sie an.

Sie schluckt, als müsste sie ihre Furcht hinunterwürgen, und antwortet nach kurzem Zögern: »Ich ... bin bereit.«

»Sicher?«, kommt es diesmal von mir und ich schaue prüfend in ihr Gesicht. Dass sie sich während der Fahrt unwohl fühlt oder gar wie neulich im Taxi Panik bekommt, ist das Letzte, was ich möchte.

»Sehr sicher«, antwortet sie energisch nickend, als wollte sie mich unbedingt überzeugen. »Ich wollte dich das letztens bei dir schon fragen, aber da bist du mit dem Taxi gefahren, weil dein Auto noch am Blutspendezentrum stand. Ich ... ich vertraue dir, Logan, sonst würde ich dich niemals darum bitten.«

Ihre Worte gehen runter wie Öl. »Komm her«, sage ich und ziehe sie an meine Brust, in der sich ein ungewohntes Gefühl breitmacht, das ich ignoriere. Stattdessen spanne ich meine Arme fest um Rubys schlanken, kleinen Körper, den ich noch nie so sehr beschützen wollte wie in diesem Moment.

Es ist kurz vor sechs, als es an der Tür meines Apartments klingelt. Perfektes Timing, denn der Reis für das weltbeste und von mir selbst zubereitete Thaicurry ist gerade fertig geworden. Ruby ahnt nicht, dass ich sie heute bekochen werde. Sie weiß nicht mal, dass an mir ein verdammt guter Koch verloren gegangen ist, und wird garantiert Augen machen. Ich schalte den Ofen aus, lege meine Kochschürze ab und gehe zur Tür. In Erwartung, Ruby gleich an meine Brust zu ziehen, öffne ich und – stelle überrascht fest, dass nicht Ruby, sondern Meg vor mir steht. Breit grinsend hält sie eine Tüte in die Höhe.

Hab ich was verpasst?

»Überraaaaaschuuuuuuung!«, trällert sie munter und fällt mir auch schon um den Hals.

»Die ist dir gelungen.« Verwundert schiebe ich sie wieder leicht von mir. »Was tust du hier?«

Sie schnaubt. »Dir eine Freude machen? Zumindest dachte ich das. Immerhin haben wir uns seit deinem Abgang im Restaurant vor …« Sie denkt kurz nach. »… über zwei Monaten nicht mehr gesehen. Ich vermisse meinen besten Freund und dachte, ich komme vorbei mit …« Meg deutet auf die Tüte in ihrer Hand. »… leckerem Essen von unserem Lieblingsinder, aber …« Sie nimmt einen tiefen Atemzug. »… das, was du gerade offensichtlich kochst, riecht auch nicht schlecht. Was ist das und wieso hast du mich noch immer nicht reingebeten?«

»Weil ich gleich Besuch bekomme.« Unauffällig werfe ich einen Blick über Megs Kopf hinweg in den Flur. Ich will nicht, dass Ruby und sie aufeinandertreffen. Das würde bei meiner besten Freundin genau die Art von Fragen aufwerfen, die ich ihr nicht beantworten darf. Und Meg – so ist sie nun mal – würde nicht locker und die Psychologin raushängen lassen. Aus genau diesem Grund habe ich ihr nicht erzählt, dass es überhaupt jemanden gibt, den ich regelmäßig sehe. Genau genommen gehe ich ihr sogar aus dem Weg, um Unterhaltungen zu meiden, in denen mein Privatleben zur Sprache kommen könnte. Dass Meg mich darauf ansprechen würde, war nur eine Frage der Zeit und zu erwarten. Telefonisch oder per SMS. Ich dachte jedoch nicht, dass sie einfach unangekündigt vor meiner Tür stehen würde. Und das ausgerechnet am einzigen Tag der Woche, an dem ich mich mit Ruby treffe.

»Uuuhhhh ... Von einer Frau?«, mutmaßt sie richtig.

Ich nicke, woraufhin sich ihr Mund zu einem wissenden Grinsen verzieht. »Kenne ich sie?«

»Nein«, antworte ich bewusst einsilbig.

»Ist sie der Grund, warum ich seit über zwei Monaten nichts mehr von dir gehört habe?«

»Echt schon so lange?«, denke ich laut. Bei der Frage, wie die Schecks an Ruby mit Moms Selbstmord zusammenhängen, bin ich nämlich noch keinen Schritt weiter. Offensichtlich habe ich die Zeit mit ihr so sehr genossen, dass ich mein eigentliches Ziel aus den Augen verloren habe.

»Ach, komm schon ... als ob dir das nicht bewusst wäre, Logan.«

Ich fahre mir durchs Haar, will die Sache hier abkürzen und wechsele das Thema: »Lass uns die Tage mal wieder was trinken gehen, okay? Jetzt ist gerade kein guter Zeitpunkt.«

»Wow!« Megs Mundwinkel sacken nach unten. »Eigentlich hätte ich gedacht, dass gerade jetzt der perfekte Zeitpunkt sei, mich mit ihr bekannt zu machen. Denn offensichtlich macht sie einen großen Teil deines Lebens aus.«

»Wir sehen uns nur einmal in der Woche.«

»Und das bereits seit einer ganzen Weile. Wenn es sich um die handelt, für die du unser Essen sausen gelassen hast. Ruby war ihr Name, oder?« Sie lässt mich nicht antworten und fährt fort: »Neun Wochen, in denen du mich total vernachlässigst, was okay ist, wenn das zwischen euch mehr ist. Du weißt, dass ich dir das von ganzem Herzen gönne und seit Claires Tod immer gewünscht habe. Aber ... ich hätte mir auch gewünscht, dass du mir zumindest von ihr erzählst. Freiwillig. Stattdessen erfahre ich das hier ... zwischen Tür und Angel.«

Gedehnt stoße ich den Atem aus, da ich weiß, worauf Meg hinauswill. »Es gibt nichts zu erzählen.« Ich lege meine Hände auf ihre Schultern und blicke entschuldigend in ihr schmollendes Gesicht. »Du als *the one and only* Meg, meine längste und beste Freundin, wärst die Erste, der ich eine Frau vorstellen würde, die außerhalb meines Schlafzimmers eine Rolle in meinem Leben spielt. Ruby ist ... nicht mehr als ein Zeitvertreib. Ein One-Night-Stand, aus dem eine Affäre geworden ist. Nicht mehr und nicht weniger, weil sie mir nichts bedeutet, okay?«, lüge ich, um Meg so schnell wie möglich wieder loszuwerden und um ihre Gefühle nicht zu verletzen.

Meg zieht skeptisch eine Braue hoch.

»Wirklich«, beteuere ich. »Dass ich mich nicht gemeldet habe, hängt mit der Arbeit zusammen. Der Börsengang steht bevor und hält mich und Max ganz schön auf Trab. Das ist alles.«

»Hm ... wenn du das sagst.«

»Ja, das sage ich. Und ich verspreche dir, dass wir an deinem Geburtstag nächste Woche alles nachholen.«

Meg zieht überrascht die Augenbrauen hoch.

»Was denn? Dachtest du etwa, ich hätte den nicht auf dem Schirm? Tzzz ... also bitte.«

Meg lacht. »Gut gerettet, Logan.«

Ich ziehe sie in eine kurze Umarmung. »Sorry, dass ich keine Zeit habe.« Ich gebe ihr einen Kuss aufs Haar. »Dafür gehen die nächsten Essen auf mich, Deal?«

Sie nickt. »Deal.«

VIERZEHN

RUBY

Mein Herzschlag scheint darauf konditioniert zu sein, völlig aus dem Takt zu geraten, wenn ich mich mit Logan treffe. Je näher ich seinem Apartment komme, desto heftiger wird das Kribbeln in meinem Bauch und – zwischen den Beinen. Logan und ich sehen uns nun schon seit über zwei Monaten. Es wird von Sonntag zu Sonntag schöner, vertrauter, intimer und intensiver, aber auch beängstigender, weil ich mir nicht sicher bin, ob das hier wirklich noch eine Affäre ist. Seine Blicke und Berührungen … fühlen sich nach mehr an. Nach etwas, was niemals geplant gewesen war. Nach etwas, das ich eigentlich nicht zulassen wollte und schon längst hätte stoppen sollen. Stattdessen rede ich mir Woche für Woche ein, meine Gefühle unter Kontrolle zu haben und die Affäre jederzeit beenden zu können. Wie ein Junkie, der seinen Entzug immer und immer wieder aufschiebt. Aber ich bin stärker, oder? Ich hoffe es, hole tief Luft und atme meine bescheuerten Ängste weg, bis ich nur noch Vorfreude verspüre. Meine negativen Gedanken verbanne ich in den letzten Winkel meines Gehirns und betrete lächelnd den Lift. Während der Fahrt in die sechste Etage werfe ich den Kopf vor und zurück, um mehr Volumen in mein Haar zu bringen. Schnell noch mein neues rotes Strickkleid zurechtgezupft, fertig. Geräuschlos kommt der Lift zum Stehen und gleitet auf. Ich steige aus und will gerade um die Ecke gehen, als ich Stimmen vernehme. Logans und die einer Frau. Abrupt bleibe ich stehen und lausche dem Gespräch.

»Ich hätte mir aber auch gewünscht, dass du mir zumindest von ihr erzählst. Freiwillig. Stattdessen erfahre ich das hier ... zwischen Tür und Angel.«

»Es gibt nichts zu erzählen. Du als *the one and only* Meg, meine längste und beste Freundin, wärst die Erste, der ich eine Frau vorstellen würde, die außerhalb meines Schlafzimmers eine Rolle in meinem Leben spielt. Ruby ist ... nicht mehr als ein Zeitvertreib. Ein One-Night-Stand, aus dem eine Affäre geworden ist. Nicht mehr und nicht weniger, weil sie mir nichts bedeutet, okay?«

Meine Augen werden groß und mein Herz krampft sich so schmerzhaft zusammen, dass ich innerlich zusammenzucke. Ich höre gar nicht mehr hin, gehe automatisch rückwärts, bis mich eine Wand in meinem Rücken bremst.

Ruby ist nicht mehr als ein Zeitvertreib. Ein One-Night-Stand, aus dem eine Affäre geworden ist. Nicht mehr und nicht weniger, weil sie mir nichts bedeutet.

Ich schüttele den Kopf, kann nicht fassen, dass ich so dumm war. So dumm und naiv, mir einzubilden, da könnte mehr sein. Mehr als bloß Sex. Enttäuschung und Wut auf mich selbst vereinen sich zu einem fetten, brennenden Kloß in meinem Hals, den ich auch nach mehrmaligem Schlucken nicht herunterbekomme. Ich muss hier raus, fahre herum und steige in den Lift. Mit zittrigem Finger drücke ich die Taste, die mich nach unten befördert. Nicht nur wörtlich. Denn ich bin soeben von Wolke sieben auf den Boden der Realität gestürzt und so hart aufgeprallt, dass mein ganzer Körper schmerzt.

Im Erdgeschoss angekommen husche ich mit gesenktem Kopf am Portier vorbei, ohne mich zu verabschieden. In meiner Hektik rempele ich jemanden an. Keine Ahnung, wer das ist, und es ist mir auch egal. Ich murmele eine Entschuldigung und eile durch die Tür, die man mir aufhält, in die Kälte. Verloren – obwohl ich nicht zum ersten Mal hier stehe – blicke ich orientierungslos von links nach rechts und wieder zurück.

Ruby ist nicht mehr als ein Zeitvertreib. Ein One-Night-Stand, aus dem eine Affäre geworden ist. Nicht mehr und nicht weniger, weil sie mir nichts bedeutet.

Weil sie mir nichts bedeutet …

Mein Kinn bebt und Tränen schießen mir in die Augen. Blinzelnd dränge ich sie mit aller Macht zurück. Sie sollten gar nicht da sein. Nicht wegen eines Mannes oder sonst wem, weil ich mir doch so fest vorgenommen hatte, niemanden mehr in mein Herz zu lassen.

Gott, wie konnte das nur passieren?

Wie kann es sein, dass mich seine Worte derart verletzen?

Wann habe ich angefangen, mehr in ihm … in uns zu sehen als eine Affäre?

Ich weiß es nicht, aber damit ist jetzt Schluss.

Sechs ignorierte Anrufe und vier unbeantwortete Nachrichten später komme ich in meiner Wohnung an. Ich ziehe lediglich meine Stiefeletten aus und lege mich in voller Montur aufs Sofa. Erschöpft, weil es mich furchtbar anstrengt, nicht alle Dämme brechen zu lassen und loszuheulen. Genau das würde vermutlich geschehen, wenn ich mit Logan redete, der genau jetzt wieder anruft. Wie die Male zuvor lasse ich es klingeln und mache dann mein Handy aus. Kindisch, ich weiß. Aber ich kann nicht mit ihm sprechen. Ich kann einfach nicht. Nicht jetzt. Nicht heute. Nicht nach dem, was ich vorhin mitbekommen musste.

Ruby ist nicht mehr als ein Zeitvertreib. Ein One-Night-Stand, aus dem eine Affäre geworden ist. Nicht mehr und nicht weniger, weil sie mir nichts bedeutet.

Ich schließe die Augen bei dem Versuch, Logans Worte, seine Stimme ... alles, was zwischen uns war – oder auch nicht –, aus meinem Kopf zu verbannen. Aber so einfach ist das nicht. Schlaf könnte helfen, doch der schrille Laut meiner Klingel verhindert es. Ich reiße die Augen auf.

Ist es Logan?

Mit wild klopfendem Herzen rappele ich mich vom Sofa auf, gehe zum Fenster und sehe genau in dem Moment hinaus, als Logan hochschaut. Mit dem Handy am Ohr. Er hat mich garantiert gesehen und klingelt erneut. Diesmal Sturm.

Was soll ich tun?

Mich benehmen wie eine Erwachsene, beschließe ich und straffe die Schultern. Ich bringe mein Haar in Ordnung und verdränge alles, was auch nur ansatzweise mit Gefühlen für Logan zusammenhängt, in die Untiefen meines Unterbewusstseins. Wenn ich mich ihm und diesem Gespräch schon stelle, dann auf Augenhöhe. Nicht körperlich, sondern emotional. Ein Vorhaben, das ich mit einem tiefen ... sehr tiefen Atemzug besiegle, bevor ich Logan ins Haus und in meine Wohnung lasse.

Schwer atmend und mit dunkler Miene steht er in Jeans und Hoodie vor mir. »Kannst du mir mal erklären, was der Scheiß soll? Was ist denn los?«, will er wissen und schließt hinter sich die Tür.

Ich wende mich ab, weiche seinem fragenden Blick aus. »Mir ... ist was Wichtiges dazwischengekommen.«

»Und was?«

»Die Arbeit«, antworte ich zum Glück, wie aus der Pistole geschossen. »Im Silvermoon ist jemand ausgefallen. Wie du siehst, bin ich auf dem Sprung«, schiebe ich rasch hinterher, da ich noch immer angezogen bin.

An meinem Arm dreht mich Logan zu sich herum und taxiert mich von Kopf bis Fuß.

»Du willst so zur Arbeit? In einem kurzen roten Kleid?«

»Na und? Ich ziehe mich dort um. Das mache ich öfter«, lüge ich und halte seinem zweifelnden Blick tapfer stand.

»Was ist hier los?«

»Das sagte ich bereits. Ich muss ins Silvermoon.«

»Und warum sagst du mir nicht Bescheid, ignorierst meine Anrufe, antwortest nicht auf meine Nachrichten und machst dein Handy aus? Ich hab mir Sorgen gemacht, verdammt.«

Ich beiße mir auf die Unterlippe, ermahne mich, dass seine angebliche Sorge um mich nichts bedeutet. Weil ich ihm nichts bedeute. Und trotzdem steht er hier. Warum? »Wie du siehst, geht's mir gut. Du kannst also wieder gehen.«

Verwirrung und Enttäuschung huschen für den Bruchteil einer Sekunde über sein Gesicht, bevor sich seine Züge verhärten. Aus verengten Augen sieht er nun auf mich herab und kommt näher, drängt mich ins Innere meiner Wohnung. »Du schickst mich weg?«

»Weil ich arbeiten muss ...«

»Wir wissen doch beide, dass das nicht der Fall ist. Was ist wirklich los, Ruby?«

Da er mir die erste Lüge nicht abnimmt, versuche ich es mit einer anderen und setze eine gleichgültige Miene auf. »Ich glaube, es ist besser, wenn wir uns nicht mehr sehen.«

Logans Mund springt auf und wieder zu. Er schluckt so laut, dass ich es hören kann, und sieht mir ungläubig ins Gesicht.

»Sorry, ich ... hätte dich spätestens morgen angerufen, um es dir zu sagen.«

»Morgen? Hörst du dich eigentlich reden? Vor zwei Stunden war doch noch alles okay und jetzt willst du mich nicht mehr sehen?«

Mit aller Macht rede ich mir ein, dass Logans Blick mir kein bisschen unter die Haut und mitten ins Herz geht. Um es vor ihm zu schützen, verschränke ich die Arme vor der Brust und nicke.

Logan schüttelt fassungslos den Kopf. »Ich habe auf dich gewartet, Ruby ... und uns – dir – was gekocht.«

Ich gebe einen spöttischen Laut von mir. »Du hast für mich gekocht?«

»Ja, verdammt. Das habe ich.«

»Und warum?«, fahre ich ihn an.

Logan sieht mich verwirrt an. »Na, weil ich weiß, wie sehr du gutes Essen liebst, und ich dir eine Freude machen wollte. Was ist denn das überhaupt für eine Frage?«

»Du willst mir eine Freude machen, kochst für mich ... Wieso all das, wenn ich für dich bloß ein Fick bin, hm?«, platzt es aus mir heraus, weil ich meine Wut und Verbitterung nicht länger zurückhalten kann.

Noch mehr Fragezeichen erscheinen auf Logans Gesicht, bevor sich sein Ausdruck verändert. »Du warst da. Du hast uns gehört«, sagt er eher zu sich selbst und reibt sich übers Gesicht. »Scheiße. So ... so habe ich das nicht gesagt.«

»Aber gemeint.«

»Nein, ich ...« Logans Hand, die sich meiner Wange nähert, weiche ich aus. Ich will sein Mitleid nicht, oder was auch immer er damit ausdrücken will.

»Lass gut sein. Es ist okay.«

»Nichts ist okay. Du bist verletzt.« Sein entschuldigender Blick liegt überall auf meinem Gesicht und wird mir zu viel. Weil ich mich plötzlich nackt fühle, vollkommen entblößt, da von der Mauer, die ich um mich errichtet hatte, bevor ich ihm die Tür öffnete, nichts mehr übrig ist.

»Ich bin nicht verletzt«, lüge ich mit hoffentlich fester Stimme. »Du ... du kannst mich gar nicht verletzen.«

»Und warum willst du dann Schluss machen, hm?«

»Wir waren nie ein Paar, Logan ...«

»Ist es das, was du willst?«, fragt er plötzlich und überrumpelt mich. »Haben dich meine Worte deshalb so verletzt? Ist das der Grund, warum du mich von jetzt auf gleich nicht mehr sehen willst?«

Statt zu lügen und alles abzustreiten, drehe ich den Spieß einfach um. »Und du, Logan? Was willst du?«

»Ruby ... ich ...« Tief durchatmend unterbricht er sich selbst und scheint nach den passenden Worten zu suchen. Plötzlich bin ich mir nicht mehr sicher, ob ich sie überhaupt hören will. »Ich habe gerade keine Ahnung, was ich will. Ich ... ich dachte nicht mal, dass du mehr als eine Affäre überhaupt in Betracht ziehen könntest.«

»Das ... das dachte ich selbst nicht«, gestehe ich leise, weil Logan mich und meine Gefühle ohnehin durchschaut hat.

Es folgt Stille, in der ich auf meine Füße starre, die immer mehr verschwimmen.

»Und jetzt?« Logan klingt ratlos.

Ich dränge meine Tränen zurück, würge den schmerzenden Kloß im Hals hinunter und antworte: »Nichts, Logan. Bitte geh.«

»Ruby ...«

»Es ... es war schön. Mach's gut.« Ohne zu ihm aufzusehen, stemme ich meine Hände gegen seine Brust und schiebe ihn Richtung Tür, die er tatsächlich öffnet. Wenn auch widerwillig. Dennoch zerbricht dadurch die letzte Hoffnung, er würde sich bemühen und um mich kämpfen.

»Du auch ...«, höre ich ihn noch sagen, bevor die Tür ins Schloss fällt und ein rauer Schluchzer meiner Kehle entkommt.

LOGAN

Unschlüssig, was ich tun soll, stehe ich vor Rubys Wohnung und kann nicht fassen, dass sie mich gerade abserviert hat. Und was noch schlimmer ist: Ich hätte es verhindern können, hätte sie einfach nur wissen lassen müssen, dass sie für mich nicht bloß ein Fick ist, sondern mehr. Mehr, als ich vor Meg und mir selbst zuzugeben bereit war. Mehr, als angesichts der Umstände vernünftig ist. Sehr viel mehr. Aber genau das ist mir eben erst so richtig bewusst geworden und hat mich gelähmt. Daher braucht es einige Sekunden, bis ich aus meiner Starre erwache und eine Faust balle, die nur wenige Millimeter vor Rubys Tür in der Luft schwebt. Ich will ihr erklären, wieso ich so ein Idiot war und vor Meg so getan habe, als wäre sie mir egal. Ich will ihr sagen, dass ich sie weiterhin sehen will ...

Und dann? Was dann, verdammt?

Worauf soll das hinauslaufen?

Auf eine Beziehung?

Jetzt?

Will und kann ich das überhaupt?

Solange ich mir darüber nicht im Klaren bin, macht es wenig Sinn, Ruby wieder vor die Augen zu treten. Der Ball liegt jetzt in meinem Spielfeld. Daher lasse ich meine Hand wieder sinken und eile die Treppen hinunter, vorbei an einer Wohnungstür, die sich schließt, ohne dass jemand reingegangen oder rausgekommen ist. Vermutlich Rubys Gran, die gelauscht und alles mitbekommen hat. Wie auch immer ... Das könnte mich im Moment nicht weniger interessieren. Draußen angekommen setze ich mich in mein Auto und fahre davon.

Zu Hause stelle ich meinen Wagen wie immer vor der Eingangstür ab, die mir Richard bereits aufhält.

»Hallo Mr. Carter, wie ...«

»Bitte parken Sie mein Auto in der Garage. Ich brauche es erst morgen früh wieder«, unterbreche ich ihn. Small

Talk ist gerade echt das Letzte, wonach mir der Sinn steht. Daher drücke ich ihm bloß fünfzig Dollar in die Hand – vielleicht sind es auch Hundert. Keine Ahnung – auch das ist mir egal.

Ich nehme den Fahrstuhl und steige in der sechsten Etage aus. In meinem Apartment erinnert mich der Duft nach Thaicurry an Ruby, die jetzt eigentlich hier sein sollte. Bei mir. Vermutlich säßen wir im Salon und würden gemeinsam essen, wenn sie das Gespräch zwischen mir und Meg nicht mitbekommen hätte.

»Verflucht, Meg«, presse ich hervor und fahre mir durchs Haar.

Wieso musste sie auch vorbeikommen?

Weshalb konnte sie nicht einfach wieder gehen?

Warum musste sie unbedingt von Ruby anfangen?

Und warum, verdammt, kotzt mich der Gedanke, sie nie wieder zu sehen, im Arm zu halten, zu berühren und mit ihr zu lachen, so dermaßen an, dass sich mein Magen verkrampft?

Auf der Suche nach Antworten, die ich insgeheim längst kenne, ziehe ich mir Sportklamotten an und laufe trotz einsetzender Dunkelheit in den Central Park.

10,4 Kilometer in rekordverdächtigen 41 Minuten.

Genauso lange schaffe ich es, Ruby aus meinem Kopf zu verbannen, bevor sie wieder jeden Scheiß-Winkel beherrscht.

Und du, Logan? Was willst du?

Wieder zu Hause schäume ich meinen Körper unter der Dusche ein und beschäftige mich dabei länger als erforderlich mit meinem Schwanz. Um mich abzulenken, nicht weil ich geil bin. Ich lege den Kopf in den Nacken, schließe die Augen – und sehe in ihre.

Groß. Grün. Lustverhangen.

Ruby, die mich mit ihren Armen und Beinen an sich fesselt, während ich ihren nackten Körper an meinen presse. Hier unter der Dusche. Um uns herum heißer Dampf – und ihr Stöhnen, das tief in mir nachhallt. Plötzlich glaube ich, eine Schwere in meiner Brust zu spüren, die ich mit einem anderen Gefühl vertreiben will. Ich umschließe meinen Schwanz fest und fange an, mich zu massieren. Erst langsam, dann schneller und härter. Wieder und wieder. Hoch und runter, bis mich ein Rucken durchfährt. Die Bewegungen meiner Hand werden wieder träger, lasziver. Ich öffne die Augen, stoße keuchend den Atem aus und erlebe den wohl unbefriedigendsten Orgasmus, an den ich mich erinnern kann.

In den nächsten fünf Tagen vergrabe ich mich in Arbeit. Ich bin morgens noch vor Max in der Firma und abends der Letzte, der geht. Auch die Nächte verbringe ich zu Hause am Schreibtisch, weil die Gedanken an Ruby so verflucht laut sind, wenn ich Zeit zum Grübeln habe. Zum ersten Mal seit Langem raubt mir eine andere Frau als Mom den Schlaf. Selbst der Macallan, den ich mir jetzt gerade um zwei Uhr nachts auf dem Sofa im Wohnbereich genehmige, erinnert mich an Ruby.

Das Zeug schmeckt nach Rosinen, Orangen und nach Herbst und Sommer, sagte sie.

Und alles, woran ich denken kann, ist genau diese Note auf ihrer Zunge zu schmecken. Eine von vielen süßen Erinnerungen, die ich mit einem großen Schluck hinunterzuspülen versuche. Vergebens. Meine Gefühle für Ruby scheinen eine höhere Dichte als Alkohol zu haben. Das und ein paar andere Dinge habe ich mir inzwischen eingestanden. Zum Beispiel, dass ich ein gottverdammter Idiot wäre, ließe ich eine Frau wie Ruby einfach ziehen. Ganz gleich, in welchem Kontakt sie zu meiner Mutter stand. Den zu ihr will und werde ich wiederherstellen, indem ich Taten folgen lasse. Ich werde ihr beweisen, dass meine von ihr aufgeschnappten Worte im Gegensatz zu ihr keine Bedeutung hatten. Und ich kann nur hoffen, dass es nicht schon zu spät ist und Ruby mich noch will.

FÜNFZEHN

RUBY

»Kann es sein, dass du ein Bier vergessen hast, Ruby?«

Bri stellt das leere Tablett an der Getränkeausgabe ab, beugt sich weit über den Tresen und wühlt in dem Plastikbehälter mit den abgearbeiteten Bons rum. »Hier. Drei Bier«, sagt sie und hält mir zum Beweis den kleinen verklebten Zettel vors Gesicht. »Du hast mir aber nur zwei gemacht.«

Ich glaube ihr, auch ohne den Bon zu kontrollieren. Heute ist einfach nicht mein Tag. Genau genommen ist seit Sonntag achtzehn Uhr nicht mehr mein Tag, als ich mir anhören musste, dass ich Logan nichts bedeute. Seit er danach kurz bei mir war, hat er sich nicht mehr gemeldet. Keine Ahnung, was naiver war. Zu glauben, das zwischen uns könnte mehr sein als eine Affäre, oder meine bescheuerte Hoffnung, doch noch von ihm zu hören oder zu lesen?

»Gib mir das Bier einfach mit der nächsten Bestellung mit, dann muss ich nicht zweimal gehen.« Bri klingt leicht gestresst. Kein Wunder, denn der Laden ist wie jeden

Freitag um diese Uhrzeit brechend voll. Die Wege der Kellner sind noch mehr als sonst verstopft mit Menschen, die meinen, man könnte durch sie hindurchgehen. Meinetwegen muss Bri die ganze Strecke noch mal ablaufen.

»Sorry. Wenn du willst, bringe ich das fehlende Bier zu dem Tisch.«

»Und wer hält dann an der Bar die Stellung?«, höre ich Zac hinter mir sagen, der Mel gerade vier Screwdriver macht. Sie arbeitet ebenfalls hier und bietet ihren Gästen wie immer tiefe Einblicke, indem sie ihre Bluse fast bis zum Bauchnabel aufgeknöpft lässt. Warum arbeitet sie nicht gleich bei Hooters oder in einer Tittenbar?

»Zac hat recht. Sonst stauen sich hier gleich noch die Bestellungen. Von dem einen Bier laufe ich mir schon keine Blase.«

Ich nicke dankbar und schiele dabei neben die Gläser auf mein Handy, weil ich wissen will, wie lange ich die Schicht noch durchhalten muss. Zumindest rede ich mir das ein. Denn das Display ist schwarz und leuchtet logischerweise nur dann von alleine auf, wenn mich jemand anruft oder mir schreibt. Ein Jemand namens Logan Carter, den ich endlich aus meinem verdammten Kopf bekommen muss. Schnaubend nehme ich mir für später vor, seine Nummer sowie sämtliche Nachrichten zu löschen. Dann reiße ich die neuen Bons vom Drucker und arbeite zuerst den von Bri ab, um meinen Fehler von vorhin wiedergutzumachen. Die fertigen Getränke stelle ich auf ihr Tablett, das sie auf Vollständigkeit überprüft. Auch ich vergleiche die Drinks mit denen auf dem Bon und klatsche mir an die Stirn. »Scheiße, jetzt hab ich das Bier schon wieder vergessen. Tut mir leid. Kommt sofort.«

Bri lacht. »Was ist denn heute mit dir los?«

Statt zu antworten, nehme ich ein Glas und halte es

unter den Zapfhahn, aus dem das Bier jedoch nicht fließt, sondern spritzt. Und zwar so, dass ich vom Kopf bis zur Brust nass bin. »Scheiße!«, zische ich und halte nach dem Geschirrtuch Ausschau, das Zac mir lachend reicht.

»Ich hab doch gesagt, dass der Hahn defekt ist.«

»War ich da wirklich anwesend?«

»Zumindest körperlich«, kommt es von Bri. »Geistig scheinst du bei Mr. Universe zu sein. Das erklärt jedenfalls deine Verpeiltheit«, scherzt meine Arbeitskollegin und streut unwissentlich nicht nur Salz, sondern gleich eine ganze Ladung Chilli in meine Wunde.

Dass ich innerlich vor Schmerz zusammenzucke, kaschiere ich mit einem Lächeln, das Bris einfrieren lässt.

»O nein, bin ich gerade in ein Fettnäpfchen getreten?«

Ich weiche Bris neugierig-besorgtem Blick aus und mache ihr schnell das fehlende Bier. Diesmal am richtigen Zapfhahn. »Hier. Kannst los«, sage ich und reiche ihr das Glas. Doch sie kapiert nicht, dass ich nicht reden will, und hakt nach.

»Scheiße, habt ihr euch etwa getrennt?«

»Wir waren nie ein Paar«, poltert aus mir heraus, obwohl ich gar nicht vorhatte, Bri oder sonst wem davon zu erzählen. Verärgert über mich selbst, verdrehe ich die Augen.

»Wenn du willst, können wir nach der Schicht ja mal drüber reden.«

Na toll! Jetzt darf ich mir entweder eine andere Mitfahrgelegenheit suchen oder mich von ihr löchern lassen. Da meine Möglichkeiten, sicher nach Hause zu kommen, begrenzt sind, stelle ich klar: »Ich will nicht reden. Mir geht es gut.«

»Sicher?«

»Ja«, lüge ich und scheuche sie davon. »Sieh zu, dass das Bier noch kalt ist, wenn du am Tisch angekommen bist.«

Bri ist kaum in der Menge verschwunden, da taucht Zac neben mir auf und rückt mir so dicht auf die Pelle, dass ich seinen Arm an meinem spüre.

»Was willst du?«, frage ich genervt und mache einen Schritt zur Seite.

»Dich trösten, wenn du möchtest. Wie ich mitbekommen habe, hast du Kummer. Ich könnte dir helfen, darüber hinwegzukommen.« Sein Blick bohrt sich in meinen und er leckt sich über die schmalen Lippen, als hätte ich bereits Ja gesagt.

Ich weiß genau, worauf er anspielt, und frage mich gerade, wie ich mich auf diesen blonden Schmierlappen einlassen konnte. Er ist nicht hässlich oder so ... aber ... er ist einfach gar nicht mein Typ. Dass weiß ich spätestens seit Logan und ignoriere den neuerlichen Stich in meiner Brust. »Du kannst mir helfen, indem du dich um die Cocktails kümmerst und mich in Ruhe lässt, Zac.«

»Du weißt ja, wo du mich findest, falls du es dir anders überlegst.«

»Werd ich aber nicht. So viel Kummer kann ich gar nicht haben«, stelle ich unmissverständlich klar, da zwischen ihm und mir nie wieder etwas laufen wird. Und sollte ich das Bedürfnis verspüren, mithilfe anderer Männer über Logan hinwegzukommen, suche ich mir jemanden, dem ich danach nicht auf der Arbeit begegnen werde. Jemanden, der unter einem One-Night-Stand das Gleiche versteht wie ich. Jemanden, bei dem ich nicht Gefahr laufe, mich in ihn zu verlieben.

»Gute Nacht und schönen Abend. War wie immer klasse bei euch«, verabschieden sich die letzten Gäste winkend und verlassen die Bar. Zac und Mel haben bereits Feierabend gemacht.

»Danke, dass ihr da wart«, ruft Bri und folgt ihnen zur Tür. Damit sie diese auch direkt abschließen kann, hole ich den Schlüssel aus der Kasse.

»Hier, Bri. Fang!«

Sie fährt herum und ich will ihr gerade den Schlüssel zuwerfen, als ein weiterer Gast den Laden betritt. Nicht irgendeiner, sondern kein Geringerer als Logan, der ganz sicher nicht hier ist, um billigen Whiskey zu trinken. Sein Blick trifft auf meinen und durchfährt mich wie ein Blitz. Mein Herz setzt mindestens zwei, drei Schläge aus. So fühlt es sich zumindest an.

»Was ist los?«, fragt Bri verwundert und beantwortet sich die Frage selbst, indem sie sich umdreht. »Oh. Hi Mr. Carter. Wir haben eigentlich schon geschlossen.«

»Ich weiß. Ich bin hier, um Ruby abzuholen«, sagt er und sieht immer noch mich an. Nur mich. Bri scheint er nur akustisch wahrgenommen zu haben.

Er kommt auf mich zu und mein Herz schlägt inzwischen irgendwo zwischen Gaumen und Zunge, obwohl es mir soeben in die Hose gerutscht ist. Ich möchte Logan um den Hals fallen und gleichzeitig zum Teufel jagen. Dabei hat er eigentlich nichts Schlimmes getan, außer mich zurückgewiesen zu haben. Aber warum steht er dann hier? Ihn das zu fragen liegt mir auf der Zunge.

»Bri bringt mich nach Hause und wir müssen hier noch sauber machen«, sage ich stattdessen erstaunlich fest, beinahe gleichgültig. Dabei lässt mich Logans Anwesenheit alles andere als kalt. In mir herrscht ein emotionales Chaos, weil mein Kopf Befehle gibt, die mein Herz partout nicht befolgen will. Wie zum Beispiel Logan rauszuschmeißen, statt ihm zu erlauben, den Bereich hinter der Theke zu betreten.

»Wie kann ich helfen?«, fragt er und schiebt die Ärmel seines Pullis hoch. Er sieht sich um, schnappt sich einen Lappen, den ich ihm aber in einem Anfall von Trotz wieder wegnehme. »Bri und ich machen das schon.«

»Bri kann aber auch gerne jetzt schon Feierabend machen«, höre ich sie sagen und werfe ihr einen bösen Blick zu. Den Teil in mir, der jeden Tag mit der Hoffnung, Logan könnte sich doch noch melden, aufgestanden und zu Bett gegangen ist, ignoriere ich komplett. »Du wolltest mich doch fahren, schon vergessen?«

»Ruby, komm schon«, sagt Logan neben mir. »Lass mich das machen. Ich muss mit dir reden.« Seine Stimme ist genauso weich wie der Ausdruck in seinen kaffeebraunen Augen, unter denen dunkle Schatten liegen. Logan sieht aus, als hätte er in den vergangenen Tagen so schlecht beziehungsweise wenig geschlafen wie ich. Er wirkt müde, abgeschlagen, aber auch irgendwie ... aufgewühlt. Ich wünschte, es wäre meinetwegen, so gemein das jetzt auch klingen mag.

»Worüber?«

Im Augenwinkel sehe ich, wie Bri hinter den Tresen kommt.

»Du weißt worüber ...«

»Nein, tu ich nicht«, stelle ich mich lieber dumm. Denn ich will mir keine Hoffnungen machen, wo keine sind. Weiß der Geier, warum Logan hier ist. Vielleicht, um mir zu sagen, dass bei mir noch eine Krawatte von ihm rumliegt, oder um mich zu fragen, ob wir Freunde bleiben können. Auf Zuneigung zu hoffen und einen Arschtritt zu kassieren ist genauso verletzend wie erniedrigend. Das tue ich mir kein zweites Mal an und sehe abwartend in sein attraktives Gesicht.

Logan schluckt. »Du fehlst mir, Ruby«, gesteht er trotz Bris Anwesenheit.

Jetzt bin ich diejenige, die schluckt. Hart.

»Du fehlst mir, weil ... du für mich mehr bist als ein bedeutungsloser Fick. Und ich brauchte einfach ein paar Tage, bis das vollständig ...« Er tippt sich an den Kopf. »... hier oben angekommen ist.«

Ich möchte lächeln, Logan um den Hals fallen und diesem unbeschreiblichen Glücksgefühl, das meine Magenwände hochkriecht und dort ein Kribbeln erzeugt, freien Lauf lassen. Aber ich kann nicht. Ich kann einfach nicht. Eine tief in mir verwurzelte Furcht hält mich nicht nur davon ab, sondern bringt mich auch noch dazu, Logans Hand, die sich meinem Gesicht nähert, auszuweichen, als bestehe Ansteckungsgefahr.

Logans Ausdruck ist eine Mischung aus Enttäuschung, Verwirrung und Schmerz. Als müsste er all das Entweichen lassen, stößt er den Atem aus und fasst sich an den Nacken, reibt ihn.

Es folgt Stille, die von dem Geräusch der zufallenden Ladentür durchbrochen wird. Brianna hat sich klammheimlich aus der Bar geschlichen und mich allein gelassen. Mit Logan, der langsam auf mich zukommt. »Bin ich zu spät?«, will er wissen. »Hast du es dir in der Zwischenzeit anders überlegt?«

Ich verschränke die Arme vor der Brust und schaue in Logans Augen. Auf der Suche nach Aufrichtigkeit, einer Art Versicherung, dass er es wirklich ernst meint, dem ultimativen Beweis dafür, dass er sich in zwei Wochen nicht wieder umentscheidet. Dabei weiß ich selbst, dass das Quatsch ist. Gefühle kommen und gehen genauso wie Menschen. Manchmal für immer.

»Ruby?«

»Nein.«

»Nein ... was?«

»Ich hab es mir nicht anders überlegt, aber ... ich hab gehört, was du zu deiner Freundin gesagt hast. Ich habe gehört, *wie* du es gesagt hast. Und jetzt ... nicht mal eine Woche später stehst du hier und behauptest das Gegenteil. Was soll ich denn davon halten? Woher soll ich denn wissen, dass ...«

»Begleite mich morgen auf Megs Geburtstagsparty.«

Meine Augen werden groß. »Was?«, frage ich, obwohl ich ihn klar und deutlich verstanden habe.

»Ich will dich dort an meiner Seite haben, Ruby. Ich will dich ihr vorstellen und ... Scheiße, Ruby, ich will dich.«

Gerührt erwidere ich seinen festen Blick und erlaube ihm, mein Gesicht in seine großen, warmen Hände zu nehmen. »Ich will dich«, wiederholt er. »Ich will dich in meinem Leben, Ruby Bennett. Nicht nur an Sonntagen. Ich will, dass du jetzt gleich in mein Auto steigst und mit zu mir fährst. Und ich will dich verdammt noch mal endlich küssen.« Seine Stimme ist ein raues, Gänsehaut erzeugendes Flüstern.

Lächelnd stelle ich mich auf die Zehenspitzen, komme ihm entgegen. Meine Sehnsucht nach ihm hat meine Angst davor, verletzt und verlassen zu werden, in den Schatten gestellt. »Dann tu's«, hauche ich an seiner stoppeligen Wange.

Ich spüre das rasche Auf und Ab seines Brustkorbs, zärtliche Finger um meinen Nacken und schließlich seine Lippen – warm und weich auf meinen, die ich seufzend öffne. Dann trifft seine Zunge auf meine und löst mit jedem leidenschaftlichen Streicheln eine Kaskade an Empfindungen aus. Furcht, Trauer, Glück, Begierde, Lust und ... ein Gefühl, das mir richtig große Angst macht, weil es tausendmal intensiver ist, als ich die ganze Zeit angenommen habe.

LOGAN

»Weißt du eigentlich, dass das hier eine absolute Premiere für mich ist?«

Ruby sitzt mit dem Rücken zu mir in meinem Whirlpool, weil wir hier unsere Versöhnung zelebriert haben. Ich streiche ihr das nasse Haar aus dem Nacken, küsse und liebkose ihn, beiße sanft hinein und lasse sie erschauern.

Sie lehnt sich kichernd zurück und fragt: »Willst du mir etwa sagen, dass du noch nie baden warst?«

»Nein, aber ich war noch nie mit einer Frau baden.«

»Und ...« Es folgt eine kurze Pause, in der sie an ihrem Weinglas nippt. »... mit wie vielen Frauen hättest du rein theoretisch die Gelegenheit dazu gehabt?«

Ich werde hellhörig. »Fragst du mich gerade nach der Anzahl meiner Sexpartnerinnen?«

»Ich schätze schon.«

»Ist das nicht eher so ein Highschool-Ding?«

»Erstens bin ich sechsundzwanzig und war vor Kurzem

selbst noch auf der Highschool und zweitens will ich wissen, ob ich mir was darauf einbilden kann, die Erste zu sein, mit der du badest.«

»Kannst du«, erwidere ich schmunzelnd. »Reicht das als Antwort?«

Sie fährt herum und sieht mich in gespielter Empörung an. »O Gott, so viele?«

»Ich bin ein Mann und fünf Jahre älter als du«, rechtfertige ich mich amüsiert.

»Wie viele, Logan? Sag schon! Ich kann damit umgehen.«

Ich hebe eine Braue. »Sicher? So gut mir der Versöhnungssex mit dir auch gefallen hat, aber ich ziehe Harmonie zwischen uns vor.«

»Ich bin da ganz entspannt. Wirklich. Wobei ... warte kurz.« Sie setzt ihr Weinglas erneut an die Lippen, legt den Kopf in den Nacken und trinkt es in einem Zug leer. »So, jetzt.«

»Sicher?«

»Ganz sicher!«

Ich atme gedehnt aus.

»Jetzt sag schon.«

»Na schön«, gebe ich mich geschlagen. »Ich weiß es nicht.«

»›Ich weiß es nicht‹ ist keine Zahl.«

»Die kann ich dir auch nicht nennen, weil ... weil es einfach zu viele waren.«

»Oh ... okaaaaay«, sagt sie und sieht mich mit einem Ausdruck an, den ich nicht zu deuten weiß. Dennoch kann ich förmlich hören, wie es in ihrem Kopf arbeitet. Ich will auf keinen Fall, dass ihre Gedanken eine Richtung einschlagen, die sie an dem zweifeln lassen könnte, was gerade zwischen uns beginnt. Daher nehme ich ihr das Weinglas aus der Hand, stelle es neben die Flasche auf den Rand des Whirlpools und drehe Ruby zu mir um. Unter Wasser ziehe ich ihren kleinen Körper auf meinen Schoß und lege ihre Beine um meine Hüften. »Sag mir, was du denkst, damit ich das richtigstellen oder zumindest erklären kann.« Meine Stirn gegen ihre gelehnt, blicke ich tief in ihre Augen, in denen Unsicherheit glänzt, die ich ihr nehmen will. »Rede mit mir.«

»Du bist mir keine Rechenschaft schuldig, Logan.« Sie schlägt die Augen nieder und gesteht: »Ich bin schließlich auch kein Kind von Traurigkeit.«

»Ich weiß, dass ich dir keine Erklärung schulde, aber ich will sie dir trotzdem geben. Und zu dir und deinem wilden Leben kommen wir danach«, scherze ich und verteile Badeschaum auf ihrem Kinn, als ich es umfasse und sie mit sanftem Druck dazu bringe, mir wieder ins Gesicht zu sehen. »Weih mich in deine Gedankenwelt ein.«

»Da geht es aber seit Tagen ganz schön drunter und drüber ...«

»Und was geht dir in diesem Moment durch den Kopf?«

»Puh, das ist viel! Und wenn du kein Mann wärst, würde ich dich vermutlich für eine Schlampe halten.«

»Wie gut, dass ich einer bin.«

»Hattest du wirklich soooooooo viele Frauen, dass du irgendwann aufgehört hast zu zählen, oder hast du einfach nur das Gedächtnis einer Amöbe? Bitte sei eine Amöbe«, sagt sie derart trocken, dass es mir schwerfällt, ein Lachen zu unterdrücken. Denn ich will ernst bleiben, ihr damit zeigen, wie ernst ich sie und die Sache zwischen uns nehme, auch wenn sie möglicherweise jeglicher Vernunft entbehrt. »Bevor meine Mutter starb, lag die Zahl meiner Sexpartnerinnen im überschaubaren zweistelligen Bereich.

Ich hatte sogar zwei Beziehungen zu verbuchen. Erst nach Moms Tod fing ich an, Frauen zu wechseln wie meine Krawatten. Du musst wissen, dass sie nicht an einer Krankheit oder durch einen Unfall gestorben ist …« Ich spüre, wie Ruby sich minimal versteift. »Sie starb, weil … sie sich das Leben genommen hat. Mit einem Cocktail aus Alkohol und Tabletten. Wir dachten alle, sie würde schlafen. Ich war derjenige, der sie damals fand und …« Es braucht drei tiefe Atemzüge, bevor ich weitersprechen kann. »Das hat mich fertiggemacht. Ich hab dieses Bild, die Erinnerung an ihren schlaffen, leblosen, kalten Körper in meinen Armen nur aus meinem Kopf bekommen, wenn ich mich abgelenkt habe. Und das musste ich, weil ich sonst nicht klargekommen wäre. Partys, Alkohol und ja … auch Frauen haben mich irgendwie am Leben gehalten, haben mich was anderes fühlen lassen als Schmerz und Wut.« Entschuldigend begegne ich Rubys verständnisvollem, bedauerndem Blick. »Ich bin nicht stolz auf diese Zeit. Es gibt mit Sicherheit andere, bessere Wege mit … so was umzugehen, aber ich habe keinen anderen gesehen. Ohne all das und besonders Meg hätte ich das erste halbe Jahr nicht durchgestanden.« Ich räuspere mich, um zu verhindern, dass sich in meinem Hals ein Kloß bildet. Irgendwie hat die Unterhaltung eine ganz andere Richtung eingeschlagen als geplant. Eine, die nicht nur meine, sondern auch Rubys Stimmung sichtbar drückt. Aber wie hätte ich ihr sonst meinen extremen Frauenverschleiß erklären sollen?

»Wann war das?«, fragt sie vorsichtig. »Wann hat sich deine Mom …?« Sie schluckt schwer und spricht den Satz nicht zu Ende.

Ich antworte trotzdem: »Vor etwa zwei Jahren.«

»Erst?« Sie hält sich die Hand an den Mund. »O Gott, Logan …«

»An manchen Tagen kommt es mir vor, als wäre es in einem anderen Leben vor hundert Jahren passiert, und manchmal, als wäre es gestern gewesen.«

»Ich weiß, was du meinst«, flüstert sie und streicht mir übers Haar. Wieder und wieder. Ihre Augen schimmern feucht, trotzdem sieht sie dabei in meine und teilt ihren Schmerz mit mir, öffnet sich. Ich bin hin- und hergerissen. Zwischen dem Bedürfnis, mehr über diese unfassbar tolle Frau zu erfahren, nach der ich total verrückt bin, und dem Drang, endlich herauszufinden, was es mit den Schecks auf sich hat. Ich Arschloch rede mir ein, beides haben zu können, und will sie gerade fragen, wann der Unfall ihrer Familie war, als sie mir zuvorkommt.

»Waren du und Meg ... ein Paar, als du deine Mutter verloren hast?« Ich spüre ihre Verunsicherung und ahne, woher diese rührt, worauf sie hinauswill. Vielleicht ja schon mit ihrer Eingangsfrage nach meinen Sexpartnerinnen.

»Ein Paar? Meghan und ich?« Ich schüttele den Kopf. »Nein. Zwischen uns ist nie was gelaufen. Nicht mal ein Kuss oder so. Wir sind einfach nur gut befreundet.«

»Okay ...«

Ich bilde mir ein, so was wie Erleichterung in ihrem Gesicht zu sehen. »Hat dich das schon länger beschäftigt? Beziehungsweise seit Sonntag?«

»Nein ... Ich dachte nur, weil du vorhin meintest, dass du es ohne sie nicht geschafft hättest.«

»Meg war einfach nur da. Als Freundin und manchmal auch Therapeutin. Je nachdem, was ich gerade mehr brauchte. Sie hat alles ertragen. All meine Launen. Und die waren ... echt übel. In der Zeit war ich wohl der mieseste Freund, den man haben kann. Da wären andere längst abgehauen. Aber sie ist geblieben.«

Ein trauriges Lächeln umspielt Rubys Lippen. »Du hast Glück. Scheint eine echte Freundin zu sein, diese Meg.«

»Sie ist aber nicht das Einzige, womit ich Glück habe«, sage ich und fahre mit der Nase ihr Kinn entlang, ziehe sie näher zu mir, suche ihren Blick. »Hast du einen männlichen Freund, auf den ich eifersüchtig sein müsste?«, scherze ich, um die Stimmung aufzuhellen, doch …

»Ich hab nicht mal eine weibliche Freundin. Nicht mehr …«

»Scheiße, ist sie etwa auch …«

Ruby schüttelt den Kopf, was mich erleichtert ausatmen lässt. »Sie und mein damaliger Freund haben sich ein Jahr nach dem Unfall von heute auf morgen nicht mehr gemeldet. Ein paar Monate später habe ich dann erfahren, dass sie zusammengekommen sind. Puh, das war … hart. Ich war erst fünfzehn. Wir hatten nicht mal Sex. Außer ein bisschen knutschen und fummeln ist nichts gelaufen. Aber ich kannte ihn, seit ich vier war, er war mein erster Freund, und ich dachte wirklich, wir würden irgendwann heiraten. Und Lisa? Sie war meine allerbeste Freundin. Von ihr war ich am meisten enttäuscht. Aber inzwischen kann ich es sogar verstehen und ihnen nicht mal verübeln. Ich war wie du – ein totales Wrack. Und das nicht nur ein halbes Jahr. Ich wollte nichts mehr sehen und hören, lag eigentlich nur in meinem Bett und wollte sterben.«

Ich nicke nur, weiß genau, was sie meint … wie sie sich fühlt – auch jetzt – und würde ihr so verdammt gern den Schmerz nehmen. Könnte ich ihn ihr abkaufen, würde ich eine Million hinblättern, oder mehr.

»Ich schätze, dass sie mit meiner Trauer nicht zurechtkamen«, fährt sie heiser fort. »Wie die meisten. Menschen drehen sich nun mal lieber der Sonne entgegen, als in den

Regen zu laufen«, sagt Ruby vor sich hin, als würde sie eine uralte Lebensweisheit aufsagen, die ich revidieren muss.

»Manche Menschen, nicht alle.«

»Ich spreche aus meiner Erfahrung, nicht *deiner*. Der einzige Mensch, auf den ich mich immer verlassen konnte und kann, ist meine Gran. Sie ist ... alles. Meine Mutter, mein Vater, meine Schwester, der Bruder, den ich nie hatte. Sie ist meine beste Freundin. Sie ist ... meine Sonne. Mein Universum ... meine ganze Welt«, sagt sie unter Tränen, die sie an die Decke schauend wegblinzelt. Als Ruby mich wieder ansieht, kommt sie mir wie das traurigste Mädchen vor, das ich je gesehen habe. Panik und Angst schimmern in ihren großen grünen Augen. »Wenn sie eines Tages weg ist, Logan, dann ...« Sie spricht nicht weiter, ringt tief Luft holend um Fassung, und da wird es mir bewusst: Sie ist nicht nur verdammt traurig, sondern auch sehr einsam. Mein Gefühl sagt mir, dass sie daran nicht ganz unbeteiligt ist und sich das Alleinsein ausgesucht hat. Rührt daher ihre Vorliebe für One-Night-Stands? Unverbindliche, oberflächliche Bekanntschaften, um nicht verletzt oder verlassen zu werden? Wollte sie anfangs deshalb keine Affäre mit mir?

Statt sie all das zu fragen, spanne ich meine Arme noch fester um ihren kleinen Körper, den ich am liebsten so lange halten würde, bis all das Zerbrochene in ihr wieder ganz ist. »Hey ...« Ich küsse ihre Stirn, ihre Nase. »Du bist nicht allein. Du hast mich, okay?«

»Aber für wie lange, Logan?«

»Das ... weiß ich nicht. Das weiß niemand. Aber wenn ich jetzt, in diesem Moment darauf Einfluss nehmen könnte, müsstest du den Rest deines Lebens mit mir vorliebnehmen, weil – und das ist mein voller Ernst – du meine absolute Traumfrau bist. Bis jetzt hast du alles, was ich mir von der Frau an meiner Seite wünsche. Ganz ehrlich.

Deshalb schlage ich vor, wir leben im Jetzt. Lass mich jetzt für dich da sein, wenn es dir schlecht geht. Lass mich versuchen, dich so lange glücklich zu machen, wie das mit uns beiden gut geht, okay?«

Sie nickt.

»Aber eins kann ich dir versichern: Ich habe weder Angst vor Regen noch Gewitter. Ich mach dir von mir aus auch den Regentanz. Nackt, wenn du das möchtest.«

Ruby lässt einen Laut irgendwo zwischen Schluchzen und Lachen hören. Dieser fröhliche Glanz kehrt langsam in ihre Augen zurück und vertreibt das traurige Matt. Sie umklammert meinen Hals und fragt: »Tanzen wir morgen auf Megs Party?«

»Die ganze Nacht durch.«

SECHZEHN

RUBY

»Fertig«, sagt meine Gran und legt den Lockenstab auf ihren Frisiertisch, an dem ich sitze.

Durch Zufall hat sie nach dem gemeinsamen Mittagessen mitbekommen, wie ich rumtelefoniert habe, um Ersatz für meine Schicht im Silvermoon zu finden. Daher weiß sie auch von der Party und bestand natürlich darauf, mir die Haare zu machen. Sie hat früher als Friseurin gearbeitet und hatte sogar ihren eigenen Salon, den sie leider aufgeben musste. Ich habe meine Haare schon öfter in die Obhut ihrer Hände gegeben. So auch heute, und das Ergebnis kann sich wie immer sehen lassen. Ich habe jetzt eine wilde Mähne aus dicken Korkenzieherlocken, die jedoch meiner Meinung nach nicht ganz zum Strickkleid passen. Es ist das kurze rote vom besagten Sonntag. Trotz des Streits ist es Logan aufgefallen und offensichtlich so positiv in Erinnerung geblieben, dass er mich gebeten hat, es heute für ihn anzuziehen.

»Lass dich mal ansehen, Liebes«, kommt es von Gran,

die bereits ihren Pyjama trägt und nur meinetwegen noch nicht im Bett liegt und liest.

Ich stehe vom Stuhl auf und stelle mich den Augen meiner strengsten Kritikerin, wenn es um Modefragen geht. Thelma ist nämlich der Meinung, ich würde mich zu unweiblich kleiden, bloß weil ich Jeans Röcken oder Kleidern vorziehe. Tu ich auch. Dieses hier habe ich mir nur angeschafft, um Logan heißzumachen. In der Annahme, es eh nicht lange anzuhaben, weil er es mir direkt vom Körper reißen würde. Ob ich jedoch den ganzen Abend auf der Party so rumlaufen will, weiß ich nicht. Mir kommt mein Outfit ein wenig zu aufreizend vor und ich will nicht wie eines dieser Mädchen aussehen, die Logan früher abgeschleppt hat. Nach unserem unglaublich intensiven und ehrlichen Gespräch, an das ich fast jede freie Minute denken muss, verstehe ich seine Beweggründe umso mehr und nehme ihm seinen damaligen Lebensstil in keiner Weise übel. Ich weiß, dass er damit abgeschlossen hat.

»Du siehst hinreißend aus, Ruby.« Gran fasst sich entzückt an die Brust.

»Ist es nicht etwas zu kurz?«, frage ich dennoch und zupfe am Saum des Kleides rum.

Verständnislos schüttelt sie den Kopf. »Gehst du ins Kloster oder auf eine Geburtstagsparty, hm?«

»Auf eine Party, aber …«

»Kein Aber. Du hast die Figur dafür und einen Mann an deiner Seite, der ganz sicher mit den Blicken seiner Artgenossen umgehen kann.«

»Ich will überhaupt nicht von anderen Typen angestarrt werden, Granny.«

Ein seliges Lächeln lässt die Falten um ihre Augen noch tiefer werden. »Du magst ihn, hab ich recht?«

Ich spüre ein Flattern im Bauch und nicke.

»Ist es was Ernstes zwischen euch?«

»Es … es fühlt sich zumindest so an.«

»Dann gebe ich dir jetzt einen gut gemeinten Rat, Liebes.« Granny nimmt meine Hände in ihre und drückt sie, als wollte sie sich meine Aufmerksamkeit sichern. »Männer wollen uns Frauen erobern, auch wenn sie das bereits haben. Deshalb sollten wir sie immer ein wenig Jäger sein lassen. Natürlich finden verliebte Männer die eigene Frau immer am schönsten. Aber am meisten wollen Männer uns Frauen, sobald sie merken, dass uns auch andere begehren. Dies, mein liebes Kind, weckt den Jäger in ihnen und bringt sie dazu, uns immer wieder aufs Neue zu erobern. Verstehst du, was ich damit sagen will?«

»Ich soll Logan einmal im Monat eifersüchtig machen?«

»In Maßen«, antwortet Thelma allen Ernstes auf meine Frage, die eigentlich als Scherz gemeint war.

Ich schüttele bloß lachend den Kopf, weil ich das albern finde.

»Was auch immer du tust, hab einfach Spaß. Sei unbeschwert und glücklich.«

»Das bin ich«, sage ich und ziehe meine Gran in eine Umarmung. »Danke für die Frisur, sie ist toll …«

»… aber noch nicht sexfest …«, stößt meine Gran hervor und schiebt mich von sich.

»Sexfest?« Ich runzele die Stirn, erhalte aber keine Antwort.

Stattdessen humpelt sie ohne Gehstock zwei Schritte zu ihrem Schminktisch, auf dem sich alle möglichen Friseur- und Make-up-Utensilien befinden. Mit einer Dose Haarspray kehrt sie zu mir zurück.

»Achtung! Luft anhalten!«, warnt sie mich zwar vor, sprüht jedoch im selben Moment wild drauflos und hüllt mich in einen Nebel, an dem ich fast ersticke.

Hustend trete ich aus der süß-klebrigen Wolke. »Das reicht. Sonst bleibt Logans Hand noch da drin stecken.«

Als wäre dies das Stichwort, höre ich das Klingeln meines Handys. Es kommt aus meiner Clutch, die samt Mantel auf der Couch im Wohnzimmer liegt. Logan ist da. Wie immer viel früher als verabredet. Aber das habe ich inzwischen in mein Zeitmanagement eingeplant.

»Ich muss los«, sage ich und bemerke die Aufregung in meiner Stimme, weil ich hoffe, dass Meg mich mag.

»Hast du alles? Schlüssel? Telefon?«, erkundigt sich Gran.

»In meiner Handtasche.«

»Kondome?«

»Granny.« Ich verdrehe schmunzelnd die Augen.

»Was denn? Logan ist gewiss ein attraktiver Mann und eine gute Partie, aber ich fühle mich noch zu jung, um jetzt schon Uroma zu werden«, feixt sie und bringt mich damit zum Lachen.

»Glaub mir, Gran. Ich bin weit davon entfernt, dir Urenkel zu schenken.« Den Gedanken, dass sie das wahrscheinlich nicht mehr erleben wird, lasse ich nicht zu und drücke ihr einen Kuss auf die weiche, ledrige Haut ihrer Wange. »Schlaf gut, Gran.«

»Kommt ihr morgen zum Frühstück?«, will sie wissen, während ich mich am Türknauf festhalten muss, um in meine Stiefeletten zu kommen. Chucks oder Sneakers wären mir lieber, passen aber gar nicht zum Kleid. Ich ahne bereits, dass mich die hohen Absätze umbringen werden.

»Morgen ist Sonntag, Gran. Und wir sind vermutlich erst spät wieder zu Hause.«

»Dann kommt doch zum Brunch, hm? Ich kenne deinen Logan bis jetzt nur aus der Ferne.«

»Stimmt nicht. Ihr standet euch in meiner Wohnung

gegenüber. Da war er übrigens nackt und du wolltest ihn mit deinem Stock verprügeln, weil du dachtest, er sei ein Sexganove.« Ich eile an ihr vorbei ins Wohnzimmer, um meinen Mantel und meine Clutch zu holen. »Erinnerst du dich?«, frage ich mit einem Hauch an Vorwurf in der Stimme, als ich wieder zurück bin.

»Deswegen würde ich mich ihm ja auch gerne von einer anderen Seite zeigen. Oder ist dir deine Gran neuerdings peinlich?«

»Von neuerdings kann wohl kaum die Rede sein. So viele Männer habe ich dir noch nicht vorgestellt.«

»Eben. Logan wäre der erste«, entgegnet sie leicht schmollend. Der Ausdruck in ihren Augen gleicht einer emotionalen Erpressung, weshalb ich nicht anders kann, als mich seufzend geschlagen zu geben.

»Ich frage ihn später, ob er Zeit und Lust hat, mit uns zu Abend zu essen, okay?«

Sie lächelt zufrieden. »Dann schau ich gleich mal, was der Kühlschrank so hergibt. Was mag Logan denn so?« Kleine grüne Augen funkeln mir voller Eifer und Freude entgegen.

»Das war keine Zusage. Ich muss ihn doch erst noch fragen.«

»Ist gut, aber vergiss es nicht.«

Das erneute Klingeln meines Handys kommt mir mehr als gelegen. »Er wartet. Ich muss jetzt wirklich los, Gran.« Ich drücke Thelma noch schnell, bevor ich mit meinem Mantel über dem Arm die Wohnung verlasse.

»Passt auf euch auf!«, ruft sie mir nach, während der Klang meiner Absätze durchs Treppenhaus hallt.

Unten wartet Logan nicht in seinem Auto auf mich, sondern vor der Haustür. Gentlemanlike. Wie sollte es auch anders sein? Und Gott, er sieht zum Anbeißen aus: schwarze Schuhe, dunkles Hemd, Jeans – beides schmal geschnitten. Das Haar zurückgestrichen, auf dem Gesicht ein supersexy Grinsen.

»Was bin ich nur für ein verdammter Glückspilz?«, sagt er, mich von Kopf bis Fuß betrachtend. Er nimmt mir meinen Mantel ab, umschlingt meine Taille und zieht mich mit einem Knurren an seine harte Brust. Der vertraute Duft aus Aftershave und Logans maskulin-frischer Eigennote umschmeichelt meine Nase. »Du siehst so unglaublich heiß aus, dass ich Meg am liebsten absagen und mit dir nach oben gehen würde«, raunt er an meinem Hals und sendet prickelnde Schauer durch meinen Körper. In mir zieht sich alles zusammen.

»Ausgepackt wird später«, hauche ich an seinem Mund, den er gerade auf meinen pressen will, als ...

»Huhu, Logan!« Das kam von meiner Gran, die ganz offensichtlich an ihrem Fenster steht und uns beobachtet. Ich fasse es nicht und schnaube, als Logan unseren Fast-Kuss unterbricht und irritiert nach oben sieht.

»Das ist doch deine Gran, oder?«, will er wissen.

Ich presse ein »Ja« hervor.

»Die ist echt der Knaller«, sagt er lachend und winkt ihr zu. »Wie geht es Ihnen, Thelma?«

»Gut. Lasst euch von mir nicht stören. Ich wollte nur Hallo sagen.«

Ich schüttele genervt den Kopf, während meine Gran und Logan sich lautstark unterhalten.

»Das freut mich zu hören. Dann wünsche ich Ihnen noch einen schönen Abend und eine gute Nacht.«

»Den wünsche ich euch auch. Passen Sie mir gut auf meine Ruby auf.«

Logan nimmt meine Hand und führt sie zu einem Kuss an seine Lippen. »Das mache ich, Ma'am.«

Seine wirklich süße Geste löst meine leichte Verärgerung in Luft auf und zaubert mir ein Lächeln ins Gesicht. Dennoch bin ich erleichtert, dass Gran ihn nicht durchs Fenster gefragt hat, ob er morgen zum Abendessen kommt. Ich will uns nicht darauf festnageln und nehme mir vor, ihn nach dem Aufstehen zu fragen, damit wir spontan entscheiden können, wonach uns ist, falls er überhaupt Zeit hat.

Logan hält mir die Autotür auf und steigt erst ein, als ich sitze. Hatte ich schon erwähnt, dass ich seine guten Manieren extrem heiß finde? Ich schnalle mich an und wir fahren los. Ohne ein mulmiges Gefühl oder Angst im Bauch, weil er mich in den zwei Monaten schon öfter gefahren hat. Ich fühle mich inzwischen total sicher und geborgen in seinem Auto. Er fährt kontrolliert und vorausschauend, behält stets den Überblick. In dem Bewusstsein, dass mir nichts passieren kann, schließe ich die Augen und seufze. Logans warme Hand auf meinem Knie lässt mich meine Lider nach nur zwei Sekunden wieder öffnen.

»Alles okay?«, will er besorgt wissen und lässt kurz den Verkehr aus den Augen, um sich mir zuzuwenden.

»Ja, alles gut.« Zum Beweis schenke ich ihm ein Lächeln so breit, dass sich meine Mundwinkel an meinem Hinterkopf treffen könnten. Vor Glück, aber auch Aufregung. »Ich war schon ewig nicht mehr auf einer Party«, sage ich und lege meine Hand auf seine.

Er verschränkt unsere Finger miteinander. »Wir werden Spaß haben, versprochen.«

»Und ... meinst du, Meg wird mich mögen?«

»Machst du Witze?« Logan lacht, als wären meine Bedenken total paranoid. »Ihr werdet euch lieben«, versichert er und behält, zumindest was mich betrifft, recht.

Denn als sie uns zwanzig Minuten später die Tür ihrer Wohnung öffnet, bin ich hin und weg. Von ihrer Erscheinung und Herzlichkeit. Sie hat langes blondes Shampoo-Werbung-Haar, Beine bis zum Mond, wunderhübsche Gesichtszüge und ein Eine-Million-Dollar-Strahlelächeln, das mehr ansteckt als Röteln.

»Ruby! Oh, ich freu mich so, dich endlich kennenzulernen.« Sie schließt mich in eine innige Umarmung, die ich überrascht erwidere.

»Ich freue mich auch, dich kennenzulernen.«

Logan, den sie noch gar nicht beachtet hat, räuspert sich. »Ich bin übrigens auch noch da ... nur mal so am Rande.«

»Sorry, aber deine Freundin hat dir soeben die Show gestohlen«, scherzt Meg. Sie lässt mich los, um Logan zu drücken, und flüstert, sodass ich es hören kann: »Gott, ist die hübsch.«

Blut erweckt meine Wangen glühend zum Leben. Was Logan darauf antwortet, kann ich zwar nicht hören, doch der Blick, mit dem er mich über ihre Schulter hinweg ansieht, lässt es mich erahnen – und lächeln. Wir haben nach unserer Versöhnung nicht darüber gesprochen, was ich jetzt für ihn bin oder wie er mich anderen vorstellt. Aber dass Meg mich als seine Freundin betitelt hat, scheint ihm genauso wenig auszumachen wie mir.

»Kommt rein!«, fordert sie uns auf und scheucht uns ins Innere ihres Lofts. Hohe Ziegelsteinwände und große, mehrfach unterteilte Industriefenster sowie eine Metalltreppe, die auf eine zweite, offene Ebene führt, lassen vermuten, dass dies hier mal eine Art Lager war. Aufgebrochen wird der kühle Industrie-Look durch eine geschmackvolle Einrichtung sowie liebevoll arrangierte Deko-Elemente und indirektes warmes Licht.

»Also, hier unten findet so ab zehn, elf Uhr die Party statt«, erklärt Meg. »Sobald sich alle satt gegessen haben, was sie oben am Buffet tun – falls du dich gewundert hast, warum sich da mehr Menschen tummeln als unten. Und die Bar befindet sich dort drüben neben dem DJ-Pult.«

Ich folge ihrem Blick und sehe, dass die elektronisch angehauchte Musik nicht aus einer Anlage kommt, sondern von einem großen dunkelhäutigen Typen aufgelegt wird. Als dieser uns bemerkt, nimmt er die Kopfhörer ab und kommt grinsend auf uns zu. Ich bin geblendet vom Weiß seiner Zähne, die einen krassen Kontrast zu seinem dunklen Teint bilden. »Carter?«, richtet er das Wort an Logan. »Bist du es wirklich? Du verdammter Herzensbrecher!«

»Brian? Du hier? Ich dachte, du bist in Europa.«

Sie fallen sich lachend um den Hals. Es wirkt, als hätten sie sich Jahre nicht gesehen.

»War ich auch. Bin aber wieder zurück. Was treibst du so?«

»Das Übliche.«

»Das kann ich sehen.« Sein Bekannter wendet sich jetzt mir zu und lässt seinen Blick für meinen Geschmack etwas zu gründlich über mich hinweggleiten. Nach Grans

Theorie müsste Logans Jagdtrieb ja jetzt entfacht sein. »Wie immer umgeben dich die heißesten Frauen New Yorks. Wie gut, dass ich wieder zu Hause bin. Ich bin Brian, und wer bist du?« Er will mir gerade die Hand reichen, da schlägt ihm Meg auf die Finger, als hätte er die Kirschdeko von einer Torte stibitzen wollen.

»Finger weg, Brian. Das ist Ruby und die ist bereits vergeben. Geh woanders deinen karibischen Charme versprühen.«

Brian sieht überrascht zu Logan, der ein Lachen unterdrückend an meine Seite tritt. »Was? Jetzt ernsthaft? Du und was Festes?«

Logan legt demonstrativ den Arm um meine Taille und antwortet: »Meg hat recht, Brian. Hier gibt es nichts für dich zu holen. Diese Frau gehört zu mir.« Damit beugt er sich zu mir runter, nimmt mein Gesicht in seine Hände und überrascht mich mit einem Kuss. Nicht flüchtig und gesittet, sondern leidenschaftlich und hemmungslos. Als wären wir nicht in Megs Wohnung, umgeben von zahlreichen Menschen, die er vermutlich alle kennt. Was mir normalerweise unangenehm wäre, fühlt sich erstaunlich gut an. Vielleicht, weil dies die Bestätigung ist, die ich insgeheim brauche, um meine letzten, winzigen Zweifel, ich könnte für ihn doch nur eine bessere Affäre sein, aus der Welt zu schaffen. Daher schließe ich die Augen, erwidere jeden seiner zärtlichen Zungenschläge. Dass Meg und Brian sich lachend zurückziehen, bekomme ich nur am Rande mit und spüre, wie sich dieses vertraute Kribbeln überall auf und in mir ausbreitet. Erregung durchfährt mich in immer heißeren Wellen, bis heftiges Verlangen über mich schwappt. Meine Brustspitzen werden hart und mein Slip feucht. Als ich Logans Erektion an meinem Bauch spüre, unterdrücke ich ein Stöhnen und breche den Kuss schwer atmend ab.

»Du weißt schon, dass wir nicht allein sind?«, frage ich heiser an seiner stoppeligen Wange.

Logans raues Lachen vibriert in meiner Brust, in der mein Herz wie verrückt schlägt.

»Ja, leider Gottes. Und ich wollte mit diesem Kuss eigentlich nur dafür sorgen, dass alle Männer, die dich mit ihren Blicken ausziehen, seit du diesen Raum betreten hast, wissen, zu wem du gehörst. Aber jetzt? Jetzt will ich mit dir einfach nur noch so schnell wie möglich an einen Ort, an dem ich dich ficken kann.«

Mein Unterleib zieht sich vor Lust fast schmerzhaft zusammen. »Wir sind doch gerade erst gekommen.«

»Wer sagt denn, dass wir dazu die Party verlassen müssen?«

LOGAN

»Geh vor!«, befehle ich ungeduldig. Ich will Ruby, schon seit sie vorhin in diesem roten Kleid aus dem Haus gekommen ist. Aber nach diesem Kuss gibt es kein Halten mehr. Meine Erektion droht jeden Moment, meine Jeans zu sprengen. Daher sorge ich dafür, dass Ruby dicht vor mir bleibt, und führe sie an der Taille Richtung Treppe. Vorbei an einigen Leuten, die ich noch von der Uni und teilweise sogar vom College kenne, so wie Brian eben. Megs Party ist das reinste Klassentreffen. Ich nicke hier, winke dort, ohne stehen zu bleiben. Der Small Talk wird warten müssen.

»Wo gehen wir eigentlich hin?«, fragt mich Ruby über ihre Schulter hinweg. Ihre Wangen glühen im gleichen verräterischen Rot wie ihre vom Kuss noch leicht geschwollenen Lippen.

»Nach oben, in Megs Gästezimmer«, antworte ich.

»Ich glaube nicht, dass ihr das recht ist, Logan.«

»Was sie nicht weiß, macht sie nicht heiß. Außerdem sind wir zu Gast in ihrer Wohnung. Warum sollten wir dann nicht auch das Gästezimmer benutzen?«

»Und wenn uns jemand hört?«, gibt sie zu bedenken. Flüsternd, trotz des Geräuschpegels.

»Du meinst wohl eher, wenn *dich* jemand hört.«

Ertappt gräbt Ruby ihre Zähne in die Unterlippe. Dann richtet sie den Blick wieder nach vorn – und bleibt abrupt stehen. Meg hat sich uns in den Weg gestellt.

»Sorry, Logan. Nachdem du jedem hier – Brian sitzt übrigens in der Ecke und heult – eindrucksvoll gezeigt hast, dass diese wunderschöne Frau hier vom Markt ist, muss ich deine Freundin jetzt leider entführen.«

Ob ich damit einverstanden bin, scheint Meg nicht zu interessieren, denn sie hat sich bereits bei Ruby eingehakt, die mich entschuldigend, aber sichtlich amüsiert anlächelt.

»Wohin und für wie lange?«, frage ich leicht genervt und mit einem Ständer in der Hose, der nun nicht mehr von Ruby verdeckt wird. Daher stelle ich mich schnell hinter den Stuhl einen Meter rechts von mir. Megs Timing ist mal wieder so richtig beschissen.

»Ich will die Frau kennenlernen, die dir den Kopf verdreht hat. Und dabei bist du leider unerwünscht.«

Auch das noch. Ich hatte Meg vorher extra noch gebeten, Ruby nicht auszuquetschen. Dass ihre Laune getrübt wird, nur weil Meg unwissentlich gewisse Themen anspricht, ist das Letzte, was ich will. Daher werfe ich Meg einen mahnenden Blick zu, den sie zwinkernd erwidert. Was auch immer das heißen mag.

»Bis später, Logan«, trällert sie und wendet sich Ruby zu, die mir im Gehen einen Luftkuss zuwirft. Gemeinsam verschwinden sie nach oben. Vermutlich zum Buffet. Mir bleibt nichts anderes übrig, als ihnen angepisst nachzusehen und zu warten, bis die pochende Schwellung in meiner Hose zurückgegangen ist. Dann mische auch ich mich unters Volk und lenke mich mit Gesprächen über Jobs, die Wirtschaft, Witze über Trump und den bevorstehenden Superbowl davon ab, dass ich jetzt lieber bei oder besser gesagt *in* Ruby wäre. Immer wieder ertappe ich mich dabei, nach ihr Ausschau zu halten. Sie und Meg scheinen sich prächtig zu amüsieren. Ich kann Ruby zwar nicht sehen, mache aber trotz der Geräuschkulisse aus Stimmen, Gelächter und Musik alle paar Minuten ihr lautes, dreckiges Lachen aus. Ich liebe es und kann mir ein Schmunzeln nicht verkneifen.

»Ich hole mir noch was zu trinken«, werfe ich nach einer Weile in die größer gewordene Runde ein. »Soll ich wem was mitbringen?«

Da alle versorgt sind, nutze ich die Gelegenheit mich auszuklinken und bleibe mit meinem inzwischen dritten Wasser an der Bar stehen. Diese befindet sich auf einer Empore, was den Raum von hier aus überschaubar macht. Megs Party hat mittlerweile an Fahrt aufgenommen. Das Licht ist gedimmt, die Musik laut und die Stimmung ausgelassen. Der Alkohol fließt in Strömen und lässt so manche Hemmungen fallen. Die Ersten fangen an, sich zu den Klängen, die aus den Boxen dröhnen, zu bewegen. Mal mehr und mal weniger im Takt. Dank Brian, der als international bekannter DJ genau weiß, welche Tracks er spielen muss, dauert es nicht lange, bis das Tanzfieber ausbricht. Auch bei Ruby, die mit Meg und einigen anderen Mädels die Hüften schwingt. In der Hand ein Bier. Ich frage mich, das wievielte es wohl sein mag. So ausgelassen habe ich sie noch nie erlebt. Sie wirft die Arme in die Luft, verschüttet dabei ihr Getränk, was sie und die Mädels in Gelächter ausbrechen lässt. Den Kopf nach hinten geworfen, gibt sie sich jetzt wieder vollkommen der Musik hin. Immer mehr Leute finden sich zum Tanzen in der Mitte des Raumes ein. Ich gehe zwei Schritte nach rechts, um weiterhin freie Sicht auf die schärfste und süßeste Frau dieser Party zu haben. Die Atmosphäre wird schwüler und heißer. Nicht nur die Raumtemperatur betreffend. Denn – mein Gott! – hat Ruby auch nur den Hauch einer Ahnung, wie verflucht sexy ihr Hüftschwung ist? Geschmeidig. Weich. Sinnlich. Sich hin- und herwiegend setzt sie ihre Kurven in Szene und der nächste Song von Beyoncé lässt die Bewegungen ihres Beckens nun noch ausladender werden. Verführerisch rekelt sie sich an einer imaginären Wand entlang nach unten und durchwühlt dabei ihre Locken – die Flasche ist sie inzwischen losgeworden. Mit ihrem wilden Haar erinnert sie mich an eine Raubkatze, die ich allzu gern bändigen würde. Wie zu erwarten, bin ich leider nicht der Einzige, den dieser Anblick scharfmacht. Es dauert keine fünf Sekunden, bis sich eine Gruppe Männer unter die Mädchen mischt, von denen einer sich an Ruby ranmacht. Sie winkt zunächst ab, lässt sich dann aber doch auf einen Tanz mit ihm ein.

Ich fahre mir durchs Haar, versuche den Drang, sofort dazwischenzugehen, zu unterdrücken. Noch behält der Typ seine Hände bei sich. Und trotzdem breitet sich die Eifersucht wie Gift in mir aus, weil ihr der Scheißkerl jetzt was ins Ohr flüstert, das sie offenbar zum Lachen bringt. Als sich ein weiterer Typ von hinten nähert, reicht es mir. Ihre nächsten Tänze gehören mir. Sie gehört mir und …

»Hi Logan!« Ashley, eine Freundin von Meg, steht

plötzlich vor mir. Mit einem klebrig-süßen Lächeln auf den Lippen.

»Hi.« Ich zwinge meine Mundwinkel aus Höflichkeit nach oben.

»Lang nicht mehr gesehen. Wie geht's denn so?«, schreit sie gegen die Musik an.

»Gut!«, antworte ich knapp in der Hoffnung, dass sie weiterzieht. Fehlanzeige. Stattdessen stellt sie sich auf die Zehen und drängt mir ihre gepushten Brüste entgegen.

»Wie wär's mit einem Tanz?«, fragt sie und streift mit dem Mund wie beiläufig mein Ohr.

Ich trete einen Schritt zurück, drücke ihr mein leeres Glas in die Hand und antworte: »Sorry, aber der ist schon für meine Freundin reserviert.«

SIEBZEHN

RUBY

Ich brauche mich nicht umzudrehen, um zu wissen, dass Logan hinter mir steht. Das verraten mir allein sein unverkennbarer Duft sowie seine Aura – aber ich merke es vor allem daran, wie schnell der Typ, mit dem ich vor fünf Sekunden getanzt habe, die Biege macht. Als ich mich dann doch umdrehe, prallt mein Oberkörper gegen Logans. Ich kralle mich in seinen Hemdkragen und ziehe ihn in einen feuchten, hungrigen Kuss. Er erwidert ihn leidenschaftlich und ist genauso atemlos wie ich, als sich unsere Münder wieder trennen.

»Ich dachte schon, ich muss mit den beiden Typen im Sandwich tanzen, damit du endlich zu mir kommst«, scherze ich lachend, lege meine Arme um seinen Hals und meinen vom Alkohol leicht umnebelten Kopf in den Nacken.

Logan hebt schmunzelnd eine Augenbraue. »Du wolltest mich eifersüchtig machen?«

»Bist du es denn?«

»Du kannst tanzen, mit wem du willst, solange ich am Ende des Tages derjenige bin, in dessen Armen und Bett du liegst.«

»Ist das so?«, hake ich nach, weil es unmöglich sein kann, dass dieser Mann aber auch wirklich immer genau das Richtige sagt. Wo bitte sind seine Ecken und Kanten?

»Ja, das ist so.« Schief grinsend beugt er sich vor, hebt meine Locken an und raunt mir ins Ohr: »Du kannst dir Appetit holen, aber gevögelt wird zu Hause.«

Ein Schauer so heftig, dass ich zusammenzucke, durchfährt mich. Diesmal finde ich auf Zehenspitzen sein Ohr. »Ich will mir meinen Appetit aber gar nicht woanders holen. Alles, was ich möchte ... habe ich bereits«, gestehe ich offener als beabsichtigt. Die letzten drei Tequila-Shots haben meine Zunge gelockert. Ich halte lieber den Mund, bevor ich Logan noch versehentlich einen Heiratsantrag mache oder so.

»Und was ist das?«, will er wissen und ist sich seiner Wirkung auf mich offenbar doch nicht so sicher. Das finde ich irgendwie heiß und antworte:

»Du, Logan. Das bist du.«

Logan gräbt seine Finger in meine Locken und sieht mir fest in die Augen. »Scheiße, Ruby. Manchmal hab ich Angst, dass du nur ein irrer schöner Traum bist.«

»Dann wach jetzt ja nicht auf.«

Sein Blick ist tief, verschlingt mich förmlich mit Haut und Haar. Er zieht mich so eng an sich, dass nicht mal die trotz Klimaanlage verbrauchte Luft dieses Raums zwischen uns passt. Ich spüre die Wölbung seiner harten Muskeln. Sein großer Körper strahlt eine ungeheure Energie und Hitze aus, die tief in mir die gleiche Begierde von vorhin entflammt. Bevor mich Meg entführt hat. Logans quirlige und supersüße beste Freundin, die mich mit ihrer Lebensfreude und Unbeschwertheit angesteckt hat. Ich habe schon lange nicht mehr so viel gelacht und weiß dank ihr, dass ich durchaus in der Lage bin, einfach mal loszulassen und den Kopf auszuschalten. Genauso wie jetzt, mit Logan. Wir tanzen dicht an dicht zum mitreißenden Beat, der durch meinen Körper dröhnt. Unsere Hüften aneinandergepresst, lässt mich Logan spüren, wie sehr er mich begehrt. Er ist hart und wir bewegen uns, als ob zwischen uns keine Kleider wären. Logan ist leicht in die Knie gegangen und hat meine auseinandergedrängt. Dass ich seine Erektion an meiner Mitte spüre, kann nur bedeuten, dass der Rock meines Kleides unanständig weit hochgerutscht ist. Aber das kümmert mich nicht. Die Tanzfläche ist inzwischen so voll, dass es niemand bemerkt. Und selbst wenn, wäre es mir egal. Alles, worauf ich mich konzentriere, sind unsere Körper, die sich vollkommen dem Rhythmus der Musik überlassen. Dass Logan tanzen kann, war zu erwarten. Aber so? Derart lasziv und gleichzeitig männlich? Ich bin überrascht, angetörnt und auf dem besten Weg, ihm hoffnungslos zu verfallen. Ein Gedanke, der mich normalerweise ängstigen oder zumindest nervös machen sollte. Tut er aber nicht. Ich war noch nie so furchtlos und unerschrocken wie jetzt. Keine Ahnung warum, doch es fühlt sich gut an. Dieser ganze Abend fühlt sich gut an. Logan, der mich mit seinem tiefen, glühend heißen Blick verführt, fühlt sich gut an. Unser Tanzen ist inzwischen ein schweißnasses, schmutziges Aneinanderreiben in dem Bestreben, sich noch näher zu sein, sich noch mehr zu spüren und ...

Ohne Vorwarnung unterbricht er den Tanz und lässt von mir ab. Der plötzliche Entzug seines Körpers dröhnt unter meiner erhitzten Haut. Ich will ihn fragen, was los ist, da zieht er mich bereits hinter sich her. Vorbei an verschwitzten Leibern, die teilweise genauso hemmungslos tanzen wie wir vor drei Sekunden. Ich habe noch immer keine Ahnung, wohin er mit mir will – bis wir uns wenig später auf der Treppe nach oben befinden. Als würde uns die Zeit davonrennen, eilen wir die Stufen hoch und um eine Ecke, an der Logan stehen bleibt. Mit einem Knurren packt er meinen Hintern, hebt mich ruckartig hoch und küsst mich nicht, sondern verschlingt mich. Seine Zunge dringt grob in mich ein und erobert jeden Winkel mit harten, tiefen Stößen, die meine Lust, genau so von ihm gevögelt zu werden, ins Unermessliche steigert. Das Pochen zwischen meinen Beinen war noch nie so unerträglich.

»Willst du es hier tun? Es könnte jeden Moment jemand kommen«, keuche ich in seinen Mund.

Keine Antwort. Nur das Zufallen der Tür irgendeines Raumes, in den er mich getragen hat, ohne dass ich es bemerkt habe. Logan drängt mich nach hinten, bis mich eine Wand im Rücken stoppt. Gelegenheit mich umzusehen habe ich nicht, da Logan mit Lippen und Händen über mich herfällt. Seine Finger scheinen überall gleichzeitig zu sein. Zupfend und zerrend. Streichelnd und knetend, während er sich schwer atmend an mir reibt.

»Wir haben nicht viel Zeit.« Hastig schiebt er den Rock meines Kleides bis über meinen Bauchnabel. »Meg feiert in ein paar Minuten rein. Aber ... ich bin so verdammt geil auf dich. Ich platze, wenn ich dich jetzt nicht ficke.« Seine Hand wandert meine Taille abwärts zum Bund meiner Strumpfhose, die er mit einem Ruck mühelos zerreißt. Überrascht und erregt zugleich stoße ich den Atem aus. Dass er mich so sehr will und offenbar keine Sekunde länger warten kann, lässt noch mehr Verlangen heiß durch meine Adern pulsieren. Ich will ihn. Ich will ihn wie noch nie zuvor. Ich will ihn hier und jetzt.

»Dann tu's, Logan«, stöhne ich. »Fick m...« Mir stockt der Atem, als seine Hand an der Innenseite meines Schenkels entlang zu meinem Schritt fährt. Jeder Zentimeter Haut, mit dem er in Kontakt kommt, ist von seiner Berührung elektrisiert. An meinem Tanga angekommen, schiebt er die nasse Spitze beiseite und gleitet, ohne seinen lüsternen Blick von mir zu nehmen, durch meine Spalte.

»Gott, Ruby«, knurrt er, leckt sich genüsslich über die Lippen und taucht mit zwei Fingern in mich ein. »Du bist so nass, so bereit, so verdammt perfekt.«

»Perfekt?«, frage ich atemlos und zucke heftig zusammen.

»Ja, das bist du. Du bist meine persönliche Zehn«, flüstert er rau und massiert auf eine Weise mein Innerstes, dass ich in kürzester Zeit in Flammen stehe. Er lässt mich kurz los, um ein Kondom aus der Brusttasche seines Hemdes und seinen Schwanz aus dem Hosenstall seiner Jeans zu holen. Keine Sekunde nachdem er sich das Gummi übergestülpt hat, packt er mich wieder bei den Pobacken und hebt mich auf seinen Schwanz. Er füllt mich komplett aus. Die Dehnung ist enorm und der Winkel lässt mich keuchen, obwohl er sich noch gar nicht bewegt hat.

Meine Beine fixiert er um seine Hüften und rückt mich in eine Position, die ihn noch tiefer eindringen lässt.

»Logan ...«, entkommt meiner trockenen Kehle und ich reiße überwältigt die Augen auf. Ein Schauer jagt den nächsten.

»Lass dich einfach fallen, Baby ... Du kannst so laut sein, wie du willst. Uns wird niemand hören. Lass dich fallen ...«, raunt er, die Lider schwer vor Lust. Er fängt an, sich zu bewegen. Langsam, dann immer schneller, und ich umklammere seinen Nacken, halte mich fest und den Erschütterungen seiner hemmungslosen Stöße stand. Hitze erfasst mich und bringt mein Blut zum Kochen. Logans Hände graben sich in mein Fleisch, seine Stöße werden noch härter, noch tiefer, noch erbarmungsloser. Eine Spannung so groß, wie ich sie noch nie zuvor gespürt habe, baut sich auf und katapultiert Wellen der Lust durch meinen Körper, bringt meine Nervenenden zum Schwingen. Jeder Muskel in mir zieht sich fast schmerzhaft zusammen. Meine inneren Wände beben. Von ganz allein. Selbst wenn ich wollte, könnte ich es nicht kontrollieren. Ich zittere wie unter Strom und dieses Gefühl ... dieses unbeschreibliche Gefühl, das sich sonst immer verflüchtigt, wird mit jedem seiner Stöße schöner, intensiver, unerträglicher. Zu viel.

»Logan, bitte«, winsele ich, ohne zu wissen, worum ich da eigentlich bettele.

»Bitte, was ... Ruby?«, stöhnt er an meinem Mund und hört nicht auf, in mich zu stoßen. Wieder und wieder, bis ich das Gefühl habe zu zerbersten. Ich antworte nicht. Ich will nur noch fühlen.

Meine Atmung gerät ins Stocken und seine ist nur noch ein primitives Knurren und Stöhnen, das meine Sinne, die nur ihn wahrnehmen, durchflutet. Unsere Zungen prallen aufeinander, nass, ungezügelt und wild ahmen sie nach, was sein Schwanz mit mir macht. Zähne graben sich in Lippen, Nägel in Haut, während seine Spitze über die Stelle reibt, an der sich meine Lust konzentriert. Mein Mund öffnet sich zu einem undefinierbaren heiseren Laut, als Woge für Woge über mich schwappt. Zitternd klammere mich an ihn und spüre, dass sich seine Nackenmuskulatur verhärtet. Ein Beben geht durch seinen Körper und verstärkt mein eigenes.

»Fuck, Ruby...« Er löst sich von meinen Lippen, umfasst grob mein Kinn und sieht mir in die Augen. Logans Kiefer ist angespannt und Schweiß glänzt auf seiner Stirn, die er gegen meine presst. Sein Rhythmus ist nun noch schneller, noch geschickter und so überwältigend, dass ich leise wimmernd in eine Million Teilchen zerspringe. Wie eine Druckwelle nach einer Explosion breitet sich mein erster richtiger Orgasmus in mir aus und erreicht jeden Winkel. Logans Höhepunkt folgt nur einen Herzschlag später.

Ich schließe lächelnd die Augen, horche, wie wir beide langsam wieder zu Atem kommen. Allmählich dringen auch die Bässe von unten gedämpft an meine Ohren und erinnern mich daran, dass Logan und ich weder bei mir noch ihm sind. Nein. Wir befinden uns auf Megs Party, in einer fremden Wohnung, mit lauter mir unbekannten Menschen. Und ausgerechnet hier schenkt mir Logan bei einem Quickie meinen ersten Orgasmus. Verrückt.

LOGAN

Wow! Was war das denn?

Gemeint ist nicht mein Orgasmus, von dem mir kurz schwarz vor Augen war – sondern Rubys. Kein lautes Stöhnen, stattdessen kleine hilflose Laute, die sie sonst nicht von sich gibt. Kein Beben, das irgendwann abebbt. Nein. Sie zittert noch immer am ganzen Körper und ihre inneren Muskeln zucken auch jetzt noch um meinen Schwanz, den ich langsam aus ihr herausgleiten lasse. Als ich Ruby in den Stand entlassen will, ist sie so wackelig auf den Beinen, dass sie erschöpft gegen meine Brust sinkt. Daher setze ich mich mit ihr auf dem Schoß in den Sessel dieses Arbeitszimmers. Ich wollte mit Ruby eigentlich in das für Gäste und muss in meiner Ungeduld wohl eine Tür zu früh genommen haben.

»Hey …« Ich suche ihren glasigen, fast schon fiebrigen

Blick; ihre Augen schimmern feucht, als stünden Tränen darin. Auch das ist neu. »Ist alles okay?«

Meinem fragenden Blick weicht sie aus und schmiegt sich an meine Brust. »Halt mich einfach nur fest.«

Das war weder ein Ja noch ein Nein. Versucht sie hier gerade, eine ehrliche Antwort zu umgehen? War ich vielleicht zu grob? Die Sorge, ich könnte ihr wehgetan haben, macht sich in mir breit. »Sag schon. Was ist los?« Ich habe die Frage kaum ausgesprochen, da drängt sich mir ein Verdacht auf. Einer, der so einiges erklärt. Die heftige Reaktion ihres Körpers, der sich einfach nicht zu beruhigen scheint. Dass sie mich beim Sex teilweise angesehen hat, als wüsste sie gar nicht, wie ihr geschieht.

Wo war ihr lautes Stöhnen gegen Ende, das manchmal sogar einem Schreien glich? Stattdessen dieses leise, kaum hörbare Wimmern. Ich versteife, lasse sie los.

»Mir geht es gut, Logan. Wirklich. Das war ... unglaublich.« Ein sattes Lächeln umspielt Rubys gerötete Lippen und mir fällt auf, dass ich ihre Gesichtszüge noch nie so entspannt gesehen habe. Damit mir meine nicht entgleiten, zwinge ich meine Mundwinkel nach oben. Denn eines ist mir soeben klargeworden: Ruby hatte gerade ihren ersten echten Orgasmus. Die Male zuvor waren gespielt, weil – und das kotzt mich extrem an – ich nicht in der Lage war, es ihr zu besorgen. Eine Erkenntnis, die mich wie ein Tritt in die Eier trifft, voll auf meine Männlichkeit. Wie konnte sie mich nur so lange in dem Glauben lassen, alles richtig zu machen, verdammt? Hat ihr der Sex mit mir überhaupt Spaß gemacht? Welche ihrer Emotionen und Reaktionen waren echt und welche fake?

Obwohl mir all diese Fragen auf der Zunge brennen, behalte ich sie für mich. Das hier ist weder der Moment noch der richtige Ort, um sie mit meinem Verdacht zu konfrontieren. Vielleicht will ich mir aber auch einfach nicht die Blöße geben. Welcher Mann findet schon gerne heraus, dass die Frau, mit der er schläft, jeden ihrer Orgasmen vorgetäuscht hat – bis auf einen. Bisher war ich mir meiner sexuellen Fähigkeiten so verdammt sicher, habe vor Ruby sogar damit geprahlt.

Was war denn heute anders?

Warum hier?

Wieso bei einem Quickie?

Lag es am Kick, dass uns jemand hätte stören können?

Steht sie auf ungewöhnliche oder besser gesagt andere Orte?

War es die Partystimmung?

Der Alkohol?

Unser Tanz?

Eine Kombination aus allem?

Meine Verärgerung würge ich zusammen mit meiner gekränkten Eitelkeit hinunter und küsse ihr schweißfeuchtes Haar, an dem ich murmele: »Wir sollten wieder runter …« Ich werfe einen Blick auf meine Rolex. »Meg hat in zehn Minuten Geburtstag.«

»Ist bei dir denn auch alles okay?«, fragt Ruby und schaut mir ins Gesicht. Offenbar ist es mir nicht gelungen, meinen Frust zu verbergen.

»Klar«, lüge ich und ringe mir ein Lächeln ab. »Was soll sein?«

»Keine Ahnung. Du bist irgendwie … anders. Distanziert.«

»Echt?«, gebe ich mich ahnungslos. »Hm.« Ich überlege mir rasch eine Erklärung und fahre fort: »Schätze, ich wäre jetzt lieber mit dir allein, statt wieder runterzugehen.«

Ruby nickt, als würde sie meine Antwort beruhigen.

»Von mir aus müssen wir nicht bis zum bitteren Ende bleiben. Wir können auch schon um eins gehen.«

»Sicher?«, frage ich, weil ich keine Spaßbremse sein will. »Ich hatte den Eindruck, dass du dich amüsierst.«

»Tu ich auch. Aber mit dir zu Hause, gemütlich auf dem Sofa oder im Bett amüsiere ich mich mindestens genauso.« Sie verzieht ihr Gesicht, als hätte sie Schmerzen. »Dann kann ich auch endlich diese blöden Schuhe ausziehen. Meine Füße tun schon weh.«

»Dann überleg schon mal, was du mir für die Fußmassage geben willst, die du später von mir bekommst. Ich akzeptiere weder Schecks noch Bargeld oder andere materielle Dinge«, scherze ich, um zu kaschieren, dass meine Laune beinahe im Keller ist. Denn – scheiße – dieses Orgasmus-Thema lässt mich nicht los und nagt gerade ein verdammtes Loch in mein Ego.

Ruby lacht und sieht mit funkelnden Augen in meine. »Gott, eine Massage wäre toll. Da fällt mir bestimmt was ein.«

»Sehr gut. Was machen die Beine? Kannst du aufstehen?«, wechsele ich das Thema.

»Ich kann es ja mal versuchen.«

Ich helfe Ruby in den Stand, stelle sicher, dass sie sich halten kann, bevor wir uns mit dem Anziehen beeilen. Rasch beseitige ich sämtliche Spuren, die auf unser kleines und für mich ziemlich aufschlussreiches Intermezzo hindeuten könnten. Das Kondom wickele ich in Klopapier und entsorge es zusammen mit Rubys zerrissener Strumpfhose im Mülleimer des Badezimmers, wo sie sich gerade frisch macht.

»O Gott! Ich sehe aus wie ein Waschbär.« Mit einem Papiertuch wischt sie unter ihren Augen entlang. »Man sieht, dass ich Sex hatte, oder?«

Ihrem fragenden Blick begegne ich im Spiegel. Man sieht vor allem, dass sie einen Orgasmus hatte, denn ich bilde mir ein Leuchten in ihren Augen ein, das ich noch nie zuvor bei ihr gesehen habe. Es steht ihr und ich will es unbedingt noch öfter sehen. »Du bist wunderschön, Ruby.«

»Lügner. Mein Make-up ist zerlaufen und ich bin total rot im ...« Ein Countdown, der die von unten kommende Musik ablöst, unterbricht sie. »Mist! Ist es schön zwölf?«

»Scheint so. Lass uns runtergehen!«

ACHTZEHN

LOGAN

Ich hatte mir eigentlich vorgenommen, Ruby zur Rede zu stellen, *bevor* wir das nächste Mal Sex haben. Doch dazu kam es nicht, weil sie mich vorhin ganz unerwartet mit einem Blowjob geweckt hat und nun auf mir reitet. Zügel- und hemmungslos wirft sie ihren Kopf nach hinten, während ich versuche, jede Reaktion ihres Körpers zu deuten. Bis jetzt weist jedoch nichts darauf hin, dass sie mir etwas vormacht. Kein übertrieben lautes Stöhnen oder gar Schreien wie die Male vor ihrem ersten Orgasmus. Stattdessen lässt sie wie gestern diese leisen, sexy Laute hören. Gänsehaut überzieht ihren nackten, schweißfeuchten Körper und ihre Nippel treten steif und einladend hervor. Das schmatzende Geräusch ihrer süßen kleinen Pussy ist Musik in meinen Ohren und ich spüre, wie sich ihr Innerstes so verdammt wunderbar um meinen Schwanz krampft. Unkontrolliert zuckend. Heftige Beben erschüttern ihren Körper. In meinem spannt sich beim Versuch, nicht zu kommen, jeder Muskel an. Ich beiße die Zähne aufeinander, ziehe um Beherrschung bemüht scharf die Luft ein. Noch immer unsicher, ob all die Emotionen wirklich echt sind, schaue ich fest in Rubys Augen und – da ist er. Der gleiche Glanz von gestern, dieser flehende, beinahe hilflose Ausdruck, der unmöglich gespielt sein kann und mich so unfassbar anturnt.

»O Gott …«, keucht sie. Mehrmals, bevor sie schlagartig verstummt und ich dabei zusehe, wie sie sich verliert. Am ganzen Leib zitternd; ihre Augen sind feucht und der fiebrige Blick ohne Fokus. Meinen nehme ich keine Sekunde lang von ihrem erhitzten Gesicht. Ich will jede noch so kleine Regung, jeden Moment ihres Höhepunktes, den ich mit meinem Daumen auf ihrer Klit verlängere, mitbekommen. Erst als sie kraftlos auf mir zusammenbricht, lasse auch ich los und komme in einer weichen Explosion, die tiefste Befriedigung durch meinen Körper spült.

»Was hat sich verändert?«, frage ich, nachdem wir beide wieder zu Atem gekommen sind. Eine bessere Situation kann es meiner Meinung nach nicht geben, um sie auf ihre vorgetäuschten Orgasmen anzusprechen. Ruby liegt mit einem Bein auf mir und hat den Kopf an meine Brust geschmiegt. Ihre Abneigung für postkoitales Kuscheln ist vergessen.

»Verändert? Was meinst du?« Sie klingt erschöpft.

Kurz kommt mir der Gedanke, sie schlafen zu lassen, immerhin ist es erst kurz vor acht. Doch meine Neugierde siegt. »Ich meine seit gestern auf Megs Party, als du … deinen ersten echten Höhepunkt hattest.«

Ich spüre, wie sie sich minimal versteift. »Das … das hast du gemerkt?«

»Allerdings.«

»Scheiße«, flucht sie leise und atmet gedehnt aus. »Aber ... dann hast du doch hoffentlich auch gespürt, dass ich gerade wirklich und ziemlich heftig gekommen bin, oder?«

»Ja, und ...« Ich küsse ihr Haar, streichle ihren Arm. »... gerade deshalb frage ich mich ja auch, was plötzlich anders ist. Bis eben dachte ich, es hätte an der fremden Umgebung, der Partystimmung oder dem Alkohol gelegen, aber all das war jetzt nicht der Fall.«

Sie scheint kurz nachzudenken. »Ehrlich gesagt habe ich selbst keine Ahnung, was anders ist. Aber mit dir – und das musst du mir glauben – hatte es nichts zu tun, dass ich davor nicht gekommen bin. Im Gegenteil, Logan ... Ich war bei jedem Mal mit dir so dicht davor wie mit noch keinem.«

Ich lächele, doch die Ernüchterung folgt prompt.

»Aber ich konnte mich einfach nie komplett fallen lassen.«

Diesmal bin ich es, der versteift. Denn ich hatte immer angenommen, dass sie sich bei mir wohlfühlen würde. Eine weitere Fehleinschätzung, die mich trifft, was sie bemerkt.

»Nicht deinetwegen«, erklärt sie.

»Sondern?«

»Weil ... weil ich es, glaube ich, nicht richtig wollte. Unterbewusst hat mich irgendwas blockiert.«

»Und was?«

»Vielleicht Angst ...«, mutmaßt sie.

In Erinnerung an unser Gespräch im Whirlpool ahne ich, von welchen Ängsten sie spricht. »Wovor?«, hake ich dennoch vorsichtig nach.

»Davor ... mich zu verlieben und ...« Sie schluckt hart. »... und wieder etwas zu verlieren zu haben«, gesteht sie leise, verletzlich und so entwaffnend. Worte, die mir genauso tief unter die Haut gehen wie diese Frau. »Komm her.« Ich ziehe Ruby auf meinen Körper, halte sie fest umschlungen und kann mir plötzlich vorstellen, das für immer zu tun.

»Sorry, dass ich nicht mit dir und deiner Gran zu Abend essen kann«, sage ich bei der Verabschiedung am frühen Nachmittag. Ruby und ich haben bis eben im Bett gelegen. So faul und träge zu sein, erlaube ich mir nur selten und kann es in ihrer Gegenwart genießen, ohne ein schlechtes Gewissen zu haben. Aber jetzt muss ich los und noch einige Meetings für morgen vorbereiten, E-Mails beantworten und mich später auch noch Megs Verhör stellen. Auf ihrer Party hat sie sich zurückgehalten und Ruby ihre volle Aufmerksamkeit geschenkt. Wie nicht anders zu erwarten, ist sie hin und weg von ihr und hat mir vorhin per SMS mitgeteilt, dass sie alles wissen möchte. Angefangen bei unserem Kennenlernen. Ich soll sie sofort anrufen, sobald ich zu Hause bin, und überlege bereits, wie ich mich irgendwie davor drücken kann. Vermutlich gar nicht, so wie ich Meg kenne.

»Ja, das finde ich auch schade, aber Thelma wird es schon verkraften«, antwortet Ruby, die in ihren Bademantel gehüllt vor mir steht und zu mir aufsieht. Ungeschminkt. Natürlich. Auf dem Kopf leicht zerzaust. So finde ich Ruby am schönsten und ziehe sie an ihrem Gürtel näher zu mir.

»Sag deiner bezaubernden Gran, dass wir das nachholen, okay? So schnell wie möglich.«

»Darauf wird sie ohnehin bestehen. Nach eurer ersten Begegnung will sie sich unbedingt von einer anderen Seite zeigen und ihr Schläger-Image loswerden.«

Die Erinnerung daran lässt mich lachen, aber auch staunen, weil das beinahe drei Monate zurückliegt. Unglaublich. Dabei war ich bloß auf der Suche nach Antworten und fand Ruby, die immer noch der Schlüssel zur Wahrheit sein könnte ... aber inzwischen auch sehr viel mehr für mich ist. Mehr, als ich noch vor wenigen Monaten mit einer Frau in Erwägung gezogen oder zugelassen hätte. Mittlerweile bin ich mir gar nicht mehr sicher, ob ich überhaupt noch wissen will, was es mit den Schecks auf sich hat ... Wer weiß, welche Auswirkungen die Wahrheit auf uns hätte. »Wann sehen wir uns wieder?«, frage ich.

»Sag du es mir. Du bist der vielbeschäftigte Geschäftsmann.«

»Was hältst du von Dienstag?«

»Klingt gut.«

»Ich komme um acht zu dir und bringe Sushi von Akira mit.«

Ihre Augen funkeln mir glücklich entgegen und sie leckt sich genüsslich über die Lippen. »Yummy.«

»Du bist aber auch ganz schön lecker.« Ich beuge mich zu einem langen, tiefen Kuss zu ihr hinab, den ich nur widerwillig unterbreche. »Bis Dienstag, schöne Frau.«

»Bis Dienstag, *Sexiest Man Alive.*« Als müsste sie sich zwingen, von mir loszukommen, stemmt sie ihre Hände gegen meine Brust und schiebt mich von sich weg zur Wohnungstür, die sie öffnet. »Fahr vorsichtig.«

»Das mache ich.«

Die Tür schließt sich und ich nehme die Treppe hinunter, wo zwei Etagen tiefer Rubys Gran aus ihrer Wohnung lugt. Ich ahne, dass dies kein Zufall ist, und gehe zu ihr, als sie mir winkt.

»Sie wollen schon weg?«, fragt sie verwundert.

»Ja, leider. Ich habe noch etwas Arbeit vor mir. Sonst wäre ich wirklich gern zum Abendessen gekommen.«

»Oh. Davon hat meine Enkelin gar nichts gesagt.«

»Sie weiß es auch erst seit eben«, nehme ich Ruby in Schutz. »Ich hoffe, Sie haben noch keine Vorbereitungen getroffen.«

»Noch nicht, aber ich hatte mich darauf gefreut«, sagt sie mit einem Ausdruck, der bei mir ein schlechtes Gewissen weckt. Nun weiß ich auch, von wem Ruby diesen Welpenblick hat. Wenn sie was von mir will, sieht sie mich genauso an wie jetzt ihre Gran.

»Vielleicht haben Sie fünfzehn Minuten für eine Tasse Kaffee und etwas Gebäck, hm?«

Eigentlich nicht. Doch ihre kleinen grünen Augen sehen derart treuherzig zu mir auf, dass ich mich überreden lasse. Automatisch werfe ich einen Blick nach oben.

»Meine Enkelin muss davon ja nichts wissen. Das bleibt unser kleines Geheimnis«, flüstert sie. Bevor ich überhaupt etwas erwidern kann, ist sie auch schon hinter meinem Rücken verschwunden und schiebt mich mit vollem Körpereinsatz über die Türschwelle. Schmunzelnd gehe ich nun durch einen winzigen Korridor und finde mich in ihrem Wohnzimmer wieder. Bis auf die Sofagarnitur sind die Möbelstücke bunt zusammengewürfelt und wirken fast schon antik. Kleine Porzellanfiguren in allen möglichen Formen schmücken eine Holzvitrine an einer Wand, an der so viele Familienfotos angebracht sind, dass man die Tapete kaum noch sieht. An einem Bild bleibt mein Blick hängen. Ich trete automatisch näher. »Ist das etwa Ruby?«, frage ich genauso amüsiert wie ungläubig. Sie hat eine grüne Kurzhaarfrisur und streckt frech die Zunge raus.

Thelma kommt neben mich und seufzt. »Ja, das ist sie in ihrer Punker-Phase.«

Ich lache. »Sie war mal ein Punk?«

»Sie steckte in so einigen Phasen.« Thelmas Stimme klingt schwermütig. »Wir beide haben einiges zusammen durchgemacht.«

Ich ahne, wovon sie spricht, und sehe sie bedauernd von der Seite an.

»Sie hat Ihnen davon erzählt?«, fragt sie, meinen Blick richtig deutend.

»Ja.«

»Dann müssen Sie ihr wirklich viel bedeuten. Ruby spricht nämlich äußerst selten und nicht mit jedem darüber.«

»Ich weiß«, sage ich und betrachte nun ein eingerahmtes Familienfoto weiter rechts. Thelma, die meinem Blick gefolgt ist, bemüht sich hinter die Couch, um es von der Wand zu nehmen. Sie kehrt zu mir zurück und erklärt: »Das ist das letzte gemeinsame Bild von meiner Tochter, ihrem Mann und den beiden Mädchen ... bevor dieser Unfall alles verändert hat.« Sie schüttelt den Kopf. »Manchmal frage ich mich, wie wir ... wie Ruby es geschafft hat, diesen Schicksalsschlag zu überleben. An dem Spruch ›Was uns nicht umbringt, macht uns stark‹ ist mehr dran, als man ahnt.«

Nickend gebe ich ihr recht und komme mir wie ein Eindringling in Rubys Vergangenheit vor. Ich bin nicht sicher, ob ihr recht wäre, dass ich so viel über sie erfahre. Ich rede mir ein, keine Wahl zu haben, weil ihre Gran nicht aufhört, in diesen schmerzhaften Erinnerungen zu schwelgen. »Statt zu zerbrechen, hat Ruby ihre Schule beendet und sogar als Einzige in der Familie studiert. Jetzt hat sie einen guten Job und ist eine wundervolle, selbständige Frau. Ich ... ich bin so stolz auf sie.«

»Ja, sie ist großartig.«

»Meine größte Sorge war es jedoch, dass sie sich nie wieder jemandem öffnen und aus Angst, noch mal jemanden zu verlieren, lieber ein Leben lang allein bleiben würde. Aber jetzt ...« Unerwartet nimmt Thelma meine Hand und drückt sie. »Jetzt hat Ruby Sie, was auch immer die Zukunft für euch zwei bringen mag. Ruby wird noch ein sehr glückliches Leben haben. Da bin ich mir sicher. Wer auch immer für diesen schrecklichen Unfall verantwortlich ist, mag mir vielleicht meine Familie genommen haben, aber nicht meinen Optimismus. Der hat immer für uns zwei gereicht.«

Ich werde hellhörig. »Ist denn der Schuldige nie gefasst worden?«

»Nein. Es war Fahrerflucht.«

Meine Augen weiten sich; davon hat Ruby mir nie erzählt.

»Damit hatte meine Enkelin besonders zu kämpfen. Niemanden zu haben, den sie dafür verantwortlich machen konnte, war für sie kaum zu ertragen. Daran ist ihr junges, wütendes Herz fast zerbrochen.«

Ich schüttele fassungslos den Kopf über dieses feige, verantwortungslose Arschloch, während mir bewusst wird, was Thelma da geleistet hat ... wie verdammt schwer es gewesen sein muss, Ruby alleine großzuziehen. Vor allem finanziell, da es ohne Schuldigen keinen Schadenersatz oder sonstige Geldmittel gab.

Nur diese Schecks, schießt es mir durch den Kopf.

Schecks in Höhe von fünftausend Dollar.

Schecks, die Mom laut ihrem Brief bereits vor ihrem

Selbstmord an Ruby ausstellen ließ.

Warum? Wozu?

... weil ich einen Fehler begangen habe, mit dem ich einfach nicht mehr leben kann.

Einen Fehler, den ich gutzumachen versuche, indem ich einem Mädchen namens Ruby Bennett seit zehn Jahren monatlich fünftausend Dollar zukommen lasse.

Was für einen Fehler? Und wieso seit zehn Jahren, aus denen mittlerweile zwölf geworden sind?

»Wie lange ist der Unfall her?«, frage ich, statt es anhand von Rubys Alter selbst nachzurechnen. Aber in meinem Kopf formt sich gerade ein ungeheuerlicher Verdacht, der mich am Denken hindert.

»Inzwischen zwölf Jahre«, antwortet Thelma.

Meine Eingeweide ziehen sich zusammen. Ich schließe die Augen bei dem Versuch, jeden Zusammenhang zwischen Moms Selbstmord und dem Unfall auszuschließen. Das kann nicht sein. Das ergibt doch keinen Sinn. Claire, meine Mutter, würde doch niemals Fahrerflucht begehen. Nein. Dazu war sie viel zu korrekt, rechtschaffen und ...

... weil ich einen Fehler begangen habe, mit dem ich einfach nicht mehr leben kann. Einen Fehler, den ich gutzumachen versuche, indem ...

»Logan?«, nehme ich Thelmas Stimme wie aus weiter Ferne wahr und öffne die Augen.

»Geht es Ihnen nicht gut? Sie sind plötzlich so blass um die Nase. Ich glaube, es wird Zeit für einen starken Kaffee.«

Ich brauche jetzt vor allem eins: Antworten. Und zwar in Form von Beweisen, bevor ich zu glauben bereit bin, dass meine Mom die Familie der Frau ausgelöscht hat, in die ich mich verliebt habe.

»Es tut mir leid, Thelma, aber ich muss jetzt gehen.«

NEUNZEHN

LOGAN

Statt vor meiner Wohnung parke ich meinen Wagen vierzig Minuten später vor dem Haus meines Anwalts.

Kommen Sie mit der Wahrheit zu mir, bevor Sie mit Ihrem Bruder oder Vater darüber reden.

Kann er haben. Nur dass ich diesmal nicht ohne Antworten gehen werde. Gleichzeitig bete ich zum gottverdammten Himmel, dass an alldem nichts dran ist. An seiner Tür klingele ich mit rasendem Puls Sturm. Dass heute Sonntag ist, interessiert mich einen Scheiß. Ich klingele und klopfe so lange, bis sich die verfluchte Tür endlich öffnet und James im Jogginganzug vor mir steht.

»Was machen Sie denn hier für einen Terror, Logan? Ist was passiert?«, lautet seine Begrüßung.

»Wir müssen reden!«

»Jetzt? Hat das denn nicht bis morgen Zeit? Es ist Sonntag und meine beiden Söhne sind zu Besuch.«

»Ist mir egal. Von mir aus kann die Queen höchstpersönlich an Ihrem Tisch sitzen«, mache ich meiner

Anspannung Luft und schiebe mich an ihm vorbei ins Haus.

»Was soll das? Sie können doch hier nicht einfach reinspazieren, als ob …«

»Hat meine Mom die Familie von Ruby Bennett bei einem Autounfall mit Fahrerflucht getötet?«, stoppe ich seinen Protest. Direkt und ohne Umschweife, weil ich James eiskalt erwischen muss, damit ihm keine Zeit für Ausflüchte bleibt, sollte ich mit meinem Verdacht richtigliegen. Und das tue ich, so wie James' Gesichtszüge entgleiten. Offenbar braucht er einen Moment, um seine Sprache wiederzufinden, während ich mir durchs Haar und übers Gesicht fahre.

»Dann ist es also wahr?«

»Das besprechen wir woanders«, zischt James und brüllt einen Atemzug später: »Ich bin in zehn Minuten wieder bei euch, Jungs!« Hektisch scheucht er mich einen Gang entlang in einen Raum und schließt die Tür. Wir befinden uns in seinem Arbeitszimmer.

»Ich höre?«, sage ich, eine Antwort fordernd, die ich längst kenne.

»Woher wissen Sie davon?«, wagt er es tatsächlich, mit einer Gegenfrage zu kommen.

Ich baue mich dicht vor ihm auf, schaue mit finsterem Blick zu ihm hinab und frage zum Mitschreiben: »Ist. Meine. Mutter. Schuld. Am. Tod. Von. Ruby. Bennetts. Familie? Ja oder nein?«

James schluckt hart und ist jetzt kreidebleich.

Fassungslos schlage ich die Hände über dem Kopf zusammen, gehe vor ihm auf und ab.

»Es war ein Unfall, Logan. Ein furchtbar tragischer Unfall.«

Ich bleibe stehen. »Und die Fahrerflucht? War die auch

ein Unfall? Diese Menschen einfach so sterben zu lassen, war das etwa ein Unfall?«, fahre ich ihn in einer Lautstärke an, die ihn zusammenzucken lässt. Meine Stimme, mein ganzer Körper bebt vor Wut, Verzweiflung und Ratlosigkeit.

»Fuck!«

Was zur Hölle sage ich Ruby?

Wie sage ich es ihr?

Sage ich es ihr überhaupt?

Sie wird mich hassen und nie wieder sehen wollen.

Der Unfall ist schon katastrophal genug. Aber die Fahrerflucht ist einfach unverzeihlich. Eine hinterhältige, feige Tat, die nicht zu den Erinnerungen, die ich von Mom habe, passen will. Ich schüttele zigmal den Kopf bei dem Versuch, das Chaos darin zu sortieren, aber es wird nur noch größer. Nichts ergibt noch einen Sinn. So kühl und berechnend ist Mom nie gewesen. Hab ich sie je gekannt?

»Claire stand unter Schock, Logan. Sie ...«

»Unter Schock? Zehn verdammte Jahre lang?«

Die Art, wie James meinem Blick und der Frage ausweicht, wirft eine neue auf. »Mom hat sich aus Schuldgefühlen umgebracht, James. So sehr hat sie darunter gelitten. Wieso ist sie dann in all den Jahren nicht zur Polizei gegangen?«

Keine Antwort.

»Sie haben gesagt, die Wahrheit könnte unsere Familie zerstören«, fahre ich fort. »Aber die ist bereits seit ihrem Selbstmord zerstört. Hier geht's um was ganz anderes, oder?« Ich schlucke hart, zähle eins und eins zusammen. »Dads politische Karriere. Mit so einer Schlagzeile wäre er niemals Senator geworden. Mom hätte das nie durchgezogen, aber Dad. Er hätte für seine Karriere alles getan«, sage ich eher zu mir selbst und balle die Hände zu Fäusten, als mir klar wird, was das zu bedeuten hat.

»Sprechen Sie mit Ihrem Vater. Dazu kann und darf ich Ihnen als Anwalt nichts sagen.«

»Sie haben meine Mom falsch beraten und ein Verbrechen gedeckt. Sie sind gefeuert, James.« Seinen Namen spucke ich aus wie Gift.

»Was?« Ungläubig sieht er mich an. »Das können Sie nicht machen.«

»Ach, nein?«, presse ich aus zusammengebissenen Zähnen hervor, die Augen schmal vor Wut.

»Ihr Vater hat da auch noch ein Wörtchen mitzureden.«

»Darauf würde ich lieber nicht wetten. Denn wenn es tatsächlich seine Idee war, Mom all die Jahre schweigen zu lassen, mache ich ihn persönlich für ihren Selbstmord verantwortlich. Er wird mich anbetteln, die Sache nicht öffentlich zu machen. Und wenn Sie wollen, dass ich Ihren Namen da raushalte – obwohl Sie es nicht verdienen, auch nur einen Tag länger als Anwalt tätig zu sein – halten Sie sich in Zukunft von mir und der Firma fern.«

Angst flackert für den Bruchteil einer Sekunde in James Augen auf, bevor es ihm gelingt, sie einzudämmen. »Sie können mir gar nichts, Logan. Schon mal was von Anwaltsgeheimnis gehört?«

»Darauf scheiße ich genauso wie auf Sie.« Ich richte meinen Zeigefinger auf ihn. »Sie sind die längste Zeit unser Anwalt gewesen.« Damit wende ich mich ab und verlasse mit noch mehr Wut im Bauch als zuvor sein Haus.

Mein Verstand sagt, ich sollte nach Hause, um den Central Park laufen und eine Nacht über alles schlafen, den Kopf frei kriegen, die Wut und meine Enttäuschung abklingen lassen, bevor ich Dad zur Rede stelle. Denn ganz ehrlich: Ich weiß nicht, was passieren wird, wenn ich gleich aus seinem Mund höre, was ich von James bereits weiß. Meine Halsschlagader pocht, ist schon jetzt kurz vor dem Platzen. Es fehlt nicht mehr viel und ich explodiere. Aber das nehme ich in Kauf und hole Rubys Dossier sowie Moms Brief aus dem Safe meines Büros. Beides werde ich Dad vorlegen, ihn mit seinen Lügen konfrontieren und diese verfluchte Mauer des Schweigens niederreißen. Jetzt.

Bevor ich losfahre, lasse ich mir telefonisch von seiner Haushälterin bestätigen, dass Dad zu Hause ist, und stehe eine halbe Stunde später vor den Toren unserer Villa. Seit Moms Selbstmord war ich genau vier Mal hier. Anders als mein Bruder meide ich diesen Ort, weil er mich jedes Mal in einen Strudel aus Erinnerungen zerrt, in dem ich zu ertrinken drohe. Auf der Flucht vor Flashbacks, die mich jagen, ziehe ich das Tempo an, gehe schneller. Vorbei an hohen Hecken und dem Springbrunnen. Plötzlich ist Mom allgegenwärtig. Unter und über, rechts und links von mir. Auch in der Luft, die ich atme. Ihr vertrauter Jasminduft kriecht in meine Nase, strömt in jede Zelle meiner Lungen. Ihre sanfte Stimme dröhnt in meinem Kopf. Und mein

Herz ... Es fühlt sich an, als wären zentnerschwere Steine darin. Ich will das Gespräch mit Dad so schnell wie möglich hinter mich bringen. Dennoch braucht es zwei tiefe Atemzüge, bevor ich an der Tür angekommen die Klingel betätige, und drei weitere, bis mir Maria öffnet.

»Hallo Logan. Ihr Vater erwartet ...«

Ich lasse sie stehen und marschiere an ihr vorbei, geradewegs zum anderen Flügel des Hauses, wo ich sein Arbeitszimmer ansteuere. Hier vermute ich ihn an einem Sonntagnachmittag am ehesten. Weil er wie ich ein Workaholic ist – mehr will ich nach allem, was ich heute erfahren habe, nicht mit ihm gemeinsam haben.

Ohne zu klopfen, reiße ich die Tür auf und finde ihn wie erwartet an seinem Pult vor.

»Logan. Mein Junge.« Er schiebt seine Brille ein Stück von der Nase, als könnte er mich nun besser sehen. »Maria hat deinen Spontanbesuch angekündigt. Was verschafft mir die ...?« Dass er nicht weiterspricht, muss wohl an meinem Gesichtsausdruck liegen. Ich gebe mir keine Mühe, zu verbergen, wie verdammt angepisst ich bin, und trete an seinen Schreibtisch.

»Was ist passiert?«, will er wissen und wirkt tatsächlich ahnungslos; James scheint ihn entgegen meiner Erwartung nicht vorgewarnt zu haben. Mein Vater nimmt die Brille ab und erhebt sich von seinem Chefsessel. Echte Sorge lässt sein Gesicht um zehn Jahre altern.

Statt zu antworten, knalle ich ihm Rubys Dossier auf den Schreibtisch – Moms Brief behalte ich noch bei mir – und sehe ihn herausfordernd an.

»Was ist das?«, fragt er irritiert, schlägt die ersten Seiten auf und erstarrt. »Woher hast du das?«

»Dann ist es also wahr?«

Als er zu mir aufblickt, flackert Unsicherheit in seinen

graublauen Augen auf, die hinter einem Pokerface, das er vermutlich im Laufe seiner politischen Laufbahn perfektioniert hat, verschwindet. »Wovon sprichst du?«

»Davon, dass Mom einen Unfall verursacht hat, bei dem die Familie von Ruby Bennett, der Frau auf dem Foto, getötet wurde. Und statt einen Krankenwagen und die Polizei zu rufen, ist sie abgehauen, Dad. Du hast all die Jahre davon gewusst und dabei zugesehen, wie Mom an ihren Schuldgefühlen zugrunde ging.«

»Wer hat dir denn dieses Schauermärchen erzählt?«, fragt er und lässt ein spöttisches Lachen hören, das jedoch verstummt, als ich mit »James« antworte.

»Was genau hat er dir erzählt?« Endlich habe ich seine Aufmerksamkeit und beschließe, ihn mit einem Bluff aus der Reserve zu locken.

»Dass du Mom überredet hast, den Unfall nicht zu melden.«

»Dieser Idiot«, zischt Dad und schüttelt fassungslos den Kopf, während ich ungläubig den Mann anstarre, der Mom in den Selbstmord getrieben hat.

»Was bist du nur für ein gottverdammtes Arschloch?«

Er fährt sich übers Gesicht, lockert seine Krawatte und atmet aus, als müsste er Ballast loswerden. »Wie bist du darauf gekommen?«, will er ungerührt wissen.

Ich hole Moms Brief heraus, halte ihn vor seine Nase. »In ihrem Abschiedsbrief hat sie mich darum gebeten, ihre monatlichen Zahlungen an Ruby Bennett fortzuführen.«

Seine Augen weiten sich, er reißt ihn mir aus der Hand. »Bitte was? Seit wann und in welcher Höhe?«

»Ist das wirklich alles, was dich beschäftigt?«, fahre ich ihn an und nehme das Schriftstück wieder an mich. »Wie viel von deiner beschissenen Kohle Ruby bekommen hat? Geld, das ihr in vielfacher Höhe zugesprochen worden wäre, wenn die Sache vor Gericht gegangen wäre? Sie war vierzehn, verflucht! Vierzehn! Sie war noch ein Kind, das von jetzt auf gleich fast ihre ganze Familie verloren hat. Hat dich denn gar nicht interessiert, was aus ihr wird? Ob sie und ihre Gran klarkommen?«

Dads Augenbraue wandert in die Höhe. »Du kennst sie?«, fragt er. »Hast du Kontakt zu ihr aufgenommen? Weiß sie etwa, wer du bist?«

»Und was, wenn es so wäre?«, antworte ich ausweichend. Mein Kontakt zu Ruby geht ihn einen feuchten Dreck an und spielt ohnehin keine Rolle mehr. Keine Beziehung der Welt kann so was überleben. Diesen Kampf brauche ich gar nicht erst anzutreten.

»Herrgott noch mal, Logan!« Aufgebracht fährt er sich durchs graumelierte Haar. »Hast du auch nur die leiseste Ahnung, was du damit lostreten könntest? All meine Bemühungen, diese Sache nicht ans Licht kommen zu lassen, sind ...«

»Diese Sache?«, presse ich hervor und spüre, wie Wut mein Blut zum Kochen bringt. »Diese Sache hat drei Menschen das Leben gekostet und Mom in den Selbstmord getrieben!«

»Niemandem wäre geholfen gewesen, wenn Claire sich gestellt hätte. Die Presse hätte uns durch den Fleischwolf gejagt. Das wollte ich uns allen ersparen.«

»Nein!«, platzt es lautstark aus mir heraus. »Das wolltest du *dir* ersparen. Es ging um *dich*. Um *deine* politische Karriere. Um *dein* Ansehen. Du hattest Angst, all das zu verlieren. Mom ... wir waren dir doch scheißegal!«, brülle ich, worauf Stille folgt, in der man nur noch unseren Atem hört. Meiner geht schwerer als seiner.

»Sie litt an schweren Depressionen, Logan«, bricht er die Stille.

»Vor oder nachdem du sie zur Fahrerflucht überredet hast?«

»Woher hätte ich denn wissen sollen, dass sie sich umbringt? Ich habe eure Mutter für stärker gehalten. Aber sie war offensichtlich zu schwach, um zu tun, was nötig ist, um eine Familie zusammenzuhalten.«

Mein Kiefer spannt sich an. »Wag es ja nicht, sie jetzt auch noch durch den Dreck zu ziehen.«

»Sie hat uns verlassen, Logan. Wegen einer Sache, die nicht mehr zu ändern war. Die Familie dieser Kleinen verstarb bereits am Unfallort. Ein Schuldeingeständnis hätte sie nicht wieder auferstehen lassen.«

»Halt. Deinen. Verdammten. Mund!«, presse ich hervor, die Hand zu einer Faust geballt, in der es bedrohlich kribbelt.

»Ich verstehe, dass du Claire in Schutz nehmen willst. Aber sieh den Tatsachen ins Auge. Sie hat dich und Max im Stich gelassen. Welche gute Mutter tut so was?«

Es ist der letzte Satz, der mich die Kontrolle verlieren und zum Schlag ausholen lässt. Doch eine andere Faust kommt meiner zuvor und befördert Dad zu Boden. Es ist die meines Bruders, der mit wutverzerrtem Gesicht und schwer atmend neben mir steht. Er muss das Gespräch unbemerkt mitgehört haben und blickt voller Hass auf unseren Dad hinunter, der es tatsächlich wagt, mit ausgestrecktem Arm und blutender Lippe um Hilfe zu winseln. Ich gebe ihm, was er verdient, helfe ihm auf und befördere ihn mit einem weiteren Schlag an den Ort zurück, wo Dreck wie er hingehört: auf den Boden. Sein Stöhnen ignorierend, wende ich mich meinem Bruder zu, dem ich die eine oder andere Erklärung schulde.

»Max, ich ...«

Er stößt mich so hart von sich, dass ich nach hinten taumele und fast die Balance verliere.

»Ich hab davon doch selbst erst heute erfahren«, mache ich ihm klar.

»Von Moms Abschiedsbrief weißt du aber schon, seit sie tot ist, oder?«

Ich schlucke und lasse zu, dass er mir diesen aus der Hand reißt. »Wenn du ihn liest, wirst du verstehen, warum ich dir nichts von ihm erzählen konnte.«

»Nein, Logan. Das werde ich nicht verstehen. Weil ich dir so was Wichtiges niemals verschwiegen hätte.« Sein Blick ist voller Verachtung, Enttäuschung und Schmerz, den er wie ich gerade erneut durchlebt. »Du bist für mich genauso gestorben wie Dad!«

Ich folge ihm aus dem Büro und aus der Villa. Erst an seinem Wagen, der neben meinem in der Einfahrt parkt, hole ich ihn ein.

»Max, warte. Lass mich …«

»Fick dich, Logan!«, ist alles, was er sagt, bevor er in sein Auto steigt und davonfährt.

RUBY

Bleibt es bei unserem Sushidate um 20 Uhr? 18:30

Dies war bereits die fünfte Nachricht in Folge an Logan, von dem ich nichts mehr gehört habe, seit wir uns am Sonntag verabschiedet haben. Es kamen weder die üblichen Guten-Morgen- noch obligatorischen Schlaf-gut-SMS und die von eben hat er eine Stunde später immer noch nicht beantwortet. Sorge kriecht meine Magenwände hoch und bringt mich dazu, schon wieder seine Nummer zu wählen. Ohne Erfolg, weil ich auch diesmal nur seine Mailbox dran habe. In dem Irrglauben, er würde sie abhören und sich innerhalb der nächsten dreißig Minuten melden, spreche ich ihm aufs Band und warte.

Inzwischen ist es kurz nach acht. Er hätte also vor elf Minuten an meiner Tür klingeln müssen, obwohl er normalerweise sogar überpünktlich und mindestens eine Viertelstunde zu früh dran ist.

Wo bleibt er nur?

Wieso sagt er nicht ab, wenn ihm was dazwischen gekommen ist?

Oder kann er das vielleicht gar nicht, weil ihm was zugestoßen ist?

Kopfschüttelnd verscheuche ich diesen finsteren Gedanken und versuche, mich zu beruhigen. Das Telefon halte ich fest in der Hand und schalte den Fernseher an. Ich zappe wahllos die Programme rauf und runter und rede mir ein, mich dadurch ablenken zu können. Gleiches gilt für den Tee, den ich mir aufbrühe und nicht trinke, weil ich nichts herunterbekomme. Der Kloß in meinem Hals wird von Minute zu Minute größer und die Schreckensszenarien in meinem Kopf gruseliger. Ich vertreibe sie, doch sie kehren zurück und brennen sich nur noch tiefer in mein Gehirn.

Verdammt, Logan! Warum meldest du dich nicht?

Irgendwas stimmt nicht, das spüre ich. In meiner Brust macht sich genau das gleiche ungute Gefühl wie damals breit. Damals, als ich mit Gran zu Hause auf Mom, Dad und Liz gewartet habe. Es vergingen Stunden, bis es an der Tür klingelte und Grans Beine nachgaben, als man ihr mitteilte, dass es einen Unfall gegeben habe, bei dem sie alle ums Leben gekommen seien.

Ein Schauer durchzuckt mich und ich löse meine Faust, in der sich mein Handy befindet, um zum hundertsten Mal einen Blick auf das Display zu werfen. Kein Anruf. Keine SMS – und es ist bald neun. Tränen brennen mir in den Augen, als ich seine Nummer wähle. Zum wievielten Mal weiß ich nicht, aber ich versuche es wieder und wieder, ohne Erfolg. Auch nicht in der Firma.

»Bitte, Logan!«, flehe ich vor dem nächsten Anruf, habe aber erneut nur die Mailbox dran. Angst legt sich wie eine eisige Faust um meinen Magen und drückt zu.

»Tu mir das nicht an«, flüstere ich in meine zitternde Hand und zwinge mich, nicht panisch zu werden.

Stattdessen rufe ich bei Akira an, um in Erfahrung zu bringen, ob Logan bereits bei ihm war. Keine Ahnung, welche Antwort ich mir wünschen soll. Bei mir ist Logan trotzdem nicht, ganz gleich, was Akira jetzt sagen wird.

»Logan? Nein, der war nicht da«, entgegnet er und Übelkeit steigt in mir auf.

»Angerufen, um was zu bestellen, hat er auch nicht?« Meine Stimme bebt.

»Nein.«

»Okay.« Ich atme unsicher aus. »Danke.«

»Ist alles in Ordnung, Ruby?«

»Ja«, lüge ich und höre selbst, dass ich nicht sonderlich überzeugend klinge.

»Soll ich mich bei dir melden, wenn er doch noch kommt?«

Ich weiß genau, dass das nicht passieren wird, antworte aber dennoch mit: »Ja, das wäre nett.«

Dann lege ich auf, schließe die Augen und presse mein Telefon fest gegen mein Herz, das sich schmerzerfüllt zusammenzieht. Panik, die meine Knochen hochklettert, entlädt sich nun auch in heißen Tränen, die ich vor lauter Anspannung nicht mehr zurückhalten kann.

Denn ich ahne ... nein, ich weiß, dass ihm was passiert

sein muss. Logan ist der zuverlässigste Mann, den ich kenne. Er würde mich nicht warten oder gar sitzen lassen, ohne was zu sagen. Ihm muss etwas zugestoßen sein. Vielleicht ein Autounfall. So wie damals vor zwölf Jahren. Mir fehlt der Optimismus, um auszuschließen, dass das Schicksal seine Klauen ein zweites Mal in die Wunde rammt und mir ein Stück von meinem Herz rausreißt. Denn genauso fühlt sich die Vorstellung, dass Logan tot sein könnte, an.

»Bitte, bitte. Tu mir das nicht an. Nicht schon wieder«, wispere ich und wische mir Tränen von den Wangen. Ich brauche jemanden, der mir sagt, dass alles gut wird, dass ich mich nur verrückt mache, dass Logan jeden Moment klingelt und mich in den Arm nimmt. Ich brauche positive Gedanken, weil mich meine sonst auffressen. Daher rappele ich mich vom Sofa auf und verlasse im Bademantel und mit dem Telefon in der Hand meine Wohnung. Barfuß tapse ich zu meiner Gran und klingele. Als Thelma wenig später aufmacht, sieht sie mich erschrocken an.

»Gott, Kind. Was ist denn los?«

»Logan. Er ... er sollte vor anderthalb Stunden hier sein. Und ... ich erreiche ihn nicht. Sein Handy ist aus. Er ... schreibt mir nicht zurück. Schon seit vorgestern«, antworte ich unter Tränen, die ich mir von den Lippen lecke.

Ich sehe, dass Thelma schluckt. Ihr sanftmütiges Lächeln erreicht ihre Augen nicht. »Aber Schätzchen, das muss doch nichts heißen.« Sie nimmt meine Hand, führt mich in ihre Wohnung und schließt die Tür hinter uns.

Auf ihrem Sofa nehmen wir Platz. Sie gibt mir ein Taschentuch und streicht mir so lange übers Haar, bis keine Tränen mehr kommen.

»Wann hast du denn das letzte Mal versucht, ihn anzurufen?«, will sie wissen und ich kann sie ganz genau hören.

Die Sorge in ihrer Stimme. Doch Thelma will sie nicht zeigen und stark sein. Meinetwegen. Für mich. Und es hilft. Es hilft mir zumindest, nicht komplett durchzudrehen, und bringt mich plötzlich auf eine Idee, die mir in meiner Panik nicht gekommen ist.

Meg.

Ich könnte Meg anrufen. Sie weiß vielleicht mehr oder wenigstens, wo ich ihn erreiche, wenn sein Handy aus ist. Am Samstag hat sie mir ihre Nummer gegeben und vorgeschlagen, mal gemeinsam auszugehen.

Ohne Gran zu antworten, wähle ich mit wild klopfendem Herzen ihre Nummer. Sie wird hören, dass ich geheult habe, aber das ist mir egal. Nach dem zweiten Freizeichen hebt sie bereits ab.

»Meghan Coleman?«

»Hi Meg, hier ... hier ist Ruby ...«

ZWANZIG

LOGAN

Ich fühle mich wie das größte Arschloch, das die Welt je gesehen hat. Denn statt wie verabredet um acht bei Ruby zu sein, starre ich den verschlossenen Whiskey vor mir auf dem Beistelltisch an. Es wäre so verflucht einfach, die Flasche zu exen und den ganzen Scheiß, der seit Sonntagnachmittag meinen Kopf fickt, für ein paar Stunden zu vergessen.

Ich könnte vergessen, dass Dad ein manipulatives Dreckschwein ist und Mom auf dem Gewissen hat. Ich könnte vergessen, dass Max, der mich in der Firma nicht mit dem Arsch anguckt, für sehr lange Zeit kein Wort mit mir reden wird. Ich könnte vergessen, dass Mom die Familie der Frau umgebracht hat, mit der ich mir eine Beziehung, eine Zukunft aufbauen wollte. Aber vor allem könnte ich vergessen, dass mich Ruby zum Teufel jagen wird, sobald sie erfährt, was meine Familie ihrer angetan hat. Und weil ich es einfach nicht fertigbringe, Ruby unter die Augen zu treten, gehe ich den feigen Weg des Arschlochs und ignoriere sie, zögere den Moment der Wahrheit, das endgültige Aus unserer Beziehung hinaus. Gut möglich, dass sie mich längst abgeschrieben hat. Vielleicht sogar per SMS, die ich nur noch nicht lesen konnte, weil ich mein Telefon ausgestellt habe. Ich will nichts hören, nichts sehen und …

Wer zur Hölle klingelt denn da Sturm? Was soll der Scheiß? Ich hatte den Portier doch ausdrücklich gebeten, keinen Besuch hoch zu lassen, und stoße genervt den Atem aus. Denn wer auch immer da gerade schellt ist verdammt hartnäckig und …

Fuck!

Was, wenn es Ruby ist?

Allein bei dem Gedanken, mich ihr jetzt stellen zu müssen, zieht sich mein Magen zusammen. Mein Herzschlag hat sich nicht verdoppelt, sondern verzehnfacht.

Was sage ich ihr?

Wie sage ich es ihr?

Ich stehe auf, will ihr nicht öffnen – aber ich muss. Mich tot zu stellen und sie im Dunkeln wieder mit der Bahn nach Hause fahren zu lassen, bringe ich nicht fertig. Ob es mir passt oder nicht, da muss ich jetzt wohl irgendwie durch, hole tief Luft und höre keine Sekunde später, wie meine Wohnungstür aufgeschlossen wird.

Meg.

Außer mir ist sie die Einzige, die einen Schlüssel besitzt. Für Notfälle. Aus irgendeinem Grund scheint sie zu glauben, dass hier einer vorliegt, und betritt jetzt mein Apartment.

Verdammt, die hatte ich ja gar nicht auf dem Schirm und nehme im ersten Moment der Erleichterung wieder Platz. Im nächsten Moment geht mir ihr Spontanbesuch jedoch gehörig auf den Sack.

Ihre Schritte kommen näher. »Logan? Bist du da?«

»Nein!«, antworte ich angepisst, lasse mich rückwärts gegen die Sofalehne fallen und schließe genervt die Augen. Megs neugierige Fragen sind wirklich das Letzte, was ich jetzt gebrauchen kann.

»Gott sei Dank. Dir geht's gut«, dringt ihre erleichterte Stimme an meine Ohren. Ich spüre, wie das Polster neben mir nachgibt, als sie sich setzt.

»Dir geht es doch gut, oder?«

»Ich lebe. Du kannst wieder gehen.«

Für meine Antwort kassiere ich einen Boxhieb gegen meinen Oberarm. »Was soll dieser Zynismus? Ich dachte echt, du liegst mit einem Infarkt oder Schlaganfall hier rum, halb vergammelt. Seit Tagen bist du nicht erreichbar und reagierst weder auf meine Nachrichten noch auf die deiner Freundin.«

Ich werde hellhörig und öffne die Augen.

»Was machst du überhaupt hier? Solltest du nicht bei Ruby sein? Die hat mich gerade total aufgelöst angerufen und ist verrückt vor Sorge um dich. Habt ihr euch gestritten?«

»Unser Treffen fällt aus«, antworte ich und ignoriere den unangenehmen Stich in meiner Brust.

»Davon scheint Ruby aber nichts mitbekommen zu haben.«

Statt zu antworten, greife ich nun doch nach der Whiskeyflasche, die Meg mir sofort wegnimmt.

»Logan!«, stößt sie empört hervor. »Was soll denn das hier werden? Wie viel hast du schon getrunken?«

»Nichts. Ich wollte gerade damit anfangen.«

»Das lässt du schön bleiben und wählst jetzt verdammt noch mal Rubys Nummer, um dich bei ihr zu entschuldigen.«

»Es gibt Dinge, für die kann man sich nicht entschuldigen«, sage ich eher zu mir selbst als zu Meg.

»Was denn für Dinge? Was hast du getan?« Ihr Blick verfinstert sich. »O Gott, hast du etwa Scheiße gebaut und bist ...«

»Nein. Glaub mir, damit könnte ich sogar besser leben als mit ...«

»Was?«, bohrt Meg, weil ich den Satz nicht beende. Große blaue Augen sehen mir fragend ins Gesicht.

»Nichts. Vergiss es.«

Meg seufzt. »Okay gut. Du willst mir nicht sagen, was los ist. Aber dann hör wenigstens auf, dich wie ein Arsch zu benehmen, und melde dich bei Ruby. Damit sie weiß, dass es dir gut geht, dass du noch lebst. Sie ist völlig fertig deinetwegen. Offenbar hat sie keine Ahnung von deiner ... deiner Midlife-Crisis, oder was auch immer du hier gerade durchmachst.« Verständnislos schüttelt Meg den Kopf. »Ich kapier das alles nicht. Noch vor wenigen Tagen auf meiner Party wart ihr *das* Paar, ihr saht so glücklich aus. *Du* sahst so glücklich aus. So habe ich dich noch mit keiner Frau erlebt. Ich dachte, zwischen euch sei alles okay.«

»Tja, das dachte ich auch.« Zu hören, wie schlecht es Ruby geht, fühlt sich an, als würde jemand durch meine Eingeweide wühlen. Einfach nur beschissen. Ich hasse es, für ihren Schmerz verantwortlich zu sein. Doch der ist nichts, verglichen mit dem, was sie durchleben wird, wenn sie die Wahrheit erfährt. Ich kann ihr das nicht antun, verdammt. Ich kann es einfach nicht. Nicht heute. Seufzend stehe ich auf, gehe zum Fenster und fahre mir durchs Haar. Ratlos. Machtlos.

Was bin ich nur für ein feiger Mistkerl?

»Sag mir doch einfach, was passiert ist, Logan. Vielleicht kann ich helfen.«

Ich lasse ein spöttisches, leicht apathisch klingendes Lachen hören. »Ich liege seit drei verdammten Tagen wach. Du willst mir helfen? Dann verschreib mir ein paar dieser Wunderpillen von damals, damit ich endlich mal wieder pennen kann.«

Meg steht nun neben mir, streicht über meinen Rücken und sieht mich von der Seite an. »Ich bin als deine Freundin hier. Nicht als Therapeutin. Rede mit mir, Logan. Allmählich machst du mir nämlich echt Angst.«

Abwägend begegne ich ihrem besorgten Blick.

»Bitte«, fleht sie. »Auch wenn ich dir vielleicht nicht den ultimativen Rat geben kann, um dein Problem zu lösen, aber glaub mir. Du wirst dich danach besser fühlen.«

Sie könnte recht haben. Hat sie vermutlich auch. Immerhin verdient sie ihr Geld mit Leuten, die sich bei ihr auskotzen. Sollte ich vielleicht auch mal wieder. Ich spüre nämlich, wie es mich von Stunde zu Stunde innerlich noch mehr auffrisst, den ganzen Scheiß mit mir selbst auszumachen. Mir platzt noch der Schädel, weil sich mein Kopf anfühlt, als wäre darin ein verfluchter Presslufthammer. Da helfen auch nicht die Kopfschmerztabletten, die ich seit Sonntag einwerfe. Was habe ich schon zu verlieren? Die Bombe ist eh geplatzt und hat mein Leben in Schutt und Asche gelegt. »Du willst also wirklich wissen, was los ist?«, frage ich und hebe warnend eine Augenbraue.

»Ja.«

Ich gehe zum Beistelltisch, winke Meg zu mir, öffne den Whiskey und fülle das Glas.

»Nimm Platz«, sage ich und reiche ihr den Drink. »Den wirst du brauchen. Glaub mir.«

»Scheiße!«, ist alles, was von Meg kommt, nachdem ich ihr alles erzählt habe. Sie greift nach der Flasche und schenkt sich erneut ein. Das erste Glas hat sie während des Zuhörens geleert und trinkt auch dieses in einem Zug aus. »Ich hab ja schon Einiges gehört, aber das hier ist ...« Sie schüttelt ungläubig den Kopf. »O Mann!«

»Hab ich dir zu viel versprochen?«

»Nein, aber ...« Sie stellt ihr Glas auf den Beistelltisch und legt ihre Hand auf die Öffnung, als auch ich mir was einschenken will. »Nein, Logan. Du setzt dich jetzt lieber sofort in dein Auto und fährst zu Ruby. Sie muss es erfahren. Sie muss es von dir erfahren! Darauf hat sie ein Anrecht.«

»Glaubst du, das weiß ich nicht? Glaubst du, es macht mir Spaß, hier zu sitzen, während sie zu Hause seit fast zwei Stunden auf mich wartet und total fertig ist? Dabei hatte ich gehofft, sie würde mich verfluchen und abschreiben, wenn ich sie wortlos versetze.«

Meg verzieht das Gesicht. »Das bezweckst du also mit dieser Nummer? Was ist denn das für eine bekloppte Strategie?«

»Eine andere hab ich gerade nicht«, rechtfertige ich mein asoziales Verhalten Ruby gegenüber und reibe mir die Schläfe.

»Wie wäre es mit der *Ich-spiele-mit-offenen-Karten-Strategie?*«

»Nein.«

»Warum nicht?«

»Weil ich nicht kann, okay?« Ich stehe auf, gehe rastlos vor Meg auf und ab. »Ich bin noch nicht bereit dazu.«

»Was kannst du nicht, Logan? Wozu bist du nicht bereit?«

»Ruby endgültig und unwiderruflich zu verlieren, verflucht!«, platzt es lauter als beabsichtigt aus mir heraus. Tief Luft holend ringe ich um Fassung, bleibe vor ihr stehen und fahre in halbwegs normaler Stimmlage fort: »Wenn ich jetzt zu ihr gehe, wird genau das passieren. Ich habe innerhalb von drei verfluchten Tagen zwei Menschen verloren, die ich liebe: Dad, aber auf den scheiße ich, und Max, der jetzt auf mich scheißt. Verstehst du? Ich ... ich kann nicht auch noch Ruby verlieren. Nicht heute. Und mir ist egal, ob das in deinem Therapeutenhirn Sinn macht oder nicht, Meg!«

Sie erhebt sich vom Sofa, legt mir beide Hände auf die Schultern und sieht verständnisvoll zu mir hoch. »Du irrst dich, Logan. Ich verstehe jeden einzelnen Punkt. Du hast vor wenigen Tagen erfahren, dass deine Mutter schuld am Tod der Familie deiner Freundin ist und von deinem Vater so lange überredet wurde zu schweigen, bis sie sich wegen ihres schlechten Gewissens das Leben nahm. Du stehst vermutlich immer noch unter Schock. Dein Leben ist komplett verwüstet worden. Und jetzt klammerst du dich verzweifelt an die deiner Meinung nach einzige verbliebene Konstante. Dem Guten in deinem Leben. Und das ist Ruby. Aber, Logan, wenn du sie halten willst, dann musst du mit ihr reden.« Ihr eindringlicher Blick bohrt sich in meinen. »Und zwar jetzt. Du liebst sie und sie liebt dich. Ihr habt eine echte Chance. Aber die musst du auch nutzen und Ruby von Anfang bis Ende alles erzählen. Und das sage ich dir jetzt nicht als Therapeutin, sondern als Frau, die sich von dem Mann, mit dem sie eine Beziehung führt, absolute Ehrlichkeit wünschen würde.«

Ich schlucke so hart, dass es wehtut. »Sie wird mich hassen, Meg.«

»Und sie wird vermutlich ihre ganze Wut und Trauer auf dich projizieren. Sie wird dich wahrscheinlich auch anschreien und wegschicken. Aber wenn du gar nichts sagst und sie die Wahrheit Tage später von dir oder sogar jemand anderem erfährt, wird sie dich nicht nur kurzfristig, sondern ihr ganzes Leben lang verfluchen.«

Ich weiß, dass Meg recht hat. Mit allem. Ich hätte schon am Sonntag mit Ruby sprechen müssen, auch das ist mir bewusst.

»Fahr zu ihr. Jetzt.«

Ich nicke.

Meg zieht mich in eine Umarmung, die ich genauso fest erwidere. »Du schaffst das. Ihr schafft das«, flüstert sie und ist da sehr viel optimistischer als ich. Denn als ich fünf Minuten später in meinem Auto sitze, fühlt es sich an, als wäre ich drauf und dran, eine verdammte Handgranate in Rubys Herz zu werfen.

RUBY

Es ist kurz nach elf, als ich durch Grans Fenster sehe, wie Logan seinen Wagen gegenüber vom Haus parkt. Ich atme aus, als hätte ich drei Stunden die Luft angehalten. Ein ganzes Gebirge fällt von meinem Herzen und alle Dämme brechen. Tränen strömen heiß über mein Gesicht. Vor

Erleichterung und Dankbarkeit, dass ihm nichts passiert ist, aber auch vor Wut, weil er mich hat warten lassen. Schluchzend fahre ich herum und renne meine Gran fast über den Haufen.

»Tschuldigung.«

»Schon gut, mein Kind. Los! Geh zu ihm«, höre ich sie sagen und eile zur Wohnungstür. Ich reiße sie auf und halte den Türöffner gedrückt, bis ein Surren erklingt und Logan im Hausflur steht. Schwer atmend und übernächtigt. Denn seine Augenringe reichen fast bis zu den Wangenknochen. Aber Müdigkeit ist kein Grund, mir so einen Schrecken einzujagen. Dieser steckt mir noch so tief in den Knochen, dass sich meine Beine ganz wacklig anfühlen, als ich die wenigen Stufen nach unten nehme und mit den Fäusten auf ihn losgehe.

»Wo warst du?«, fahre ich ihn an. »Du bist drei Stunden zu spät. Drei verdammte Stunden! Ich hab versucht, dich anzurufen. Ich hab dir geschrieben. Ich hab sogar bei Akira und Meg angerufen, Logan. Verdammt, ich hab mir solche Sorgen gemacht.«

»Ich weiß und es tut mir leid.« Logan klingt, als hätte er Schmirgelpapier geschluckt, und lässt meine Hiebe einfach über sich ergehen. Ohne sie abzuwehren, als würde er sie verdienen. Vielleicht spürt er sie auch kaum.

»Nein, du weißt gar nichts!«, widerspreche ich mit bebendem Kinn. »Ich bin hier durchgedreht vor Sorge! Ich dachte, du hättest einen Unfall, seist tot. Ich ... ich dachte, ich sehe dich nie wieder.«

Wie Trommelschlägel prallen meine Fäuste gegen seinen Körper.

»Du ... du kennst meine Ängste. Wieso hast du nicht angerufen oder geschrieben? Wieso tust du mir das an? Warum jagst du mir so einen Schrecken ein? Scheiße,

Logan! Ich ...« Meinen nächsten Schlag fängt er ab und umschließt meine Handgelenke, als ich mich losreißen will. Er zieht mich in seine Arme und presst mich so fest an sich, dass meine Versuche, ihn von mir zu schieben, fehlschlagen.

»Sch... sch...«, besänftigt er mich und legt meinen Kopf an seine Brust, in der sein Herz pocht, als wäre er den ganzen Weg zu mir gejoggt. Weich und warm spüre ich seine Lippen an meiner Schläfe, an der er murmelt: »Es tut mir so leid. Bitte beruhige dich.«

»Ich hatte solche Angst, du Arsch!«, schluchze ich und weine nun leise in seinen Pulli, lasse alle Anspannung heraus.

»Sch... Verzeih mir. Das wollte ich nicht. Sch... Sch...«

Logans gehauchte Worte, die Wärme seines großen Körpers, sein Geruch ... Die Nähe zu ihm. All das löst meine Panik allmählich in Luft auf. Erschöpft von der ganzen Aufregung, umklammere ich auf Zehenspitzen seinen Nacken, kralle mich in sein Haar, will am liebsten in ihn reinkriechen. Jetzt, da ich ihn wiederhabe. Unversehrt.

»Lass uns nach oben gehen«, sagt Logan rau und der Boden verschwindet unter meinen nackten Füßen. Mit mir im Arm nimmt er Stufe für Stufe und entlässt mich, vor der Tür angekommen, vorsichtig in den Stand. Ich hole meinen Schlüssel aus der Bademanteltasche und schließe auf. Logan folgt mir ins Wohnzimmer, wo ich mich zu ihm umdrehe. Inzwischen habe ich meine Hysterie bis auf ein leichtes Zittern meiner Hände überwunden und möchte nun endlich erfahren, warum er mich ohne ein Wort so lange hat warten lassen. »Wieso hast du dich nicht gemeldet oder bist an dein Handy gegangen? Was war los?«

Keine Antwort. Nur sein Brustkorb, der sich zu einem beunruhigend tiefen Atemzug dehnt.

»Logan?«

»Ruby, ich … ich muss mit dir reden.« Die Eindringlichkeit und Intensität seines Blickes, der unruhig über mein Gesicht wandert, lässt mich trocken schlucken.

»Ist was passiert?«

Er nickt und sieht mich an, als plagten ihn fürchterliche Schmerzen.

Neuerliche Angst und Sorge breiten sich in mir aus.

Will er Schluss machen?

Hat er sich deshalb seit Sonntag nicht gemeldet und ist jetzt drei Stunden später hier, um mir mitzuteilen, dass er mich doch nicht will?

Ihn all das zu fragen, traue ich mich nicht. »Ist es was Schlimmes?«, will ich stattdessen wissen.

»Setz dich, Ruby. Bitte.« Er deutet auf das Sofa hinter uns, auf dem ich Platz nehme. Dass er nicht neben mich kommt, sondern vor mir in die Hocke geht, lässt mich unsicher Luft holen.

»Was … was ist los, Logan?«

»Wie du ja weißt, hat meine Mutter sich das Leben genommen«, beginnt er und irritiert mich damit.

»Ja.«

»Ich hab dir nie erzählt, dass sie mir einen Abschiedsbrief hinterlassen hat.«

Worauf will er hinaus? »Nein, hast du nicht.«

»In ihrem Abschiedsbrief steht, dass …« Logan schließt die Augen, als müsste er sich sammeln. Als er sie wieder öffnet, erkenne ich Dinge darin, die ich nicht begreife. Reue? Schuld? Bedauern? Angst? Scham? Panik? So hat er mich noch nie angesehen und ist jetzt kreidebleich. »Du musst mir versprechen, mich ausreden zu lassen, okay?«

Ohne zu wissen, ob ich mein Wort werde halten können, nicke ich und habe das Gefühl, gleich vor Anspannung zu platzen.

Logan räuspert sich. »In dem Brief stand, dass sie sich aus Schuldgefühlen das Leben genommen hat. Wegen eines ... Unfalls.«

»Was denn für ein Unfall?«

»Einem Autounfall, bei dem ...« Tief Luft holend unterbricht er sich selbst.

»Bei dem was?«, hake ich nach und spüre, wie sich alles in mir verkrampft. Er antwortet nicht. »Bei dem was, Logan?«

»Bei dem drei Menschen ums Leben kamen. Deine Mom, dein Dad und deine Schwester.«

»Was?«, frage ich, obwohl ich ihn klar und deutlich verstanden habe. Aber das, was er da sagt, ergibt einfach keinen Sinn. Weil ich nicht will, dass es einen Sinn ergibt.

»Meine Mutter ist verantwortlich für ... den Tod deiner Familie«, formuliert er den Satz neu und meine Augen weiten sich vor Entsetzen.

Ich schüttele mehrmals den Kopf. »Nein, Logan. Nein«, sage ich, als könnte ich seine Worte dadurch rückgängig machen. Worte, die wie ein Skalpell fein säuberlich all meine Narben wieder auftrennen und mir neue, tiefere Wunden zufügen. »Sag mir bitte, dass das nicht wahr ist«, flehe ich leise. »Bitte, sag mir ...« Sein Blick, der mich um Verzeihung bittet, lässt mich verstummen.

»Es tut mir leid, Ruby ... so unendlich leid«, flüstert er.

Mein Herz zieht sich so hart und fest zusammen, dass meine Brust schmerzt und meine Lunge wehtut. Lange, abgehackte Atemzüge gehen nun mit Tränen einher, die meine Sicht trüben. Als Logan nach meinen Händen greifen will, schrecke ich beinahe panisch zurück und krabbele mit den Füßen aufs Sofa. »Gott, wie konntest du mir das verschweigen?«, stoße ich erschüttert hervor.

»Ich hab es doch selbst nicht gewusst.«

»Du hast gerade gesagt, es habe in dem Brief gestanden.«

»Dass sie Schuldgefühle hatte. Aber nicht, aus welchem Grund. Ich schwöre, dass ich davon auch erst am Sonntag erfahren habe. Ich hätte es dir da schon sagen sollen, aber ich ... ich hatte keine Ahnung wie. Ich war überfordert, geschockt und ... bin es noch immer ... Scheiße, Ruby. Es ... tut mir so unfassbar leid.«

»Du hast nichts davon gewusst? Und das soll ich dir glauben?«, schreie ich ihn an. »Deine Mutter fährt meine Familie tot, verlässt den Unfallort, lässt sie sterbend zurück, sagt all die Jahre kein einziges verdammtes Wort. Und ich soll dir glauben, dass du von alldem nichts gewusst hast, als wir uns kennengelernt haben?« Mein Vertrauen in Logan und alles, was zwischen uns war, infrage zu stellen sowie diese ganze Unterhaltung schmerzt so sehr, dass ich sie am liebsten abbrechen und ihn rausschmeißen würde. Aber ich kann nicht. Nicht, bevor ich weiß, warum er mir das antut.

Eindringlich sieht er mir in die Augen. »Ich schwöre, dass ich nichts davon wusste.«

Weil ich ihm nicht glaube, schüttele ich den Kopf, den er trotz meines Protests zwischen seine großen Hände nimmt. »Ehrlich, Ruby. Ich kenne den Grund für den Selbstmord meiner Mutter erst seit Sonntag. In ihrem Abschiedsbrief hat sie mich gebeten, die monatlichen Zahlungen an dich fortzuführen. Anonym über unseren Anwalt.«

Gott, ich habe es geahnt. All die Jahre habe ich geahnt, dass die Schecks nicht von einer angeblich verstorbenen Großtante stammen. Es war Blutgeld. Geld, um Menschenleben aufzuwiegen. Geld, um das Gewissen jener Frau zu erleichtern, die meine Familie umgebracht hat. Ich habe es genommen, weil Gran und ich es brauchten. Erst als ich einen festen Job hatte, konnte ich darauf verzichten und komme mir plötzlich käuflich vor. Scham gesellt sich zu meiner Wut.

»Es war ihr letzter Wille, also hab ich ihn befolgt«, rechtfertigt sich Logan. »Ich habe nichts hinterfragt, weil ich zu sehr mit meiner Trauer beschäftigt war. Irgendwann, vor circa drei Monaten, erfuhr ich, dass diese Schecks nicht mehr eingelöst wurden, und wollte wissen warum. Ich kannte deinen Namen, wusste, wo du arbeitest, aber nicht, wer du bist oder in welcher Verbindung du zu meiner Mom stehst.«

»Du Arsch«, flüstere ich unter Tränen. Ich will seine Finger von meinem Gesicht lösen. Vergeblich.

»Bitte, Ruby! Hör mir zu!«

»Warum?« Ich schluchze so heftig, dass mein ganzer Körper bebt. »Da-damit ich mir anhören kann, dass d-du mich nur gevögelt u-und mir deine Gefühle vorgespielt hast, u-um herauszufinden, warum deine Mutter sich umgebracht hat?«

»Nein, verdammt! Damit ich dir sagen kann, dass ich vom ersten Augenblick an von dir, deiner Schlagfertigkeit, deinem Humor, deiner Klugheit und Schönheit fasziniert war. So sehr, dass ich dich unabhängig von meiner Mutter unbedingt näher kennenlernen wollte und mich ... in dich verliebt habe.« Logan atmet aus, als hätte er hundert Kilo gestemmt, und fährt mit gesenkter Stimme fort: »Du weißt, dass meine Gefühle immer echt waren und es nach wie vor sind. Du hast es gespürt, sonst hättest du dich mir niemals so geöffnet.«

Ich schließe die Augen, weil der Schmerz und die Verzweiflung in seinen mich jedes Wort aus seinem Mund glauben lassen. Aber ich will ihm nicht glauben. Ich will nicht, dass alles, was zwischen uns war, echt ist. Ich brauche einen Grund, um ihn zu hassen. Egal welchen. Denn für den Tod meiner Familie kann ich ihn nicht verantwortlich machen, weil er genauso unschuldig ist wie Mom, Dad und Liz.

»Ruby, sieh mich an«, fordert er. Seine sonst so feste Stimme klingt brüchig. »Ich bin noch der gleiche Mann, mit dem du vor Kurzem im Whirlpool gebadet hast. Der, dem du gesagt hast, dass Menschen sich lieber der Sonne zuwenden, statt in den Regen zu laufen. Ich bin hier ... trotz allem, und ich bleibe, wenn du mich lässt.«

Tief durchatmend fahre ich innerlich sämtliche Mauern hoch. Sie von seinem Blick, der mir bis tief unter die Haut geht, nicht erneut niederreißen zu lassen, als ich meine Augen wieder öffne, kostet mich meine ganze Selbstbeherrschung. »Deine Mom hat diesen Regen aber verursacht.«

»Ich bin aber nicht meine Mom.«

»Aber wenn ich dich anschaue ...« Ein Schluchzen unterdrückend löse ich seine Finger von meinen feuchten Wangen. »... dann ist alles, was ich sehe, wie *deine* Mutter *meine* Familie zum Sterben zurückgelassen hat, ohne Hilfe zu leisten oder zu holen. Ich hasse sie! Und ich wünschte, sie wäre damals anstelle meiner Familie gestorben.« Logans Kiefer spannt sich an. »Kannst du damit leben, dass ich so über einen Menschen denke, den du liebst? Ich kann es nicht. Und ich will auch nicht, dass du mit mir durch den Regen gehst. Ich möchte nicht, dass du bleibst, Logan.« Mich das sagen zu hören lässt meinen Körper an Stellen schmerzen, von denen ich ganz vergessen hatte, dass sie existieren. Logan sieht mich an, als hätte ich mit einem Messer sein Herz durchtrennt. Meines tut so verdammt weh, dass ich es am liebsten aus mir herausschneiden würde. Irgendwie schaffe ich es, mich aufzurappeln und zur Tür zu gehen. Keine Ahnung, wie meine Beine das überhaupt anstellen. Denn ich spüre sie kaum. Ich spüre nichts, bis auf die klaffende Wunde in meiner Brust – und Logans Hand, die meinen Unterarm umschließt, als er mich zu sich umdreht. Grob.

»Glaubst du eigentlich, dass du die Einzige bist, die unter alldem leidet?«, fährt er mich plötzlich an. »Glaubst du, nur du hast ein Recht darauf, verletzt, wütend und enttäuscht zu sein? Denn glaub mir, das bin ich auch. Meine Mutter war mein persönlicher Engel, meine Beschützerin. Sie war für mich das sanfteste, gutherzigste Wesen auf Erden. Und dann kam der Unfall und sie hat zum ersten Mal nicht auf ihr Herz, sondern auf meinen Vater, dieses Arschloch, gehört. Nur um einen Skandal zu vermeiden, der seine politische Karriere gefährden könnte, hat er meine Mom zum Schweigen gebracht, bis sie sich, zerfressen von Schuldgefühlen, das Leben genommen hat. Du hast allen Grund, sie zu hassen, aber ich kenne tausend, aus denen ich sie trotz dieses schrecklichen Unfalls und ihrer fatalen Entscheidung für immer lieben werde.« Hart schluckend unterbricht Logan sich selbst. »Und jetzt verrate ich dir, was ich sehe, wenn ich dich anschaue.« Mit der Hand unter meinem bebenden Kinn zwingt er mich, seinem intensiven Blick standzuhalten. »Ich sehe das einzig Gute, das aus diesem gottverdammten Sonntag vor zwölf Jahren entsprungen ist. Ich sehe Hoffnung, die ich längst begraben hatte. Und ich sehe so verdammt viel Schmerz, den wir gemeinsam lindern könnten. Verdammt, Ruby!«, stößt er verzweifelt hervor und presst seine Stirn gegen meine. »Ich will dich nicht verlieren!«

Logans Worte haben den um mich errichteten Schutzwall zum Bröckeln gebracht. Ich wünschte wirklich, ich könnte sehen, was er sieht. Weil er recht hat. Theoretisch.

Praktisch schwirrt mir jedoch gerade der Kopf, und ihn um mich zu haben zerrt viel zu sehr an meinem kaputten Herzen. Deshalb stemme ich meine Hände gegen Logans Brust und flüstere: »Geh jetzt bitte.«

Er schluckt. »Für immer?«

»Ich ... ich weiß nicht, wie viel Zeit ich brauche«, antworte ich ausweichend, weil ich die Vorstellung, ihn nie wieder zu sehen, genauso wenig ertrage wie jetzt seine Nähe.

»Okay.«

Ich öffne mit zittriger Hand die Tür, höre, wie wir beide ganz tief Luft holen. Meinen Blick richte ich nach unten. Tränen tropfen auf meine Füße, an denen Logan jetzt vorbeigeht.

»Pass bitte auf dich auf«, sagt er rau und drückt mir einen Kuss aufs Haar, der mich die Augen einen Moment lang schließen lässt. Als ich meine Lider einen schmerzvollen Herzschlag später wieder öffne, ist er fort ...

EINUNDZWANZIG

RUBY

Ein leises Klopfen an meiner Schlafzimmertür dringt an meine Ohren. Ich drehe mich auf die Seite und sehe, dass Gran mit einem Teller Mac and Cheese hereinkommt.

Vor meinem Bett bleibt sie stehen. »Liebes? Ich habe dir Käsemakkaroni gemacht. Kommst du ins Wohnzimmer, oder willst du sie hier essen?«

»Danke, aber ich hab keinen Hunger, Gran.«

»Möchtest du nicht wenigstens mal probieren, hm?« Sie versucht, mich mit einem warmen Lächeln zu ermutigen, und gibt bereits etwas auf die Gabel, aber ich schüttele den Kopf.

»Ach, Ruby. Du hast seit vier Tagen kaum was zu dir genommen. Ich bekomme langsam Angst, dass du mir vom Fleisch fällst.« Seufzend stellt sie den Teller auf die Kommode und nimmt auf der Bettkante Platz. Ihr besorgter Blick gleitet genauso zärtlich über mein vom Weinen aufgequollenes Gesicht wie ihre Finger über meine Wange und meine Schulter. Ich schließe die Augen, zwinge mich, nicht wieder in Tränen auszubrechen, aus Angst, dann nicht mehr aufhören zu können. Meine Knie ziehe ich an die Brust, mache mich unter der Decke so klein wie nur möglich und wünschte, der Schmerz ließe sich auf diese Weise ebenso reduzieren. Aber er bleibt derselbe und füllt jeden Winkel meines Körpers.

»Was hältst du denn von einem Spaziergang? Es ist kalt, aber klar und sonnig. Die frische Luft wird dir guttun.«

»Ich bin doch noch die ganze Woche wegen Grippe krankgeschrieben«, antworte ich monoton und begegne ihrem wissenden, mitleidigen Blick.

Ihr ist genau wie mir klar, dass ich keinen Infekt habe. Thelma weiß von Logans Geständnis, sie weiß, dass seine Mutter uns die Menschen genommen hat, die wir lieben. Ich frage mich, was sie wohl denken würde, was Mom, Dad und Liz von mir halten würden, wenn sie wüssten, dass ich trotz allem nicht aufhören kann, an ihn zu denken. Dass ich nicht aus dem Bett will, weil es nach ihm riecht und sein Duft alles darstellt, was mir von ihm geblieben ist. Ich konserviere ihn, horte jede einzelne Erinnerung in meinem Kopf und habe Angst, sie könnten verblassen.

»Du weißt, dass das so nicht weitergehen kann, oder?«

»Was meinst du?«, stelle ich mich dumm. Denn ich hatte noch keine Gelegenheit, mich zu sortieren. Mein Kopf weiß nicht, was mein Herz will.

»Du wirst dich entscheiden müssen«, sagt sie, als hätte sie meinen Gedanken belauscht. »Du wirst entscheiden müssen, ob du dein Schicksal annehmen willst oder nicht. Denn es hat dir zwar viel genommen, aber auch gleichzeitig etwas Wundervolles gegeben. In allem Schlechten steckt auch was Gutes. Du musst es nur sehen und annehmen, Ruby.«

»Dann kannst du Logan also verzeihen?«

»Für mich gibt es da nichts zu verzeihen. Logan ist wie du und ich ein Überlebender einer furchtbaren Tragödie. Er ist das Gute zwischen all dem Schlechten.«

Ich würge den brennenden Kloß in meinem Hals hinunter. »Und ... und was ist, wenn ich in dem Guten ... in ihm ... nur das Schlechte sehen kann?«

»Ist das denn so?«, fragt Gran mit sanfter Stimme und streicht mir eine Strähne hinters Ohr.

»Ich weiß es nicht.«

»Dann solltest du das vielleicht herausfinden. Am besten ohne diesen ganzen elektronischen Quatsch wie SM, Facetime und wie die alle heißen.«

»SMS, nicht SM«, korrigiere ich Gran schmunzelnd.

»Stimmt, ja. SM ist das, was bei Shades of Grey vorkommt.«

Ich sehe sie überrascht an. »So was liest du?«

»Warum denn nicht? Solche Bücher gab es schon zu meiner Jugend, nur dass sie verpönt waren. Jetzt kann ich mir damit die Wartezeit beim Arztbesuch verkürzen.«

Ich winke kopfschüttelnd ab und kann mir das Getuschel ihrer Altersgenossen hinter vorgehaltener Hand lebhaft vorstellen. Wobei ich bezweifle, dass die mit solcher Literatur vertraut sind.

»Dein Logan hat aber hoffentlich kein Spielzimmer.« Grans Versuch, mich zum Lachen zu bringen, schlägt fehl und lässt mich innerlich zusammenzucken.

»Er ist nicht mehr mein Logan«, sage ich leise.

»Dann wird es höchste Zeit, das zu ändern, mein Kind. Lade ihn nächste Woche Donnerstag zum Essen zu uns ein.«

»Da ist Thanksgiving.«

»Genau. Vielleicht fragst du noch ein oder zwei Arbeitskolleginnen. Ich habe an meinem Esstisch Platz für fünf. Und falls du und Logan euch am Anfang nicht viel zu sagen haben solltet oder du wider Erwarten merkst, dass zwischen euch unüberbrückbare Hürden liegen, dann wird es einfach nur ein nettes Essen unter Bekannten.« Thelma streicht mir über den Oberarm. »Wie findest du meinen Vorschlag?«

Die Idee, sich langsam heranzutasten, ist nicht schlecht. Denn so sehr mir Logan auch fehlt ... Ich werde erst mal herausfinden müssen, was ich fühle, wenn wir uns gegenüberstehen. Ob es mir überhaupt gelingt, in ihm das Gute in all dem Schlechten zu sehen, das meiner Familie, aber auch ihm widerfahren ist. Gran hat recht, wir sind alle Überlebende einer schrecklichen Tragödie ...

LOGAN

Eine Woche ist es her, dass ich Rubys Herz nicht nur gebrochen, sondern pulverisiert habe.

Eine Woche, in der ich mich zwinge, nicht ihre Nummer zu wählen, ihr zu schreiben oder sie wie ein irrer Stalker aus der Ferne zu beobachten. Nur um mich zu vergewissern, dass es ihr gut geht und sie unter dem Trümmerhaufen nicht zusammengebrochen ist. Meinen kann ich erst aufkehren, wenn Ruby bereit ist, uns noch eine Chance zu geben. Aber sie braucht Zeit. Dessen bin ich mir bewusst. Und ganz gleich wie viel, ich werde sie ihr geben. Dass wir uns vergangenen Dienstag nicht Lebewohl gesagt haben, lässt mich diese Warterei ertragen. Als ob ich eine Wahl hätte oder den Ausgang irgendwie beeinflussen könnte. Ich schaffe es ja nicht mal, mich wieder mit Max zu vertragen. An Meetings, bei denen seine Anwesenheit nicht zwingend erforderlich ist, nimmt er nicht teil und die

Kommunikation mit mir überlässt er komplett seiner Sekretärin. Wenn wir uns im Gang über den Weg laufen, bin ich für ihn Luft. Sollte sich das innerhalb der nächsten zwei Tage nicht ändern – und zwar um 180 Grad – werden mein Bruder und ich Thanksgiving zum ersten Mal in unserem Leben getrennt feiern. Dass Max sich beruhigen wird, weiß ich. Die Frage ist nur wann. So einen heftigen Streit hatten wir noch nie und ...

Wenn man vom Teufel spricht.

Mein Bruder kommt mir gerade im Gang der Manageretage entgegen und schaut diesmal nicht durch mich hindurch. Er sieht mir ins Gesicht und bleibt sogar vor mir stehen. In der Hand einen Zettel – Moms Brief, wie ich an dem abgegriffenen Papier erkenne. Ich habe ihre letzten Zeilen an mich bestimmt eine Million Mal gelesen.

»Hier hast du ihn zurück«, sagt mein Bruder. »Er war schließlich an dich adressiert.« Er klingt leicht unterkühlt und verbittert – aber immerhin redet er mit mir.

»Hast du ihn gelesen?«, will ich wissen.

Er nickt knapp, als wollte er nicht näher darauf eingehen. Dann räuspert er sich. »Ich kann verstehen, warum du nichts gesagt hast. Hätte ich vermutlich auch nicht.«

Diesmal nicke ich. Erleichtert. In seinem Gesicht suche ich nach Anzeichen dafür, dass wir jetzt wieder cool miteinander sind. Dass wir hier überhaupt stehen und über Moms Brief reden, ist ein großer Schritt zurück zur Normalität. Einer Normalität, wie sie unter den gegebenen Umständen möglich ist. Ich will Max gerade fragen, ob er schon weiß, was er an Thanksgiving macht, als er das Wort übernimmt.

»Übrigens habe ich sie kennengelernt. Das Mädchen aus Moms Brief. Ruby Bennett.«

Meine Augen weiten sich. »Was? Wann?«

Er blickt auf seine Armbanduhr. »Vor etwa zwanzig

Minuten. Sie war hier, hat sich mit ihrem Namen vorgestellt und gesagt, dass sie zu dir will.«

Schluckend fahre ich mir durchs Haar. »Hat sie gesagt warum?«

»Nein. Du warst noch im Meeting. Hab ihr angeboten, hier auf dich zu warten. Aber sie wollte lieber ins Round Corner, was trinken und um eins wiederkommen.«

»Okay. Danke.« Ich versuche, mir nicht anmerken zu lassen, dass ich meinen Herzschlag fast auf der Zunge spüre. Sobald Max sich umdreht, werde ich mich auf den Weg zu Ruby machen – was hoffentlich in den nächsten zwei Sekunden der Fall ist. Ich will sie unter keinen Umständen verpassen und hoffe, dass sie es sich nicht wieder anders überlegt hat und gegangen ist.

»Kennst du sie gut?«, will Max wissen.

»Ja.« Kurz überlege ich, es bei dieser Antwort zu belassen. Auch, um endlich zu ihr gehen zu können. Aber Max hat Moms Brief gelesen und ich erkenne in seinen Augen die gleiche Neugierde, die mich Ruby im September aufsuchen ließ. »Wir ... haben uns eine Zeit lang regelmäßig gesehen«, erkläre ich daher.

»Dann steht ihr euch also nahe?«

»Standen ...«, gebe ich zu und atme gedehnt aus.

»Weil du ihr von Mom erzählt hast?«

Ich nicke und schiele auf meine Uhr. Es ist bereits Viertel nach eins.

»Das wird wieder. Sie sah zumindest nicht aus, als wollte sie zu dir, um dich zu kastrieren«, scherzt Max, dem nicht entgeht, wie viel mir diese Frau bedeutet. Er ist eben mein Bruder und schon wieder fast der Alte. »Ich ... finde es übrigens gut, dass du die Sache aufgeklärt hast.«

»Trotzdem scheiße, wie du es herausfinden musstest. Das war anders geplant.«

»Na ja … Die ganze Geschichte ist so krass. Ich hätte dir vermutlich gar nicht geglaubt, wenn ich nicht mit eigenen Ohren gehört hätte, was Dad für ein Arschloch ist.« Max schüttelt den Kopf, als könnte er das alles immer noch nicht fassen. »Ich muss weiter. Viel Glück mit der Kleinen.« Er nickt mir aufmunternd zu.

Ich bedanke mich und gehe mit großen Schritten zum Fahrstuhl. Moms Brief falte ich zusammen und stecke ihn in das Fach meines Portemonnaies, in dem sich auch ihr Foto befindet. Es ist das gleiche, das bei mir im Apartment hing, nur im Passbildformat. Das große in meiner Wohnung habe ich abgehängt – für den Fall, dass Ruby plötzlich vor der Tür gestanden hätte, um zu reden. Sollten Ruby und ich uns wieder annähern, was ich hoffe, werde ich Moms Bild langfristig gegen ein anderes ersetzen, damit sie sich bei mir wohlfühlen kann. Aber dazu muss sie mir … uns beiden eine Chance geben.

Endlich im Aufzug, atme ich auf, doch dieser scheint auf jeder verfluchten Etage Halt zu machen, bis er im Erdgeschoss ankommt und ich aussteige. Ich eile durch die Drehtür nach draußen, laufe um die Ecke – und kollidiere dabei mit keiner Geringeren als ihr. Ruby.

»Ups. Tut mir …«, beginnt sie und verstummt, als sie zu mir hochschaut. Der Wind lässt ihr braunes Haar um ihr hübsches Gesicht wirbeln. Sie sieht so verdammt schön aus, dass es mich meine ganze Selbstbeherrschung kostet, nicht ein paar dieser wilden Strähnen hinter ihr Ohr zu streichen.

»Hi«, sage ich stattdessen und blicke lächelnd auf sie hinab.

ZWEIUNDZWANZIG

RUBY

»Hi«, antworte ich eher automatisch als bewusst, weil ich zu überrascht bin. Dieser Zusammenprall mit Logan hat mich, aber vor allem mein Herz eiskalt erwischt. Im positiven Sinn. Denn mein Blick in seine kaffeebraunen Augen ruft keine Bilder des Unfalls hervor. Sein warmer, zärtlicher Ausdruck legt sich wie Balsam auf mein gebrochenes Herz und lindert den Schmerz, statt ihn – wie befürchtet – zu mehren.

Ich sehe das einzig Gute, das aus diesem gottverdammten Sonntag vor zwölf Jahren entsprungen ist. Ich sehe Hoffnung, die ich längst begraben hatte. Und ich sehe so verdammt viel Schmerz, den wir gemeinsam lindern könnten.

»Wie geht's dir?«, will Logan wissen.

Ich ringe mir ein Lächeln ab. »Ganz okay, und dir?«

»Auch ganz okay.«

Wir blicken einander an, als wüsste der eine vom anderen, dass er gerade gelogen hat. Denn Logan sieht noch müder aus als letzten Dienstag. Er scheint sich schon eine Weile nicht rasiert zu haben. Ein Dreitagebart ist das nicht mehr. Plötzlich bekomme ich ein schlechtes Gewissen, weil ich für seinen Zustand mitverantwortlich bin. Umgekehrt gilt jedoch das Gleiche. Wir könnten uns hier und jetzt um den Hals fallen und den Resetknopf drücken. Aber wie lange würde das gutgehen? Es ist zu viel passiert, um einfach dort weiterzumachen, wo wir aufgehört haben, bevor die Vergangenheit ihren Schatten über uns geworfen hat.

»Ich war gerade auf dem Weg zu dir«, sage ich und hole meine Gedanken in die Gegenwart zurück.

»Ich weiß. Max hat es mir ausgerichtet.«

»Max?«

»Der, mit dem du gesprochen hast. Das ist mein Bruder.«

Hätte ich mir denken können, denn der Mann war von ähnlicher Statur wie Logan. Er hatte das gleiche dichte dunkle Haar sowie markante und attraktive Gesichtszüge. Nur die Augen waren graublau statt braun. Als mir klar wird, dass Max von der ganzen Tragödie genauso betroffen ist wie Logan, spüre ich eine Schwere in meinem Herzen. »Ich wusste nicht, dass du einen Bruder hast.«

»Es gibt vieles, das wir noch nicht voneinander wissen, Ruby. Aber das heißt ja nicht, dass es so bleiben muss.« Sein Blick ist voller Sehnsucht, Wünsche sowie Erwartungen und liegt überall auf meinem Gesicht.

»Ich weiß. Und wenn du magst, dann ... dann können wir an Thanksgiving damit beginnen.«

Logan streckt sofort den Arm nach mir aus – vermutlich, um mich an sich zu ziehen. Obwohl ich genau das will, weiche ich zurück.

»Ich möchte nichts überstürzen, Logan. Ich ...«

Er nickt und fährt sich durchs Haar. Ich kann die Enttäuschung in seinen Augen sehen und es bricht mir fast das Herz.

»Bei mir sind so viele alte Narben wieder aufgerissen. Es ist so ... so vieles kaputt. Bei uns beiden. So was heilt nicht von heute auf morgen. Deshalb denke ich, dass es besser ist, wenn auch wir beide uns Zeit lassen und uns nur langsam annähern. Damit ... damit ich herausfinden kann, ob ich damit leben kann, dass ... dass deine Mom ...«

»Ich weiß«, unterbricht er mich, als wollte er verhindern, dass ich den Satz beende. Logan atmet so tief aus, dass sich weißer Nebel bildet. »Ich verstehe dich und lasse dir alle Zeit der Welt, Ruby. Versprochen. Deine Bedingungen, dein Tempo – auch wenn es mich umbringen wird, dich bei mir zu haben, dich zu sehen, ohne dich berühren und küssen zu dürfen«, gesteht er mit rauer Stimme und streicht mir eine Strähne hinters Ohr. »Ist so was denn erlaubt?«, fragt er mit einem tiefen Blick in meine Augen.

Ich erschauere. »Ja, ist es.«

»Dann werde ich es überleben«, scherzt er und verzieht seinen Mund, den ich mir plötzlich auf meinem wünsche, zu einem schiefen Lächeln.

»Das heißt, du kommst? Zu Thanksgiving bei meiner Gran?«

»Sehr gerne. Ich hab Thelma schon richtig vermisst.«

»Sie dich auch.«

Wir müssen beide lachen. Ich hatte ganz vergessen, wie das geht, und blicke dankbar für diesen hellen Moment in Logans Augen.

»Soll ich irgendwas mitbringen?«

»Nein. Aber apropos mitbringen ... Bri, die aus der Bar, und Bella aus dem Blutspendezentrum kommen auch. Ist das okay für dich?«

»Klar … ähm. Dann könnte ich ja auch noch Meg und Max fragen. Den würde ich Thanksgiving ungern allein verbringen lassen.«

Dass Logan seinen Bruder dabeihaben will, rührt mich zutiefst. Sie scheinen ein enges Verhältnis zu haben – so wie Liz und ich damals. Die schmerzliche Erinnerung an sie schiebe ich beiseite und verziehe entschuldigend das Gesicht. »Da könnte es eng werden. So viel Platz hat meine Gran nicht.«

»Aber ich«, kontert Logan.

»Du?«

»Ja. Was hältst du davon, die Location in mein Apartment zu verlegen? Ich habe genügend Platz für alle. Du und Thelma könntet bei mir schlafen und …«

Ich schüttele den Kopf, noch bevor er den Satz überhaupt beendet hat. »Mit dir in deinem Bett zu schlafen entspricht nicht meiner Definition von ›Es langsam angehen lassen‹.«

»Hast du vergessen, dass ich zwei Gästezimmer habe? Eines mit Blick auf den Central Park. Wer von euch beiden in welchem schläft, könnt ihr gerne per Münzwurf entscheiden.«

Ich hebe schmunzelnd eine Augenbraue.

»Beide Zimmer sind abschließbar, falls du Angst hast, ich könnte mich nachts in dein Bett schleichen«, scherzt er und wird dann wieder ernst. »Ich würde dich niemals zu etwas drängen, das du nicht willst. Das weißt du hoffentlich.«

»Ja«, antworte ich. Meine Hand hat sich verselbstständigt und streicht über seine Krawatte, spielt mit ihr. Ihn jetzt nicht daran zu mir herunterzuziehen fällt mir ungeahnt schwer. Ich muss mich zwingen, meine Finger wieder von dem leicht glänzenden dunkelblauen Stoff zu nehmen.

Logan, der mich keine Sekunde aus den Augen gelassen hat, bemerkt meinen Zwiespalt, lässt ihn jedoch unkommentiert. »Und wo wollen wir es jetzt machen?«

»Bei dir, sofern Granny einverstanden ist.«

»Sagst du mir dann Bescheid?«

»Ich schreibe dir später.«

»Okay.«

»Okay«, wiederhole ich mit gesenkter Stimme.

Keine Ahnung, warum wir plötzlich so dicht voreinander stehen, dass ich meinen Kopf in den Nacken legen muss, um weiterhin in sein Gesicht sehen zu können. Ich glaube, ich habe den letzten Meter zwischen uns geschlossen, statt weitere zwischen uns zu bringen und zu gehen.

»Dann bis morgen«, hauche ich und spüre seinen warmen Atem auf meiner Stirn.

»Morgen ist Mittwoch, Ruby.«

»Ich meinte Donnerstag«, korrigiere ich mich, während sich Logans Brustkorb bei jedem Atemzug gegen meinen drängt. Vielleicht ist es auch umgekehrt. Ich weiß nur, dass ich jetzt nicht gehen kann. Mein Gott. Er hat mir so gefehlt, dass es einer Selbstverletzung gleichkäme, ihn jetzt nicht an mich zu pressen. Und genau das tue ich. So fest ich kann. Ich inhaliere seinen Duft, kralle mich in sein Haar und durchwühle es, obwohl er vermutlich gleich noch das eine oder andere Meeting hat. Aber das ist mir egal, da ich mit jeder Sekunde feststelle, dass ich genau das brauche, um zu heilen, dass ich ihn, dass ich uns brauche. Und so wie Logan sein Gesicht in meiner Halsbeuge vergräbt und seine Arme um mich spannt, als wollte er mich beschützen, scheint es ihm nicht anders zu gehen. Trotzdem sollten wir uns Zeit lassen, ermahne ich mich und schiebe ihn von mir.

Widerstrebend lässt er mich los, in den Augen die

gleiche glühende Sehnsucht, die mich auf seinen Mund starren lässt.

»Bis Donnerstag«, sage ich rasch und verschwinde in der Anonymität des Getümmels, von dem ich seit unserem Zusammenprall gar nichts mitbekommen hatte.

LOGAN

»Du hättest mir ruhig sagen können, dass Meg auch kommt«, zischt mir mein Bruder im Vorbeigehen zu, während ich beide Kuchen von Thelma in den Backofen schiebe. Kürbis und Apfel. Sie hat darauf bestanden, wenigstens das Dessert beizusteuern, wenn ich mir schon die Mühe mit dem Truthahn mache. Dass sich in Wirklichkeit ein Sternekoch die Mühe gemacht hat – nachdem ich ihm eine Live-Kochshow auf einem unserer Sender in Aussicht gestellt habe –, weiß niemand. Bis auf Meg, die mir mit den Beilagen geholfen hat.

»Wo liegt dein verdammtes Problem, Max? Du und Meg …«

»Schrei doch noch lauter«, unterbricht er mich genervt, obwohl ich in normaler Lautstärke gesprochen habe.

»Die kann uns überhaupt nicht hören, weil sie mit Ruby, Thelma und den anderen im Salon den Tisch deckt. Ihr hattet vor gefühlt hundert Jahren mal was miteinander. Du hast Scheiße gebaut. Sie hat dir verziehen. Also entspann dich.« Ich stelle die Temperatur ein und drehe mich zu ihm um. »Willst du denn noch was von ihr?«

»Nein, aber hast du gesehen, wie sie in diesem Kleid aussieht, verdammt?«

»Nein, hab ich nicht«, antworte ich wahrheitsgemäß. Bei mir dreht sich, seit sie eingetroffen ist, alles nur noch um

Ruby. Nicht weil sie in dem Kleinen Schwarzen einfach hinreißend aussieht, sondern weil alles in mir danach drängt, sie zu berühren, zu küssen, jede ihrer perfekten Kurven mit meinen Händen zu beschreiben, bis bei ihr ein Schauer den nächsten jagt. Das Problem: Sie will das alles auch, verschlingt mich förmlich mit ihren Blicken und erlaubt es sich nicht. So wie vor zwei Tagen, als ich genau gespürt habe, dass sie mich zum Abschied küssen wollte. Keine Ahnung, wie Ruby sich das zwischen uns vorstellt, wie lange sie diese körperliche Distanz aufrechterhalten will. Keine Ahnung, wie ich es fertigbringen soll, mich gleich neben sie zu setzen, ohne durchzudrehen. Denn ich bin gezwungen, den Fuß auf der Bremse zu lassen, weil ich versprochen habe, dass sie das Tempo bestimmt. Ich hätte ihr alles versprochen, damit sie uns eine Chance gibt. Und ich werde auch alles tun, um mich daran zu halten.

»Schaffst du es denn, wie ein Erwachsener mit Meg an einem Tisch zu sitzen?«, frage ich Max und drücke ihm zwei Flaschen Wein in die Hand.

»Schaffst du das denn bei Ruby?«

Ich ignoriere seinen zugegebenermaßen guten Konter und gehe mit zwei Karaffen Wasser vor. Im Salon angekommen, läuft mir fast das Wasser im Mund zusammen, so verdammt lecker riecht es hier. Neben dem saftigen Truthahn gibt es gerösteten Rosenkohl, Kartoffelgratin, Grüne-Bohnen-Auflauf und warme käsegefüllte Popovers. Der Tisch war noch nie so üppig gedeckt und es saßen auch noch nie so viele Menschen daran. Dass Ruby den Platz neben sich freigelassen hat, deute ich als Zeichen dafür, dass sie mich an ihrer Seite haben will. Das ist ein guter Start in dieses Thanksgiving-Dinner. Einer, auf den sich aufbauen lässt. Stück für Stück, so wie sie es will.

»Huhu, Maaaax!«, trällert Thelma vom Kopfende aus,

als mein Bruder sich zwischen Meg und Bri setzen will. »Für Sie habe ich extra diesen Platz neben mir reserviert. Logan hat gesagt, Sie seien Single«, fährt sie mit den Augenbrauen wackelnd fort und bringt uns damit alle zum Lachen.

Nachdem wir uns beim Anschauen des Thanksgiving-Footballspiels fast die Stimmbänder wund gebrüllt haben und Max mir tausend Dollar schuldet, weil er auf die falsche Mannschaft gesetzt hat, ist es in meiner Wohnung totenstill. Rubys Arbeitskolleginnen haben sich spät in der Nacht ein Taxi gerufen und Thelma ließ sich von mir das Gästezimmer zeigen, um sich zurückzuziehen. Wieder im Wohnzimmer, fand ich Meg und Max in voller Montur schlafend auf meinem Sofa vor. Und Ruby ... die hat mir den wohl unschuldigsten Gutenachtkuss der Welt auf die Wange gegeben und sich dann ebenfalls schlafen gelegt.

Vermutlich bin ich jetzt der Einzige, der noch wachliegt. Das wäre ja auch okay, wenn ich nicht wüsste, dass Ruby nur zwei Räume von mir entfernt ist.

Ich will gar nicht schlafen.

Ich will zu ihr.

Ich will ihren warmen Körper einfach nur halten.

Ich will in ihre Augen sehen und in diesem Grün ertrinken.

Und ich hasse es, keins von diesen Dingen einfach tun zu können.

Stattdessen kämpfe ich so lange und hart dagegen an, zu ihr zu gehen, dass meine Lider irgendwann schwer werden und mir die Augen zufallen. Die schlaflosen Nächte zuvor fordern jetzt wohl ihren Tribut, doch das Geräusch meiner Schlafzimmertür lässt mich die Augen wieder öffnen.

»Logan?« Wie ein Windhauch dringt Rubys Stimme an meine Ohren. Derart unwirklich, dass ich glaube zu träumen. »Bist du wach?«, flüstert die Stimme erneut und mein Herz setzt einen Schlag aus.

Ich mache das kleine Licht auf der Kommode an und der Schock gefriert meine Eingeweide. Ruby steht im Nachthemd in der Tür, mit von Tränen getrübten Augen und bebenden Lippen.

Ich richte meinen Oberkörper auf. »Was ist los, Ruby?«

»Meine Schwester war sechzehn, als sie starb. Sie wurde nie von einem Jungen geküsst, den sie liebte. Sie wusste nicht, wie es sich anfühlt, tausend Schmetterlinge im Bauch zu haben, wie es ist, neben jemandem aufzuwachen, der einen ansieht, als wäre man alles und nichts. Sie hat das nie erfahren. Ich aber schon. Mit dir, Logan. Und die Vorstellung, dass dir vielleicht schon morgen etwas zustößt … oder mir … ist … Es kann so schnell zu Ende sein. Von jetzt auf gleich. Ich will nicht warten. Ich will jetzt mit dir … heilen. Ich will jetzt mit dir glücklich sein. Ich …«

In meiner Brust ist es so verflucht eng geworden, dass mein Herz kaum noch Platz hat. Ich kann nicht reden, nicht mit diesem Kloß im Hals. Daher schlage ich einfach nur die Decke auf, rutsche ein Stück zur Seite und mache ihr Platz. Ruby kommt unsicher auf mich zu, mit großen glänzenden Augen voller Schmerz, den ich lindern, und

Hoffnungen, die ich allesamt erfüllen werde. Wortlos krabbelt sie neben mich auf die Matratze. Ich schließe sie in meine Arme, ziehe sie an den Ort, der offenbar mein Leben lang für sie reserviert war: meine Brust. Den Klumpen in meinem Hals würge ich irgendwie hinunter und verspreche mit einem festen Blick in ihre feucht schimmernden Augen: »Und jetzt lasse ich dich nie mehr los.«

Ende

DANKSAGUNG

Die Zahl der Menschen, bei denen ich mich bedanken möchte, steigt von Buch zu Buch. Das liegt ganz einfach daran, dass seit meiner ersten Veröffentlichung so viele liebe Menschen in mein Leben getreten sind und mich, jeder auf seine Art, bei dem, was ich liebe, nämlich dem Schreiben, unterstützt haben. Denn wenn ich eins festgestellt habe, dann, dass mehr als eine Person hinter einem Buch steckt. Ein Team, das im Hintergrund agiert, aber immer da ist und einen auffängt. Egal, was passiert und welche Zweifel einen plagen. Und bei genau diesem wundervollen Team möchte ich mich von ganzem Herzen bedanken.

Annie Stone: Deine Tipps sind Gold wert. Danke, dass du mir all diese Geheimnisse verrätst.

Christian T.: Wo nimmst du nur deine Geduld für mich her? Ich liebe dich!

Mandy H.: Ich freu mich auf unsere nächsten Projekte.

Mandy R.: Du gehörst ja quasi schon zum Inventar.

Kimmy R.: Ich liebe es, mit dir zu plotten

Sarah H.: Was wäre ich nur ohne meine Muse? Danke, dass du WIRKLICH IMMER für mich da bist!

Loredana P.: So langsam musst du dich entscheiden. Wer ist denn jetzt deine Nummer ein?. David, William oder Logan? Ich komme da nicht mehr mit.

Meine Testleser:

Astrid, Claudia, Jasmin, Kerstin, Luna, und Tina

Eure Adleraugen, eure Aufmerksamkeit, eure ehrliche Meinung ist Gold wert! 1000 Dank und jederzeit wieder! <3

Zu guter Letzt geht natürlich ein riesengroßes Dankeschön an meine lieben Leser. Ich behaupte jetzt einfach mal, die besten Leser der Welt zu haben. Und jeder, der die vielen Zuschriften, Mails, Nachrichten und Pakete mit wundervollen Geschenken kennen würde, wüsste, wovon ich da spreche.

Ihr seid der absolute Wahnsinn!

Eure Anya Omah

ÜBER DIE AUTORIN

Anya Omah, geboren im Juli 1984 in Dortmund, ist medizinisch technische Laborassistentin, Wirtschaftspsychologin und Autorin aus Leidenschaft.

Schon als Kind liebte sie es, Geschichten zu erfinden – oft auch zum Leidwesen ihrer Eltern. Je größer sie wurde, desto umfassender wurden die Geschichten, die in ihrem Kopf herumspukten. Irgendwann entdeckte sie die Fähigkeit Emotionen auf Papier zu bringen und hauchte ihren Figuren Leben ein.

Als im März 2014 ihr Debüt Roman VON DIR VERFÜHRT erschien und die Deutschen E-Book-Charts eroberte, beschloss sie, das Schreiben zu ihrem Beruf zu machen.

Es folgten weitere Romane, mit denen sie an den Erfolg ihres ersten Buches anknüpfte.

Um ihrer Kreativität freien Lauf zu lassen, benötigt sie drei Dinge: Gute Musik, schwarzen Tee mit Latte Macchiato und weiße Schokolade.

WEITERE BÜCHER VON ANYA OMAH

Von dir verführt
Von dir geliebt
Von dir berührt
Von uns geliebt

Gespaltene Sehnsucht
Erfüllte Sehnsucht

Kein Herz zu verschenken

Sugar Love – Geheime Lust
Sugar Love – Hingabe

Sexsomnia – Schlaflos in Manhattan

No Risk, No Love

LESEPROBE:

NO RISK, NO LOVE

William, alias Thunder, muss Geld vor den Cops verstecken. Viel Geld. Da kommt ihm das leerstehende Haus eine Straße weiter mehr als gelegen. Als er es einen Tag später jedoch wieder abholen möchte, steht er vor einem Problem. Einem verdammt hübschen namens Olivia Donovan. Sie ist die neue Bewohnerin des Hauses, in das er unbedingt hineinwill – am besten ohne irgendwelche Einbruchspuren zu hinterlassen. Dazu muss er einfach nur bei der 24-jährigen Blondine landen – oder besser gesagt in ihrem Bett. Doch das ist leichter gesagt als getan, da Olivia ihm eine Abfuhr nach der anderen erteilt. Denn der attraktive Fremde in Gestalt tätowierter ein Meter neunzig ist genauso anziehend wie zwielichtig und verkörpert alles, wovon sie sich lieber fernhalten sollte ...

KAPITEL 1

Thunder

Es gibt drei Dinge, die mich beim Sex total aus dem Konzept bringen.

Erstens: Die Frau schreit, als ob sie gerade abgeschlachtet wird. Zweitens: Beim Versuch, sexy zu gucken, zieht sie echt gruselige Grimassen. Und drittens – *der* Abturner schlechthin –: Mein Bruder stürmt SWAT-mäßig mein Schlafzimmer.

Was zum …? »Raus, verdammte Scheiße!«, fahre ich ihn an.

Doch statt die Tür von außen wieder zu schließen, tritt er näher. »Wir haben ein Problem.«

»Ja, dich! Und jetzt verschwinde!«, knurre ich, während die Kleine unter mir noch immer übertrieben laut stöhnt, obwohl ich mich gar nicht mehr in ihr bewege. Ich spüre sogar, wie mein Schwanz zu schrumpfen beginnt. Im Gegensatz zu mir scheint *Keine-Ahnung-wie-sie-Heißt* völlig egal zu sein, dass wir nicht mehr allein sind. Vielleicht findet sie das sogar geil. Soll ja Leute geben, die auf

Zuschauer stehen, was durchaus seinen Reiz haben kann. Allerdings nicht, wenn es sich dabei um den eigenen Bruder handelt, der nebenbei bemerkt einen ziemlichen heftigen Schweißausbruch hat.

»Thunder, die Bullen sind hier!« Wie zum Beweis klingelt es an der Tür Sturm, gefolgt von einem »Raymond Johnson?! Aufmachen! LAPD!«

Ich spüre, wie sich Rays Nervosität auf mich überträgt, und steige von *Keine-Ahnung-wie-sie-Heißt* runter. Ihren nackten Körper bedecke ich mit einem Laken.

»Du musst mir helfen«, fährt mein Bruder gehetzt fort und reibt sich mit der Handfläche übers Gesicht, in das ich am liebsten reinschlagen würde.

»In was für eine Scheiße bist du wieder verwickelt? Du bist auf Bewährung, Mann! Schon vergessen?« Verständnislos schüttele ich den Kopf und ziehe an, was ich auf die Schnelle in die Finger bekomme. Jogginghose. T-Shirt. Sneakers.

»Deshalb dürfen die das hier auch nicht finden«, erklärt er mit gesenkter Stimme und hebt die Trainingstasche in seiner Hand an.

»Was ist da drin?«

Mit einem Blick zu der Kleinen gibt Ray mir zu verstehen, dass er vor ihr nicht reden kann. Daher reiße ich ihm die Tasche genervt aus der Hand, schaue hinein und traue meinen Augen kaum. Sie ist voller Scheine. Dreißig, vierzig, fünfzig Riesen – vielleicht sogar mehr. Vor der Kleinen kann ich meine Vermutung natürlich nicht laut äußern und spare mir daher einen Kommentar dazu.

Will ich überhaupt wissen, woher die Kohle stammt?

Ehrlich verdient ist sie jedenfalls nicht, und ich könnte Ray dafür killen, dass er sie in mein Haus geschleppt hat. Aber diese Abreibung hebe ich mir für später auf. Vorher muss ich den Arsch meines Bruders aus der Scheiße ziehen. Mal wieder.

»Okay, pass auf«, beginne ich und nehme mein Handy von der Kommode neben dem Bett. »Du lässt die Cops rein und lenkst sie ab, während ich mit der Tasche über die Terrasse verschwinde.«

»Bringst du sie in die Bar oder ins Gym?«

»Ganz sicher nicht. Ich will die weder in meinem Haus noch im Fight Club haben.« Am liebsten würde ich die Kohle verbrennen. Mit dieser illegalen Scheiße bin ich durch.

»Wohin dann?«

»Ich lass mir was einfallen«, antworte ich knapp und habe bereits eine Idee: Das leer stehende Haus eine Querstraße weiter, in der *Hesperia Avenue*, wäre zumindest vorübergehend eine Lösung. »Sieh du einfach zu, dass ...«

»Polizei! Aufmachen!«

Panik breitet sich im Gesicht meines Bruders aus.

»Lass sie rein, bevor die meine verdammte Tür aufbrechen. Ich bin weg.«

»Und was ist mit mir?«, erinnert mich *Keine-Ahnung-wie-sie-Heißt* vom Bett aus an ihre Anwesenheit.

Fuck!

Wie werde ich die los, ohne zu riskieren, dass sie den Bullen im Falle einer Befragung von meinem schnellen Abgang erzählt? Für ausschweifende Erklärungen habe ich jetzt echt keine Zeit. Daher bleibt mir nur eines: Ich wende mich kurz ab, hole ein Bündel Scheine – circa fünfhundert Dollar – aus der Tasche und halte es ihr hin. Rays genervten Laut ignoriere ich. »Wenn dich jemand fragt, weißt du nicht, wo ich bin, und hast mich heute noch nicht gesehen. Klar?«

Gierig greift sie nach der Kohle, doch ich ziehe sie wieder weg.

Sie versteht und antwortet: »Ich weiß nicht, wo du bist, und hab dich nicht gesehen.«

»Gut«, antworte ich und werfe ihr das Geld aufs Bett.

»Kann ich hier auf dich warten?«

Das Nein liegt mir auf der Zunge, aber ich will mir ihre Diskretion nicht verspielen, indem ich ein Arsch zu ihr bin. »Ja, kannst du.«

»Nackt oder angezogen?«, säuselt sie mit einer Fick-mich-Stimme.

»Mir egal«, entgegne ich knapp und wende mich meinem Bruder zu. »Ruf den Anwalt an, falls was ist, okay?« Ich bin schon fast aus der Tür raus, als mich Rays Hand auf meiner Schulter aufhält. »Was?«

»Danke, Mann!«

Ich lasse seinen reumütigen Blick an mir abprallen und stelle klar: »Sobald ich zurück bin, erzählst du mir, woher die verdammte Kohle stammt!« Damit fahre ich wieder herum, stürme samt Tasche zur Terrasse und bete dafür, keinem Cop in die Arme zu rennen. Kurz checke ich, ob die Luft rein ist, bevor ich meinen Hintern über die hüfthohe Brüstung schwinge und einen Vierhundert-Meter-Sprint zum leer stehenden Haus hinlege. Dort angekommen verstecke ich mich schwer atmend mit dem Rücken an die Wand gepresst hinter der Häuserfassade. Ich komme mir vor wie ein beschissener Dieb, der einen Bruch plant – und das am helllichten Tag. Auffälliger geht's kaum. Denn keiner, der hier in Encino, mitten im Valley von San Fernando lebt, würde bei über vierzig Grad draußen rumlaufen. Man ist entweder arbeiten, bleibt mit seinem Arsch zu Hause und stellt die Klimaanlage auf volle Pulle oder liegt faul an einem der Strände und kühlt sich alle fünfzehn Minuten im Wasser ab. Das Einzige, was mich gerade abkühlt, ist Schweiß, der meinen Rücken runterläuft, weil mir die pralle Sonne direkt auf den Kopf scheint. Ich muss raus aus dieser gottverdammten Hitze und kann nur hoffen, dass dieses Haus hier tatsächlich leer steht.

Zwei Meter vor mir befindet sich ein Fenster, durch das ich einen prüfenden Blick werfe. Doch die Scheibe ist so dreckig, dass ich kaum was erkenne. Daher gehe ich ums Eck zum Vordereingang des Hauses, wo noch immer das Verkaufsschild steht. Wie es scheint, habe ich Glück. Doppeltes, denn die Haustür ist nicht abgeschlossen. Ich trete ein und renne gefühlt gegen eine hundert Grad heiße Betonwand, Hitzschlag inklusive. Dass in einem Haus, das leer steht, auch keine Klimaanlage läuft, habe ich nicht bedacht und spüre, wie mir der Schweiß von jetzt auf gleich aus sämtlichen Poren schießt. Unter meinen Füßen knarrt und ächzt der Holzdielenboden bei jedem meiner Schritte. Die Räume im Erdgeschoss sind bis auf einen Sessel, aus dessen Bezug bereits Sprungfedern schauen, und eine Küchenanrichte inklusive -zeile leer. Sollte ich nichts anderes finden, verstecke ich das Geld dort. Im Grunde könnte ich es auch einfach offen auf dem Boden liegen lassen. Doch für den Fall einer Besichtigung suche ich lieber nach einem besseren Versteck und nehme die Treppe nach oben. In einem Zimmer, in dessen Wand eine Art Kleiderschrank eingebaut ist, werde ich fündig. Die Türen sind zwar verschlossen, lassen sich aber mit dem Schlüssel, der im Schloss steckt, öffnen.

Perfekt.

Ich hieve die Tasche in eins der oberen Fächer. Dann schließe ich ab, stecke den Schlüssel in meine Hosentasche und wische mir den Schweiß von der Stirn.

Ein besseres Versteck hätte ich auf die Schnelle gar

nicht finden können. Hier kann das Geld bleiben, bis ich herausgefunden habe, was es damit auf sich hat, und ...

Das Klingeln meines Handys stoppt meine Gedanken. Es ist Ray.

»Was gibt's?«

»Sie sind weg. Hatten nur ein paar Fragen. Bring die Tasche mit, wenn du kommst.«

»Vergiss es.«

»Was soll das heißen?«

»Dass ich keine Kohle in meiner Bude haben will, von der ich nicht weiß, woher sie kommt.«

»Gut, dann deponiere ich sie eben woanders.«

»Nein, Ray. Ich komme jetzt nach Hause. Und das Geld siehst du erst wieder, wenn du mir erzählt hast, in was für eine Scheiße du wieder verwickelt bist.«

»Aber ...«

Seinen Einwand hör ich mir gar nicht erst an, sondern lege auf und sehe mich in dem Raum um. Kurz spiele ich mit dem Gedanken, die Tasche doch wieder mit nach Hause zu nehmen. Ray müsste davon ja erst mal nichts wissen. Aber aus Erfahrung weiß ich, dass mir das nur Ärger einbringen würde. Und den will ich, so gut es geht, aus meinem und dem Leben meines Bruders fernhalten. Solange hier niemand wohnt, was in den nächsten zwei Tagen wohl kaum der Fall sein wird, ist dieses Haus das ideale Versteck. Ich nehme mir vor, die Kohle spätestens übermorgen wieder abzuholen, und mache mich auf den Rückweg.

Olivia

***Du** kannst mich nicht verlassen. Niemand verlässt mich.*

Ich finde dich. Egal, wo du hingehst.

Ich werde dich aufspüren und zur Vernunft bringen.

Du hast niemanden, außer mich. Du bist ganz allein auf dieser Welt.

Du brauchst mich. Wir brauchen einander.

Du kannst mich nicht verlassen.

Ich finde dich. Egal, wo du hingehst.

Ich finde dich!

Schwer atmend schrecke ich hoch und schnappe nach Luft.

»Miss? Geht es Ihnen gut?«, dringt eine Männerstimme, die nach hohem Whiskey- und Zigaretten-Konsum klingt, an mein Ohr.

»Was?« Ich drehe meinen Kopf ruckartig zur Seite und blicke verwirrt in das Gesicht eines vollbärtigen Typen. Seinen Namen kenne ich zwar, doch er fällt mir gerade nicht ein. Die Realität bahnt sich nur langsam ihren Weg durch den Nebel meines Albtraums. Es braucht mehrere Atemzüge und einen Blick aus der Frontscheibe des Wagens, in dem ich sitze. Wir befinden uns auf einem Freeway in L.A., und der Mann neben mir ist meine Mitfahrgelegenheit. Ich glaube, er heißt Ted, vermittelt durch eine Agentur im Internet. Ich fahre zum Laderaum des Vans herum, der mit Dingen aus einem Leben vollgestopft ist, das ich zurücklassen will. Zurücklassen muss.

»Ist es noch sehr weit?«, will ich wissen und erkenne im Spiegelglas seiner Piloten-Sonnenbrille, dass meine blonden Locken offenbar nichts mehr mit meinem Kopf zu tun haben wollen.

»Wir sind fast da. Geht es Ihnen gut? Sie ...«

»Ja ... ähm ...« Ich halte nach meiner Tasche Ausschau, werde im Fußraum fündig und hole eine Wasserflasche heraus. »Alles okay«, antworte ich, trinke die Flasche, ohne sie abzusetzen, leer und erkundige mich leicht außer Atem, wo genau wir jetzt sind.

»Gleich schon an der *Hesperia Avenue.*«

Erstaunt darüber, wie lange ich geschlafen haben muss, sehe ich ihn überrascht an.

»Da wollten Sie doch hin, oder etwa nicht?«

»Doch, doch.« Ich nicke energisch. »Zur Hausnummer 5847.«

»Gut«, brummt er und biegt rechts ab.

Ich sehe wieder aus dem Fenster und bete darum, dass es in dem Haus meiner verstorbenen Gran nicht spukt. Obwohl ich nicht sehr abergläubisch bin und bis vor sechs Wochen nicht mal von ihrer Existenz wusste, kommt es mir ... komisch vor, dort einzuziehen, wo jemand gestorben ist. Wenigstens war es ein natürlicher Tod und kein Mord – hoffe ich. Wobei mich auch das nicht davon abgehalten hätte, das Erbe anzunehmen. Wer flieht, kann es sich nicht erlauben, wählerisch zu sein. Und so makaber das auch klingen mag, aber Grandma Peggys Tod könnte mein Ticket in ein hoffentlich normales Leben sein. Keine Umzüge mehr von Apartment zu Apartment. Keine billigen Hotelzimmer mehr. Kein Versteckspiel. Eine Chance, die ich einfach ergreifen musste. Und mit ein bisschen Glück kann ich sogar hierbleiben und ein angstfreies Leben führen. Mehr Ansprüche an meine Zukunft stelle ich gar nicht.

Laut Nachlassverwalter ist das Haus bis auf wenige tausend Dollar abbezahlt. Diese Schulden werde ich hoffentlich so schnell wie möglich begleichen können – sobald ich hier einen Job gefunden habe. Beworben habe ich mich bereits auf diverse Stellen und warte auf Rückmeldung. Aber erst mal will ich in aller Ruhe ankommen und mich zurechtfinden.

Ich hole mein Notizbuch aus den Untiefen meines

Shoppers und nehme das Foto heraus, auf dem das Haus abgebildet ist. Wenn es nur halb so gut in Schuss ist, wie auf dem Bild zu sehen, bin ich zufrieden. Die Gegend scheint mir jedenfalls echt in Ordnung zu sein. Gepflegt und mit hübschen Vorgärten. Mein Herz schlägt schneller, als ich das Straßenschild mit der Aufschrift *Hesperia Avenue* erblicke.

»So, da wären wir«, höre ich Ted wenig später sagen. Den Wagen parkt er neben einem »Zu-verkaufen-Schild«, direkt vor dem Haus, das von außen betrachtet in halbwegs guter Verfassung zu sein scheint. Zumindest sieht es nicht aus, als würde es jeden Moment einstürzen. Alles andere will ich mir gleich aus der Nähe ansehen und schnalle mich ab. Ich hatte mit Ted vereinbart, dass er mir beim Entladen der Kartons hilft und sie ins Haus trägt. Daher steigt auch er aus und macht sich ans Werk.

»Ist die Tür offen?«, will er vollbepackt wissen.

»Keine Ahnung.« Ich gehe vor und stelle fest, dass ich sie problemlos aufschieben kann. Nicht gerade beruhigend. Hoffentlich ist das Schloss nicht kaputt.

»Bitte sehr.« Mit einer einladenden Handbewegung bedeute ich ihm einzutreten und zeige auf eine Stelle neben der Tür. »Hier kann erst mal alles hin.«

Ted brummt etwas vor sich hin, das ich nicht verstehe, und deponiert die Kiste stöhnend auf dem Holzdielenboden. Dann geht er zurück zum Wagen, während ich mich in dem großen Raum umsehe. Mein Blick fällt auf einen alten Sessel, aus dem bereits die Sprungfedern kommen. Ansonsten ist das Zimmer, bis auf eine Küche im hinteren Teil, leer. Die Luft scheint kein bisschen zu zirkulieren, es ist heiß und stickig, aber Verwesungsgeruch nehme ich nicht wahr. Das tröstet mich ein wenig darüber hinweg, dass die Klimaanlage offenbar außer Betrieb ist. Meine

Erkundungstour führt mich eine schmale Treppe hinauf, die beim Betreten noch lauter knarrt als unten der Holzdielenboden.

»Miss!«

»Hier oben!«, antworte ich Ted.

»Dass ich Ihr Zeug ganz allein hier reinschleppe, war aber nicht abgemacht!«, brüllt er hoch. Ich höre, wie er eine Kiste nicht gerade sanft auf dem Boden abstellt.

»Ich komme!«, rufe ich zurück und werfe noch schnell einen Blick in einen Raum, der ganz offensichtlich als Schlafzimmer hergehalten hat. Eine helle quadratische Stelle auf dem verstaubten grauen Teppichboden lässt mich vermuten, dass hier mal ein Bett stand. Und an der Wand gegenüber befindet sich ein eingebauter Kleiderschrank aus dunklem Holz. Etwas altmodisch. Nicht besonders hübsch, dafür aber platzsparend und praktisch. Besonders, da ich keinen habe und ...

»Hey, Miss!?«, dringt es erneut lautstark vom Erdgeschoss nach oben.

»Komme!« Mit polternden Schritten laufe ich die Treppe runter und helfe Ted beim Tragen. Keine Ahnung, wie oft ich den Weg zum Van und wieder zurück gehe. Am Ende atme ich so schwer, als hätte ich am Ironman teilgenommen. Mir klebt das Haar im Nacken, während Ted aussieht, als wäre er in voller Montur in einen Pool gesprungen. Dass ich ihm jetzt keine kühle Limonade oder ein Bier anbieten kann, tut mir richtig leid. Mein Kühlschrank und Ofen werden erst morgen, zusammen mit dem Sessel geliefert.

»Vielen Dank, Ted!« Ich gebe ihm die vereinbarten dreihundert Dollar und erhöhe den Betrag um weitere fünfzig, weil er mir noch geholfen hat, mein Bettgestell ins Schlafzimmer zu tragen und es dort aufzubauen.

»Ach, das wäre aber nicht nötig gewesen!« Sein Mund verzieht sich zu einem dankbaren Lächeln, das ich erwidere.

Nachdem wir uns verabschiedet haben, krame ich den Haustürschlüssel aus meiner Tasche und schließe ab. Den Knauf drehe ich ein paarmal hin und her, um sicherzugehen, dass die Tür auch wirklich verschlossen ist. Gleich morgen werde ich mir ein Balkenschloss und eine Sicherheitskette kaufen.

KAPITEL 2

Thunder

»Woher hast du die Kohle?«, frage ich Ray nun schon zum dritten Mal.

Mein Bruder sitzt mir am Esstisch gegenüber und starrt schweigend auf seine Hände, ignoriert mich einfach. Und wenn ich eines hasse, dann das. »Weißt du was? Pack deine Sachen und verschwinde!«

»Was?« Sein Kopf ruckt hoch. Sieht so aus, als hätte ich endlich seine Aufmerksamkeit.

»Ich sagte: Pack. Deine. Sachen!«

Bis auf ein kurzes Blinzeln verzieht er kaum das Gesicht. Ein Pokerface zu machen ist echt sein Ding – meins jedoch auch. Denn ich passe auf Ray auf, seitdem Mom uns vor elf Jahren verlassen hat. Da war ich siebzehn und er dreizehn. Ich würde meinen Bruder nur über meine Leiche hängen lassen und ihn vermutlich sogar decken, wenn er den Präsidenten erschossen hätte. Das sollte er wissen und meinen Bluff durchschauen.

»Du schmeißt mich raus?«

»Wenn du mir nicht sagst, was los ist ...«

»Gut, von mir aus, dann penn ich eben im Gym.«

»Damit die Bullen dort aufkreuzen? Vergiss es! Ich will dich weder hier noch im Fight Club haben. Du hast Hausverbot.« Mit Letzterem kriege ich ihn, denn der Sport bedeutet ihm, genau wie mir, die Welt.

»Das kannst du nicht machen, Thunder!«

»Gib mir die Schlüssel!«

»Nein, Mann!«

»Gut! Dann behalte sie. Ich hab kein Problem damit, die Schlösser auszutauschen.«

Ich bin der festen Überzeugung, dass er jetzt einknicken und mit der verdammten Sprache herausrücken wird, doch stattdessen steht er auf und verschwindet aus dem Wohnbereich. Kurze Zeit später kehrt er zurück und hält mir zwei Schlüssel vors Gesicht. Einen für die Haustür, einen fürs Gym. »Sag mir, wo das Geld ist. Dann bekommst du die Schlüssel und bist mich los.«

Das kann unmöglich sein Ernst sein. Stellt auch er mich auf die Probe? »Wenn du mir nicht sagst, woher das Geld kommt und wofür du so viel Kohle brauchst, bleibt es da, wo es ist. Deine Entscheidung.«

Rays Mund formt ein spöttisches Grinsen. »Du erpresst mich?«

»Ja, weil ich verdammt noch mal wissen muss, in was du mich hier wieder reingezogen hast.«

»In gar nichts, Mann! Das ist meine Angelegenheit, nicht deine.«

»Nicht, seit die Bullen hier waren.«

»Das hatte aber nichts mit der Kohle zu tun.«

»Und warum musste ich die dann wegschaffen? Hm? Glaubst du, du kannst mich verarschen?«

»Okay. Es ... hatte nicht *direkt* mit dem Geld zu tun«, lenkt er ein.

»Sondern?«

»Mit ... Untergrundkämpfen.«

»Dir ist aber schon klar, dass du dich laut deiner Bewährungsauflagen von solchen Kämpfen und anderem illegalen Scheiß fernhalten sollst?«

»Wenn die Bullen geglaubt hätten, dass ich was damit zu tun habe, hätten die mich einkassiert. Haben sie aber nicht, also entspann dich.«

»Und?«

»Was ... und?«

»Hast du was damit zu tun?«

Er antwortet mit einem Achselzucken und macht mich damit richtig sauer. »Du legst es ja offenbar darauf an, in den Knast zu wandern. Denn genau da wirst du landen, wenn du dich nicht zusammenreißt.«

»So wie du dich mit Dad zusammengerissen hast?«, spielt er auf etwas an, wovon er überhaupt keine Ahnung hat, und bewegt sich auf verdammt dünnem Eis.

»Vorsicht, Ray!« Meine Hände sind zu Fäusten geballt, was meinem Bruder nicht entgeht. Es wäre nicht das erste Mal, dass wir uns wegen dieser Sache prügeln.

»Der Knast ist das Letzte, worauf ich Bock hab«, gibt er zu und wechselt gerade noch rechtzeitig das Thema. »Aber ...« In seinen Augen ist ein Wandel von Angriffslust zu Ratlosigkeit erkennbar. Kein Pokerface mehr. »... wenn ... du mir die Kohle nicht gibst ... bin ich am Arsch. Das Gefängnis wäre dann mein kleinstes Problem. Gib mir also bitte einfach nur das Geld zurück.«

»Dann sag mir, was los ist. Ich kann dir helfen.«

»Diesmal nicht. Sonst hätte ich mir wohl kaum fünfzig Riesen leihen müssen.«

»Es ist also nicht geklaut oder so?«, hake ich nach und verspüre für den Bruchteil einer Sekunde Erleichterung, als er energisch den Kopf schüttelt.

»Wofür hältst du mich, Mann?«

»Ich will trotzdem wissen, woher es stammt und wofür du es brauchst«, ignoriere ich seine Frage.

»Aber tick nicht gleich aus, okay?«

»Von. Wem. Und. Wofür?«, wiederhole ich für ihn zum Mitschreiben.

»Von einem Promoter. Als Vorschuss für einen Fight, der mir fünfzig Riesen einbringt. Damit kann ich meine Schulden direkt wieder begleichen.«

Ich werde hellhörig, da er wegen dieser dämlichen Schlägerei vor ein paar Wochen für ein halbes Jahr gesperrt ist. »Kein seriöser Veranstalter würde dich kämpfen lassen und riskieren, seine Lizenz zu verlieren. Außerdem hast du keinen einzigen Gürtel. Also, warum sollte für dich eine Gage von fünfzigtausend drin sein?«

»Weil ich an der gesamten Westküste zu den besten Kämpfern zähle, noch nie einen Kampf verloren und mir einen Namen gemacht habe. Deswegen.«

»Jetzt halt mal den Ball flach. Du bist gut, aber du bist noch kein Champ, okay? Gewinn erst mal ein Titelkampf. Dann sehen wir weiter, aber aktuell hast du deinen Ruf dank *mir* und *meiner* Titel«, stelle ich klar und hole ihn auf den Boden der Tatsachen zurück. »Welcher Promoter steckt denn dahinter?«, will ich wissen.

»Die … Petrows«, entgegnet Ray zögerlich.

»Etwa die verdammten Petrow-Brüder?«, hake ich fassungslos nach und erhebe mich. Ich gehe auf Ray zu, spüre, wie mein Blut zu kochen anfängt, und bleibe direkt vor ihm stehen.

Mein Bruder nickt und senkt schuldbewusst den Blick.

»Willst du mich verarschen?«, presse ich wütend hervor, umfasse grob sein Kinn und zwinge ihn, sich meinem vernichtenden Blick zu stellen. »Hast du komplett den Verstand verloren? Du weißt doch genau, was diese Hurensöhne Lauren angetan haben, als ich nicht gegen Vladimir kämpfen wollte! Diese skrupellosen Bastarde gehen über Leichen. Warum hast du deine Seele nicht gleich an den Teufel verkauft?«

Angepisst schlägt Ray meine Hand aus seinem Gesicht. »Ist mir egal, was du davon hältst. Sie haben mir einen Kampf verschafft, und wenn ich den gewinne, dann …«

Spöttisch lachend falle ich ihm ins Wort. »Du wirst aber nicht gewinnen.«

»Klar! Ich werde sogar als Favorit gehandelt …«

»Richtig. Damit sie die Wettquoten hochtreiben und ordentlich absahnen, wenn du vorzeitig in einer ganz bestimmen Runde k. o. gehst.«

Mein Bruder sieht mich irritiert an.

»Hast du etwa gedacht, dass es sich um einen echten Kampf handelt? Nein, das sind Fixed Fights. Die Jungs arbeiten mit irgendwelchen Mafiatypen zusammen, die ihr Geld mit Wetten verdienen. Du wirst den Kampf verlieren müssen.«

»Davon haben sie aber nichts gesagt.«

»Weil du dich sonst nicht auf den Deal eingelassen hättest. Jetzt, da du für sie kämpfen musst, um deine Schulden zu begleichen, haben sie dich an den Eiern und werden Forderungen stellen.«

So wie Ray schluckt, scheint ihm gerade bewusst zu werden, auf was für einen beschissenen Deal er sich da eingelassen hat. Einen, aus dem er nicht ohne Weiteres rauskommen wird.

Ich nehme wieder Platz und kann nur den Kopf schütteln. »Vom Knast mal ganz abgesehen, kannst du deine Profikarriere vergessen, wenn du da mitmachst. Dein Ruf wird dahin sein. Du wirst nie wieder an seriösen Kämpfen teilnehmen können. Keine Titel. Kein Gürtel. Egal, wie hart du trainierst. Wieso riskierst du das?«

»Weil ich muss. Ich brauche das Geld für ...« Er stockt abrupt, als wäre er kurz davor, sich selbst zu verraten. Oder jemand anderen?

»Für?«, bohre ich tiefer.

»Kann ich dir nicht sagen.«

»Ray ...«

»Nein! Dann schmeiß mich raus, verbann mich aus dem Gym. Mir egal. Du weißt jetzt, woher ich die Kohle habe, aber wofür ich sie brauche, ist ganz allein mein Ding.«

»Und wieso hast du mich nicht um die Kohle gebeten?«

»Du hättest sie mir nicht gegeben.«

»Wenn ich gewusst hätte, dass du sonst zu den Petrow-Wichsern gehst, schon.«

»Tja ... Dafür ist es jetzt wohl zu spät.«

Ich sehe ihn prüfend an und bekomme immer mehr den Eindruck, dass nicht er, sondern jemand anderes in Schwierigkeiten steckt. Jemand, der ihm offensichtlich sehr viel bedeutet. Jedenfalls genug, um sich solch einen Ärger aufzuhalsen.

Aber wer kann das sein?

Eine Frau?

Ihn mit meinem Verdacht zu konfrontieren, spare ich mir. So stur, wie mein Bruder ist, wird er mir eh nichts erzählen.

»Okay, pass auf«, beginne ich nach einigem Abwägen. »Du bekommst die Kohle von mir, und den Deal mit den Petrows versuche ich rückgängig zu machen.«

»Wie?«

»Indem ich ihnen ihr Geld zurückgebe und noch was drauflege.«

»Wie viel?«

»Maximal fünfzig Riesen«, antworte ich, nachdem ich meine Finanzen grob überschlagen habe. Mehr ist angesichts meiner Pläne, ein zweites Gym zu eröffnen, und der bevorstehenden Eröffnungsparty nicht drin.

»Scheiße, Thunder. Bist du sicher? Das musst du nicht machen.«

»Du bist mein kleiner Bruder, Ray. Du bist Familie. Aber die Kohle zahlst du mir bis auf den letzten Penny zurück.«

»Geht klar.«

»Und ...« Ich stehe auf. »... halt dich in Zukunft von Typen wie den Petrows fern, kapiert?«

Er nickt und erhebt sich ebenfalls. »Wollen wir jetzt los, oder was?«

»Wir?« Ich ziehe die Stirn kraus.

»Ich lass dich doch nicht allein zu den Brüdern.«

»Welchen Teil von ›Halt dich in Zukunft von den Petrows fern‹ hast du nicht verstanden?«

»Aber ...«

»Ich werd schon allein mit denen fertig. Außerdem hole ich jetzt erst mal das Geld ab.« Dass ich dafür zurück ins leer stehende Haus muss, behalte ich für mich und mache mich auf den Weg zur *Hesperia Avenue*. Mich trennen nur noch wenige Meter von der Hausnummer 5847, als ich von der gegenüberliegen Straßenseite aus sehe, wie sich die Tür öffnet.

Was zum ...?

Abrupt bleibe ich stehen und beobachte, wie jemand aus dem Haus kommt. Genauer gesagt, eine Frau.

Klein. Schlank. Blonde Lockenmähne.

Unter normalen Umständen würde ich den süßen Hintern in dieser ausgefransten Jeans-Shorts genauer unter die Lupe nehmen. Ebenso ihre langen Beine. Doch die Körperteile einer Frau könnten mich gerade nicht weniger interessieren. Wer zum Teufel ist das? Und was hat sie, verdammt noch mal, in dem Haus zu suchen, aus dem ich die Kohle schaffen muss?

Ich beschließe, eine Nacht darüber zu schlafen, bevor ich dieses unerwartete und –zugegebenermaßen – verdammt hübsche Problem angehe. Die Tasche befindet sich eingeschlossen in diesem Einbauschrank und der Schlüssel ist bei mir. Damit sollte das Geld zumindest bis morgen sicher aufbewahrt sein. Denn ich bezweifle, dass der blonde Lockenkopf auf die Idee kommen wird, den Schrank gewaltsam zu öffnen.

Oder?

Sicher bin ich mir nicht und beobachte stalkermäßig, wie die Kleine einem nass geschwitzten Typen Geld gibt. Dieser fährt daraufhin mit seinem Van davon, während sie zurück ins Haus verschwindet – und innerhalb der nächsten halben Stunde nicht mehr rauskommt. Daher gebe ich meinen Spionageposten auf und mache mich genervt auf den Weg nach Hause. Ohne die Kohle, dafür aber mit einem Plan, wie ich ans Geld komme, ohne dort einbrechen zu müssen.

Olivia

Ich danke meinem Dad dafür, mir zu Lebzeiten gezeigt zu haben, wie man mit einem Hammer und einer Bohrmaschine umgeht. Sonst wäre ich jetzt nicht in der Lage, das soeben gekaufte Balkenschloss an der Haustür zu montieren. Puppen waren einfach nicht mein Ding. Ich tollte mit acht Jahren lieber auf Baustellen herum, sah meinem Dad dort beim Arbeiten zu, stapelte Holzbretter aufeinander oder kletterte auf Baugerüsten herum. Dads Verbot und Geschimpfe zum Trotz. Denn ich verstand nicht, was daran so gefährlich sein sollte – bis er eines Tages vor meinen Augen von einem herunterstürzte und tödlich verunglückte.

Rasch schüttele ich den Kopf und scheuche die Erinnerungen an den schrecklichsten Tag meines Lebens davon. Die Bilder verschwinden, doch der Schmerz bleibt und breitet sich wie ein Geschwür in meiner Brust aus. Ich atme dagegen an. Konzentriert und bewusst, bis sich mein Herz nicht mehr so schwer anfühlt. Eine Technik, die ich über die Jahre perfektioniert habe, um irgendwie mit dem Verlust ... meinem Leben klarzukommen. Angst und Panik lassen sich übrigens auf die gleiche Art bewältigen. Zumindest meistens.

Ich ziehe ich die letzte Schraube fest und fühle mich direkt viel sicherer. Allerdings bereiten mir die Fenster Sorgen. Mir wäre es lieber, sie wären mit Gittern versehen, was in dieser Gegend nicht üblich zu sein scheint. Gut möglich, dass die Einbruchrate in Encino gering ist, aber davon kann ich mir nichts kaufen, sollte *er* mich hier aufspüren. Ich bete dafür, dass das nicht passieren wird, öffne die Tür und bekomme noch im selben Moment einen Herzinfarkt. Jedenfalls fühlt es sich so an, als dieser fremde Mann vor mir steht. Groß und kantig, scheint er fast die komplette Tür auszufüllen. Eine Kollision kann ich in letzter Sekunde abwenden und zucke erschrocken zusammen. Ich spüre, wie mein Herz so viel Adrenalin durch meinen Körper pumpt, dass ich ganz bestimmt einen Kleinwagen anheben könnte. Theoretisch. Darauf wetten würde ich lieber nicht.

»Sorry, ich wollte dich nicht erschrecken«, dringt die Stimme des Typen von oben zu mir herunter. Tief, voll und … amüsiert.

Ich lege den Kopf in den Nacken und starre in das Gesicht eines Mannes mit dunklem Teint und raspelkurzem braunem Haar. Seine vollen Lippen sind zu einem schiefen Lächeln verzogen und werden von seinem Dreitagebart umrahmt. Grübchen bohren sich tief in stoppelige Wangen, was den harten, maskulinen Zügen etwas … Weiches, fast schon Verspieltes verleiht.

»Hast du aber«, antworte ich patzig. Denn ich hasse so was … Menschen, Gegenstände, einfach alles, was urplötzlich aus dem Nichts erscheint und mich zu Tode erschreckt.

Nahezu schwarze Augen taxieren mich von Kopf bis Fuß und wieder zurück.

Langsam. Ungeniert. Gründlich.

Echt jetzt?

»Hi. Ich bin William.« Er hält mir seine große Hand hin, die ich bloß fasziniert anstarre, statt sie zu ergreifen, weil sich auf jedem seiner Finger mindestens ein Tattoo befindet. Genau genommen Buchstaben, die zusammen das Wort *STAY* ergeben. »Ich wollte nur mal Hallo sagen und mich dir vorstellen.« Seine Hand zieht er wieder weg.

»Und ich dachte schon, du wärst bloß hier, um dir jeden Zentimeter meines Körpers einzuprägen«, kontere ich in der Hoffnung, ihn schnell wieder loszuwerden.

Doch daraus wird leider nichts. Stattdessen lehnt er sich – warum auch immer – seitlich an den Türrahmen und macht es sich dort bequem. Breit grinsend, während er seine ebenfalls beinahe vollständig tätowierten Arme auf eine Weise vor seiner Brust verschränkt, dass sein Bizeps fast den Saum seines dunkelblauen T-Shirts sprengt. Ob er darunter wohl auch Tattoos hat?

»Erfahre ich jetzt *deinen* Namen, oder willst du dir erst noch jeden Muskel meiner Oberarme einprägen?«

Mist!

Ich reiße ertappt meinen Blick los und schaue wieder in sein Gesicht. Meins fühlt sich an, als ginge es gerade in Flammen auf, und die Chancen, dass er es nicht bemerkt, stehen leider schlecht.

»Olivia«, antworte ich knapp und frage mich immer noch, warum er meint, sich mir vorstellen zu müssen.

»Und?« Seine rechte Augenbraue, die durch eine feine Narbe unterbrochen wird, hebt sich etwas an. »Wohnst du jetzt hier, oder …?«

»Warum willst du das wissen?«

»Weil wir dann Nachbarn wären.«

Ich zwinge meine Mundwinkel nach oben und fahre die Krallen wieder ein. »Wie schön.« Meine Stimme trieft vor Ironie; kann er jetzt bitte wieder gehen?

Offenbar nicht, ohne seinen Blick erneut auf eine Berg-und-Tal-Fahrt über meinen Körper zu schicken. Etwas, das ich nicht deuten kann, blitzt in seinen Augen auf und bringt meine inneren Alarmglocken zum Schrillen. Keine Ahnung, ob es an meiner Paranoia oder seiner Art liegt, mich anzusehen. Aber ich traue ihm nicht. Vielleicht ist er ja ein Einbrecher, der gerade sein nächstes Objekt abcheckt.

»Wo genau wohnst du denn?«, frage ich daher.

»Eine Querstraße weiter.«

Ich spähe an ihm vorbei nach draußen und versuche auszumachen, wo sein Daumen gerade hinzeigt.

»Mein Haus kannst du von hier aus nicht sehen.«

»Aha.« Ich werde hellhörig. »Dann bist du bei … deinem morgendlichen Spaziergang ganz zufällig in diese Straße gebogen und hast gesehen, dass ich hier eingezogen bin?« Diesmal bin ich es, die eine Augenbraue anhebt. Skeptisch.

»Morgendliche Spaziergänge sind nicht so mein Fall, Olivia.« Meinen Namen spricht er aus, als hätte er eine höhere Bedeutung. Ich muss mich zwingen, seinem durchdringenden Blick standzuhalten. »Dieses Haus hier«, fährt er fort, »steht schon eine Weile zum Verkauf und hat mein Interesse geweckt. Aber so, wie es aussieht ...« Er wirft einen kurzen, etwas zu neugieren Blick über meine Schulter ins Hausinnere. »... warst du wohl schneller.«

Seine Erklärung klingt recht plausibel. Ich möchte trotzdem, dass er jetzt geht, und antworte: »Ja, sieht ganz so aus und es hat mich echt gefreut, dich kennenzulernen, William. Aber wie du dir sicher vorstellen kannst, habe ich noch einige Kisten auszupacken und würde jetzt gerne weitermachen.«

»Nur zu.« Statt zu verschwinden, kommt er mir viel zu nahe. »Wie kann ich helfen?«

»Indem du mir aus der Sonne gehst. Und zwar rückwärts.«